RECOMEÇOS

K.A. ROBINSON

RECOMEÇOS
LIVRO 2 DA SÉRIE TORN

Tradução de
Ryta Vinagre

FÁBRICA 231

Título original
TWISTED
BOOK 2 IN THE TORN SERIES

Este livro é uma obra de ficção. Referências a acontecimentos históricos, pessoas reais ou localidades foram usadas de forma fictícia. Outros nomes, personagens, lugares e incidentes são produto da imaginação da autora e qualquer semelhança com fatos reais, localidades ou pessoas, vivas ou não, é mera coincidência.

Copyright © 2013 by K.A. Robinson

Todos os direitos reservados.
Nenhuma parte desta obra pode ser reproduzida ou transmitida por qualquer forma ou meio eletrônico ou mecânico, inclusive fotocópia, gravação ou sistema de armazenagem e recuperação de informação, sem a permissão escrita do editor.

Edição brasileira publicada mediante acordo com o editor original, Atria Books, uma divisão da Simon & Schuster, Inc.

FÁBRICA231
O selo de entretenimento da Editora Rocco Ltda.

Direitos para a língua portuguesa reservados
com exclusividade para o Brasil à
EDITORA ROCCO LTDA.
Av. Presidente Wilson, 231 – 8º andar
20030-021 – Rio de Janeiro – RJ
Tel.: (21) 3525-2000 – Fax: (21) 3525-2001
rocco@rocco.com.br
www.rocco.com.br

Printed in Brazil/Impresso no Brasil

preparação de originais
HALIME MUSSER

CIP-Brasil. Catalogação na fonte.
Sindicato Nacional dos Editores de Livros, RJ.

R556r	Robinson, K.A.
	Recomeços/K.A. Robinson; tradução de Ryta Vinagre. – 1ª ed. – Rio de Janeiro: Fábrica231, 2016.
	(Torn: 2)
	Tradução de: Twisted: book 2 in the torn series. ISBN 978-85-68432-86-0 (brochura) ISBN 978-85-68432-87-7 (e-book)
	1. Romance norte-americano. I. Vinagre, Ryta. II. Título. III. Série.
16-35079	CDD–823 CDU–821.111-3

Para o meu filho, embora seja novo demais para saber. Você trouxe muita alegria para minha vida.

Para os meus pais, por lidarem com as minhas loucuras diárias e por me apoiarem quando pensei que podia enlouquecer.

Para as minhas Ninjas e Pumas por estarem presentes e me fazerem rir, mesmo nos meus piores dias.

E, por fim, mas não menos importante, para os meus fãs. Vocês não têm ideia do quanto seu amor e apoio significam para mim. Amo todos vocês!

PRÓLOGO

Há momentos na vida que se destacam mais que todo o resto – momentos de pura alegria, pura raiva, pura tristeza. Momentos que tiram seu fôlego. No início da minha vida, a maioria desses momentos foram experiências dolorosas. A primeira vez que minha mãe me bateu, a primeira vez que senti a dor do cinto na minha pele. A primeira vez que dormi de tanto chorar, a primeira vez que limpei o vômito da minha mãe enquanto ela estava desmaiada no sofá.

Mas os outros momentos, os mais felizes – são esses que fazem a vida valer a pena.

Bem no início, esses momentos felizes foram simples – a primeira vez que saí com Amber, meu primeiro CD de Three Days Grace, ver o sorriso de Logan ao se sentar do meu lado em seu primeiro dia de aula. Foram coisinhas que ninguém dá muita atenção.

Conforme minha mãe passava menos tempo em casa, eu tinha mais pequenos momentos especiais. Eu esperava ansiosamente pela hora em que ela ia sumir, quando os hematomas na minha pele finalmente conseguiam clarear e meu sorriso era verdadeiro.

Mas meus momentos mais felizes e mais dolorosos pareciam girar em torno de uma só pessoa. Drake. Até dizer seu nome me fazia sorrir. Ninguém mudou tanto a minha vida como ele. Quando tínhamos nossos momentos ruins, era horrível, um turbilhão de dor e arrependimento. Mas nossos bons momentos – ah, eles podiam me deixar de joelhos de alegria. Nunca senti uma alegria tão grande como quando estava com ele. Eu sabia que tínhamos sido feitos um para o outro, e que ele ficaria ao meu lado durante qualquer tempestade que eu tivesse que enfrentar.

Infelizmente, a tempestade chegou. Começou com uma pequena nuvem de chuva, mas logo trouxe um furacão, que nos atingiu.

CAPÍTULO UM

CHLOE

Meus ouvidos zumbiam. Levantei a cabeça enquanto Drake me segurava pelo braço. Seus lábios se mexiam, mas eu não conseguia ouvir nada do que ele dizia. Ela estava aqui, na casa dele, agora minha casa. Senti Drake puxando meu braço e obriguei minhas pernas a caminharem enquanto ele me levava para o sofá. Ao me deitar nas almofadas, vi o vermelho escorrendo lentamente pelas minhas pernas por causa de vários cortes pequenos. Foi estranho. Eu via o sangue, mas não sentia dor alguma.

Drake se ajoelhou na minha frente, acariciando gentilmente meu cabelo.

— Chloe, está me ouvindo? Está tudo bem, gata — disse ele numa voz tranquilizadora.

Sua voz me arrancou do transe. Pisquei rapidamente e balancei a cabeça, tentando afastar o zumbido dos ouvidos. O ruído transformou-se em uma vibração surda baixinha e soltei um suspiro de alívio por conseguir ouvi-lo.

— Estou aqui. Desculpe, não sei o que aconteceu. — Olhei novamente para a porta da frente. — Ela ainda está ali?

Ele passou a mão pelo meu rosto e se levantou.

– É, mas vou me livrar dela. Fica aqui. – Ele se virou para a porta.

– Não, deixa ela entrar. Quero saber o que ela quer, depois ela vai embora.

Drake olhou entre mim e a porta, a dúvida encobrindo seu rosto.

– É sério, eu estou bem. Deixa ela entrar. – Eu me recostei no sofá.

De cenho franzido, ele se virou e foi até a porta. Eu ouvia a voz dele e da minha mãe, mas não compreendia o que diziam. Só conseguia perceber que os dois estavam irritados.

Um instante depois, Drake voltou para a sala com minha mãe bem atrás dele. Eu a vi analisar nossa casa com o desdém estampado no rosto. Andrea Richards, também conhecida como minha mãe, envelheceu muito desde a última vez em que nos vimos. Ela parecia pelo menos dez anos mais velha do que seus 36 anos. As rugas marcavam os cantos da boca e dos olhos e sua pele era cinzenta e murcha. Seu cabelo ainda era louro como o meu, mas desgrenhado e as raízes começavam a ficar grisalhas. No geral, ela era a imagem perfeita da parte "depois" de um comercial contra as drogas.

Nossos olhos azuis idênticos se encontraram enquanto ela se sentava na cadeira na minha frente. Os dela estavam vidrados e lacrimosos, mas ela ainda era capaz de usá-los para mostrar sua antipatia por mim.

– Quando foi que você ficou tão dramática, Chloe? Não precisava fazer esse estardalhaço por minha causa... Um abraço era suficiente – disse ela com um sorriso presunçoso.

– Vá direto ao que interessa, mulher, ou cai fora. Isso não me importa – gritou Drake atrás de mim.

Dei um salto ao ouvir a voz dele e minha mãe sorriu.

– Por que tanta pressa? Talvez eu queira colocar a conversa em dia com a minha filha, já que não a vejo há muito tempo.

– Ela voltou a me olhar. – E, então, me diga, Chloe, como você está? Vejo que arrumou um cara legal para cuidar de você. Quanto tempo será que ele vai ficar com você até se entediar?

Drake se levantou em um salto.

– Já chega! Sai da minha casa e não volta mais. Chloe não precisa ouvir suas bobagens.

– Vá com calma... Vou falar o que eu preciso, depois vou embora.

– Então diga logo e vá embora, mãe – falei enquanto segurava as costas da camisa de Drake e o puxava de volta a mim. Não queria que Drake brigasse com ela e se metesse em confusão.

– Tudo bem, como quiser. É sobre sua tia Jennifer. Ela andou escondendo um problema de saúde da gente. Ela não tem mais muito tempo de vida... No máximo, umas duas semanas.

Pela primeira vez na vida, vi o olhar verdadeiramente perturbado da minha mãe. Passei muito pouco tempo com a minha tia, mas ela parecia uma pessoa gentil, nada parecida com a minha mãe, e fiquei mal por saber da sua doença.

– O que ela tem? – perguntei.

– Câncer. Pensavam que estava sob controle, mas ele se espalhou. – Ela levou um momento para dar um pigarro e se recompor. – Mas, então, ela não tem muito tempo e está pedindo para ver você.

Minhas sobrancelhas praticamente desapareceram sob meus cabelos.

– Eu? Mas por quê? Eu só a vi algumas vezes na vida.

— Você é a única sobrinha e por algum motivo Jennifer gosta de você. Você e eu sabemos que Jen tem mais dinheiro do que noção do que fazer com ele. Ela está deixando a maior parte para o Danny, é claro, mas quer que a gente fique com uma parte também.

Isso me pegou de surpresa. É claro que a tia Jen era uma boa pessoa, mas por que me deixaria algum dinheiro? Ou para minha mãe? Ela devia saber o tipo de pessoa que a irmã era. Mas nada disso explicava por que minha mãe veio aqui pessoalmente me dizer tudo isso. Havia alguma coisa a mais que ela não tinha falado ainda.

— Eu não quero o dinheiro da tia Jen. Ela pode dar a minha parte para o Danny ou o Jordan. Eles merecem mais do que eu.

— É claro que você não merece, mas ela cismou com isso. Como o Jordan e o Danny não conseguiram encontrar você, ela me mandou trazer o recado. Precisamos ir logo... O tempo está contra a gente.

— Por que você se importa em eu receber parte do dinheiro? Você está aqui por outro motivo, então, diz o que é. Você não é tão generosa a ponto de ajudar a tia Jen.

A expressão da minha mãe era de pura fúria.

— Escuta aqui, sua cretina. Não fala comigo desse jeito... Você não sabe nada de mim.

Drake tinha se acomodado na almofada ao meu lado enquanto eu e ela falávamos, mas, ao ouvir essas palavras, deu um pulo do sofá e partiu para cima dela.

Eu o segurei e o puxei de volta enquanto ele a olhava feio. Geralmente eu era uma pessoa sempre calma, mas ela me tirava do sério.

– Não, é *você* que vai *me* escutar... Vou falar com você do jeito que eu quiser. Diz por que você veio aqui ou pode ir embora e vou, no máximo, só telefonar para a tia Jen! – gritei.

Ela empalideceu e cerrou os punhos.

– Tudo bem – soltou ela. – Quer saber realmente por que te procurei? Ela não vai me dar a minha parte do dinheiro se eu não te levar lá. Eu não estaria aqui, sendo obrigada a lidar com suas merdas idiotas, se não precisasse.

Ora, *esta* era a mãe que eu conhecia. Toda sua preocupação com a tia Jen era por lucro pessoal. Ela queria o dinheiro para rodar por aí e fazer o que quisesse com ele.

– Você só pode estar brincando comigo! Até que ponto você consegue ser egoísta, mãe? Pode gritar comigo o quanto quiser, mas não use sua irmã doente em seu benefício. Sai daqui.

– Apontei a porta enquanto eu falava.

Eu já estava de saco cheio das suas mentiras. Sabia que ela tinha segundas intenções e ali estava: ela queria me usar para pegar dinheiro da minha tia doente.

– Não vou a lugar nenhum se você não concordar em vir comigo. Se você não vier, vou transformar sua vida num inferno. Sei onde você trabalha, onde mora, quem são seus amigos. Aposto que Amber e Logan adorariam uma visita minha. Você sabe que eu faria isso.

Meu estômago deu um nó enquanto eu olhava aquela criatura cruel diante de mim. Ela era mau caráter o bastante para infernizar a minha vida e das pessoas de quem eu gostava. Se eu fosse ver minha tia pela última vez, talvez minha mãe me deixasse em paz. Embora eu não visse minha tia há anos, pensava muito nela. E estava odiando pensar em ir vê-la acompanhada da minha mãe.

— Fica longe deles... Eles não precisam das suas mentiras. Se eu for ver minha tia, quero que você saia da minha vida de uma vez por todas. Você tem que desaparecer no minuto em que eu sair dessa confusão. Você entendeu?

Drake se virou para mim, boquiaberto.

— Você não pode estar falando sério! Esta mulher é uma doente mental.

— Estou falando sério. Estou cansada desses joguinhos dela. — Eu me voltei para a minha mãe. — Estamos combinadas?

Vi o triunfo brilhar em seus olhos com a minha proposta. Ela não sabia o que eu estava planejando. No minuto em que eu visse minha tia, ia pedir que ela não nos desse um centavo e dizer que o dinheiro era do Danny. Eu ia deixar bem claro que não permitiria que minha mãe colocasse as garras nele.

— Fechado. Vamos hoje à noite.

Balancei a cabeça.

— Não, Drake vai viajar em duas semanas. Vou passar esse tempo com ele, antes que ele precise ir. — Ela abriu a boca para discutir, mas eu a interrompi. — Eu disse não. Se não gosta disso, posso ligar para a tia Jen agora mesmo.

Ela me olhou de um jeito furioso e homicida quando se levantou.

— Tudo bem, sua pirralha rancorosa, mas vou voltar daqui a duas semanas, se você não aparecer. Se for preciso, arrasto você até o meu carro.

— Isso não vai ser necessário. Vou levar a Chloe para a casa da tia dela. Ela não precisa suportar ficar sozinha com você num carro durante horas – disse Drake do seu lugar no sofá. Seu olhar era intenso e eu sabia que ele ia brigar comigo no momento em que ela fosse embora.

Eu me levantei e fui até a porta, mantendo-a aberta para minha mãe.

— Pronto, está tudo combinado. Agora sai da minha casa antes que eu mesma tire você daqui.

Ela passou rapidamente por mim e saiu pela porta. Mas virou-se quando estava do lado de fora.

— Estarei esperando. Duas semanas ou eu vou voltar.

Olhei para além dela e notei um carro amassado em ponto morto estacionado junto ao meio-fio. Um grandalhão estava sentado ao volante, nos olhando. Ele abriu um sorriso que me causou arrepios enquanto eu batia a porta na cara da minha mãe.

— Duas semanas — gemi e me recostei na porta. Levantei a cabeça e vi Drake me olhando da soleira.

— Agora não, Drake... Pode gritar comigo mais tarde.

— Mas será que você pirou de vez? — rugiu ele.

Passei por ele para entrar na cozinha e pegar uma vassoura e pá para limpar os cacos do copo que deixei cair. Continuei a ignorá-lo enquanto varria cada caco de vidro, embora sentisse seu olhar em mim.

— Fala, Chloe. O que você estava pensando? Fazer um acordo com essa mulher é como fazer um pacto com o diabo. Você sabe muito bem disso.

Olhei para ele e vi a preocupação em seus olhos.

— Não estou fazendo isso por ela. É pela minha tia. De jeito nenhum vou deixar que minha mãe receba um centavo do dinheiro daquela mulher.

— O que quer dizer? Você vai ver sua tia. Se você não quer que ela dê dinheiro para sua mãe, precisa ficar longe disso.

Eu lhe abri um leve sorriso enquanto o contornava e jogava os cacos de vidro na lixeira.

– Não necessariamente. Vou à casa da minha tia pedir para ela não dar o dinheiro para a minha mãe. Eu acho, tenho quase certeza de que ela sabe que minha mãe é uma pessoa horrível; depois que eu contar tudo o que ela fez comigo, não tenho dúvidas de que minha tia vai mudar de ideia.

Os cantos da boca de Drake se curvaram num sorriso.

– Peraí, deixa ver se eu entendi isso direito. Ela convenceu você a ir só para você virar a mesa e manipulá-la?

Não pude deixar de rir ao ver o assombro no seu rosto.

– É, isso resume tudo. Ela merece isso e vou cuidar pessoalmente para que minha mãe pague pelo que fez.

Drake atravessou a sala correndo. Ele me pegou no colo e me rodou até que comecei a ficar tonta.

– Tem alguma ideia de como você fica sexy quando está sendo má?

– Me coloca no chão! Não vou ficar muito sexy se vomitar nos seus sapatos e você está me deixando enjoada!

Ele me colocou rapidamente no chão e se afastou. Eu me segurei na bancada para ter equilíbrio.

– Obrigada.

Mas, antes que minha cabeça parasse de rodar, ele me pegou e me puxou nos braços, para um beijo profundo.

– Vem, quero te mostrar o quanto você é sexy.

Assim, fomos para o quarto, nosso jantar agora frio e esquecido. Quem precisava de comida quando se tinha Drake?

...

– Você é totalmente doida, mulher! – gritou Amber para mim na tarde seguinte.

Eu almoçava com ela e Logan e tinha acabado de contar a novidade sobre minha viagem surpresa a Maryland e da visita da minha mãe na noite anterior. Não foi de admirar que eles não estivessem lidado bem com aquilo.

– Chloe, isso é loucura... Você está entrando por vontade própria no meio do inferno. Mesmo que você queira fazer sua tia mudar de ideia, ainda vai estar presa numa casa com aquela mulher quando contar tudo para a sua tia. Não vejo como isso pode terminar bem – disse Logan enquanto me olhava com preocupação.

Depois de tudo o que aconteceu entre nós, ele tentava controlar seu lado superprotetor e vi como isso podia ser um problema agora. Sua voz era calma, mas os olhos diziam que ele queria me agarrar e me trancar em seu quarto.

– Eu não vou estar lá quando minha tia contar à minha mãe. Só vou ficar por tempo suficiente para convencê-la a não dar o dinheiro, e logo vou estar no carro a caminho de um dos shows de Drake. Mas, se as coisas ficarem ruins, Danny vai estar lá para me ajudar e sei que também posso contar com Jordan.

– Quanto tempo você vai ficar? – perguntou Amber, bebendo o café.

Perdida em pensamentos, torci o cabelo olhando as pessoas pela janela da cafeteria onde estávamos sentados. Se eu conseguisse passar por tudo isso sem nenhum problema, estaria de volta em dois dias. Se alguma coisa desse errado – bom, não posso me preocupar com isso agora.

– Não muito tempo. Drake fará shows em Maryland enquanto eu estiver lá, então, quando eu acabar, vou me encontrar com ele e continuar.

– Então, você ainda vai estar longe durante o verão todo? – Amber fez beicinho. Quando contei que Drake me convidou para ir com a banda, ela não ficou nada feliz. Tinha planos para nós duas durante o verão que envolviam muitas compras, junto com outras coisas que eu detestava. Eu me sentia péssima por estragar seus planos, mas, no fundo, estava feliz por me livrar deles.

– Sim, vou estar com Drake. Você vai ter o Logan para fazer companhia... Leve *ele* para fazer compras – eu disse enquanto Logan me olhava feio.

– Ah, tá, sem chances. Tenho coisa melhor para fazer do que andar pelo shopping por seis horas enquanto Amber procura o par de sapatos perfeito – disse ele com um estremecimento visível.

Não pude deixar de rir da sua reação. Se havia alguém no mundo que detestava fazer compras mais do que eu, era Logan.

Logan me abriu um sorriso e senti meu coração mais leve. Depois de três meses, ainda era importante para mim todo sorriso que ele me dava. Passei umas semanas tensas, quando pensei que o havia perdido para sempre, mas Logan, sendo a alma gentil que é, me recebeu de volta de braços abertos. Embora as coisas ficassem tensas e estranhas de vez em quando, Logan e eu estávamos nos curando juntos. Drake e ele concordaram em se entender bem, mas, quando eu aparecia com Drake, via facilmente o ressentimento nos olhos de Logan. Eu me esforçava para não deixar que isso me incomodasse – o passado era o passado –, mas, às vezes, não havia jeito.

– Os dois tratem de calar a boca. Não preciso de nenhum de vocês para fazer compras comigo. Posso me divertir muito bem sozinha! – disse Amber, olhando feio para nós.

– Sabemos que você pode, Amber. – Escondi um sorriso.

– E é melhor você me telefonar pelo menos uma vez por semana enquanto estiver fora! É sério. Não sei lidar em te ver todos os dias e, durante três meses, ficar longe de você – disse Amber.

– Você sabe que vou ligar. Vou sentir falta de você também, sabia? Não é só você que sente isso. Já faz muito tempo que não fico um bom tempo sem vocês e vai ser uma merda isso.

– Ah, vai ser mesmo! – Amber praticamente me puxou da cadeira para me abraçar.

Ri enquanto virava a cabeça e olhava para Logan, que nos olhava como se tivéssemos enlouquecido.

– Vem aqui, grandão... Abraço em grupo!

Ele revirou os olhos, se inclinou e passou os braços por nós duas.

– Vocês são completamente doidas. Nunca vou saber como fiquei amigo de vocês.

Amber mostrou a língua para ele.

– Você sabe que nos adora, então, cala a boca.

Os olhos dele encontraram os meus e senti meu estômago se apertar de culpa.

– É, eu sei.

CAPÍTULO DOIS

DRAKE

Peguei a última bolsa de Chloe e joguei na mala do carro. Fechei a mala com violência, rezando para que a tranca não abrisse, com tantas coisas espremidas ali. É claro que abriu e passei os cinco minutos seguintes pulando na mala feito um idiota até trancá-la. Desci do carro, ofegante, me virei e vi Chloe me olhando com um risinho na frente do carro.

– Você arrumou as malas para três meses ou três anos? É ridículo – eu disse enquanto pegava minha bolsa de viagem que levaria para a casa da tia dela e a jogava no banco do carona. De jeito nenhum essa coisa caberia no banco traseiro com toda a porcaria de Chloe ali. Para uma garota que detestava fazer compras, ela tinha roupas demais.

– Para com isso. Sou mulher, o que significa que mudo de blusa e calcinha todo dia, ao contrário de algumas pessoas.

– Eu troco de roupa todo dia também, mas você não me vê metendo sessenta cuecas numa mala. Sei que vamos passar por uma lavanderia em algum momento... Não precisamos ter uma roupa para cada dia de viagem. – Apontei para a traseira do carro dela. – Você sabe que vai ter que deixar a maior parte disso no seu carro, não é? De jeito nenhum o ônibus vai aguentar toda essa tralha.

– É, eu pensei nisso. Mas quando eles vão chegar aqui com o ônibus? Precisamos sair logo.

A banda tinha comprado um pequeno ônibus para a turnê – na verdade, *eu* o comprei – e estávamos esperando Eric e Adam aparecerem para guardar minhas coisas antes de Chloe e eu irmos para a casa da tia dela. Como nossos primeiros shows seriam em Maryland, o plano era eu levar Chloe à casa da tia e ficar com ela alguns dias. Depois que a banda tivesse com tudo pronto no ônibus, eles me buscariam. Eu esperava que tudo já tivesse sido resolvido e Chloe pudesse ir com a gente. Se não, nossa primeira parada ficava a apenas uma hora da casa da tia dela, então ela poderia nos encontrar logo.

– Bem na hora – eu disse ao perceber o ônibus entrando em nossa rua.

Vi Adam no banco do motorista e gemi. Eu pedi que Eric dirigisse para ter certeza de que o ônibus chegaria intacto. Com Adam na direção, esta não me parecia uma possibilidade. Eu gostava dele como de um irmão, mas o vi destruir mais carros do que corações desde que somos amigos e sabia que isso não podia acabar bem.

– E aí, escrotos? – gritou Adam enquanto ele e Eric saíam do ônibus.

– Pensei que tivéssemos combinado que Eric ia dirigir – falei.

Eric me olhou como quem se desculpa.

– Foi o que eu disse a ele, mas você sabe como ele é.

– Tanto faz, babaca... Eu vou dirigir aqui. Eric vai assumir depois que entrarmos na rodovia.

– Tá, tudo bem. Agora me ajuda a colocar essa porcaria no ônibus para gente sair. Quero chegar lá antes do anoitecer – eu disse enquanto pegava umas bolsas de viagem e as carregava para a lateral do ônibus.

Adam me ignorou completamente ao se aproximar para falar com Chloe enquanto Eric e eu carregávamos o resto das coisas e minha guitarra para o ônibus. Depois de guardar tudo, me aproximei dele e lhe dei um tapa na nuca.

– Ai! Mas por que isso? – disse ele, esfregando a cabeça.

– Valeu pela ajuda. Agora cai fora... Vejo vocês daqui a dois dias.

Eles acenaram e desejaram sorte a Chloe para lidar com a psicopata. Eu lhes contei uma versão resumida da história e eles ficaram tão horrorizados quanto eu com toda aquela confusão.

Nós os vimos seguir para a rua e me encolhi quando Adam quase pegou um carro que vinha em sentido contrário. Balancei a cabeça, fomos ao carro de Chloe e entramos.

– Se Adam estiver dirigindo quando forem me buscar, tenho a sensação de que vamos todos espremidos no seu carro com Adam amarrado no teto – eu disse enquanto ela dava a partida.

– Ele não pode ser tão ruim assim – ela riu.

– Ah, pode acreditar, ele é. Quando Adam consegue manter o carro por seis meses antes de dar perda total, é um milagre. Eu nunca o deixaria dirigir o meu.

– Nossa, acho melhor vocês cuidarem do ônibus, então. Como a banda vai conseguir pagar por essa coisa? Deve ter custado uma fortuna.

Eu me remexi, pouco à vontade.

– Só estamos alugando.

– É, mas ainda assim, até o aluguel deve ser caro.

Imaginei que podia me livrar desta história agora: eu sabia que ela ficaria aborrecida quando soubesse que escondi dela uma coisa assim.

– Eu paguei por ele – falei apressadamente.

– O quê?

Suspirei e passei a mão no cabelo.

– Eu disse que paguei por ele. Usei meu dinheiro para alugar um ônibus para a viagem.

Ela me olhou, confusa.

– Como você pagou por uma coisa assim? Não quero ofender, mas um músico estudante de faculdade não tem esse dinheiro.

– Bom, meus pais me deixaram uma grana quando morreram. O melhor amigo do meu pai era advogado na firma onde ele trabalhava e o investiu para mim. Meu tio o controla até que eu faça 21 anos, mas me mandou o suficiente para cobrir as despesas da turnê e comprar um ônibus.

– De quanto dinheiro estamos falando, Drake?

– Não sei exatamente o valor, mas a essa altura é algo em torno de meio milhão.

Sua boca se escancarou.

– Então, basicamente, estamos juntos há três meses e você se esqueceu de me dizer que está cheio da grana? Estava com medo de que eu ficasse com você pelo dinheiro ou coisa assim?

Eu podia ouvir a mágoa nas suas palavras.

– Não, não é nada disso. Sei que você nunca faria isso. É só um assunto de que não gosto de falar. Além do mais, eu ainda nem tenho o dinheiro. Quando tiver, não pretendo gastar... Só vou deixar ali, rendendo. Talvez precise para a aposentadoria, pelo jeito como está a economia.

– Nossa, nem sei o que dizer. Quem diria que eu namoro um cara rico? – Ela riu. – Acho que você é do tipo que vai me bancar, então.

Soltei um suspiro de alívio ao perceber que ela não estava zangada.

– Banco você sempre que você quiser, gata.

Eu me recostei no banco para ter mais conforto pelo resto da viagem de seis horas naquele carro abarrotado. Ficamos em silêncio por um tempo e observei Chloe dirigir. Ela parecia nervosa, se remexendo o tempo todo e trocando de música. Eu não podia culpá-la. Ela teria que se despedir da tia doente e encontrar a mãe louca em poucos dias.

Eu não sabia muito sobre Andrea porque Chloe detestava falar nela, mas o que sabia era ruim. Acho que ela não tinha uma única lembrança boa da mãe ou da sua infância e isso me deixava arrasado. Como alguém pode não amar a minha garota? É claro que Chloe tinha seus problemas, como todos nós, mas como era possível odiá-la tanto, como a mãe dizia? Isso era inaceitável. Chloe era uma das pessoas mais gentis e mais doces que conheci na vida.

Se a banda não tivesse essa turnê marcada com meses de antecedência, eu teria ficado com ela o tempo todo para protegê-la. Não queria que ela tivesse de enfrentar nada sozinha, em especial um problema envolvendo a mãe. Ela falou que o primo Danny e o amigo dele, Jordan, estariam junto, e eu pediria aos dois que ficassem de olho nela. Como eu não poderia estar lá, faria de tudo para que ela estivesse inteiramente protegida.

— Não vai parar de me olhar? Está me deixando nervosa! – disse Chloe, me olhando de rabo de olho.

— E se eu não quiser? Talvez eu goste de olhar para você.

Ela bufou.

— Por causa de minha beleza incrível? Tenta outra, amigo.

Eu a olhei feio.

— Não faça isso.

— Fazer o quê? – Ela ficou confusa.

— Não se diminua desse jeito. Você é linda, Chloe, a garota mais bonita que já vi. Você é sempre muito dura com você mesma e sei que é por culpa da sua mãe, mas não acredite em nada que ela tenha dito a você. Ela não sabe a pessoa maravilhosa que você é.

— Está a fim de me levar para a cama usando o seu charme? Porque, se for assim, está dando certo. – Ela sorriu para o meu lado.

Senti meu pau endurecer ao pensar nisso enquanto sorria para ela.

— Estou guardando meu charme para quando a gente chegar lá. Ou podemos parar em algum lugar antes.

— Drake Allen! Eu *não* vou parar num lugar qualquer para transar com você! E você vai precisar esperar um pouco, porque também não vou transar na casa da minha tia doente! Isso é falta de respeito. – Ela me olhou feio, mas vi que seus lábios tremiam.

— Eu nunca disse que tinha que ser dentro da casa.

Ela riu.

— Você é insaciável... Sabe disso, não é? Preciso parar e colocar gasolina na próxima saída, a não ser que você queira sair e empurrar o carro pelo resto da viagem.

– Tudo bem, mas, sabe como é, como vamos parar...
– De jeito nenhum, amigo... Trate de se controlar.

...

O resto da viagem foi tranquila. Paramos em Frederick e em uma cidadezinha chamada Easton para abastecer e esticar o corpo, mas, tirando isso, seguimos direto. Quando começamos a ver as placas para Ocean City, minha bunda estava completamente dormente e já estava escuro lá fora. Eu sabia que Chloe estava cansada e me ofereci para dirigir por parte da viagem, mas ela negou, dizendo que a direção distraía seus pensamentos.

Quando ela contou que estávamos a mais ou menos dez minutos da casa da tia, começamos a costurar o trânsito, procurando placas de rua que nos orientassem. A tia de Chloe não morava realmente em Ocean City; a casa ficava perto da baía, a alguns quilômetros do Ocean Gateway. Chloe se esforçou para encontrar a rua certa no escuro, e passamos por ela sem querer antes de perceber nosso erro e fazer a volta.

Ao parar na entrada estreita de uma casa, fiquei boquiaberto. Não era uma casa, era uma tremenda mansão. A propriedade tinha uma cerca e notei uma guarita ao lado de um portão trancado quando nos aproximamos. Chloe parou ao lado da guarita e abriu a janela.

Um homem de calça e camisa pretas saiu de lá e se aproximou do carro.

– Posso ajudá-los?
– Sim, vim ver minha tia Jennifer – disse Chloe.
O guarda olhou a prancheta em sua mão.
– Qual o seu nome?
– Chloe Richards.

O guarda verificou a lista e assentiu.
– Seu nome está aqui. Siga em frente e vou informar que você chegou.

Ele foi ao portão e o abriu. Assim que passamos, ele o fechou e voltou ao seu posto.

– Mas o que a sua tia faz? Ela é da máfia ou coisa assim? – perguntei enquanto subíamos o resto da entrada.

Ela riu.

– Não, de jeito nenhum. Meu tio era um magnata dos imóveis e do mercado de ações antes de morrer. Ele aplicou seu dinheiro com sensatez e deixou milhões para minha tia.

– Porra, estou impressionado – eu disse. Estacionamos na frente da mansão. Era uma casa de três andares no estilo adobe, com azulejos espanhóis vermelhos. A entrada de carros contornava a frente e havia uma fonte no meio.

Chloe desligou o carro quando dois caras saíram pela porta da frente e vieram a nós. Saímos e pegamos as duas malas que ela queria levar para dentro. Felizmente eu não ia precisar arrastar o resto. Ao fechar a mala, um dos caras correu até Chloe, a pegou no colo e a girou. Ela riu enquanto ele a colocava no chão e a puxava num abraço apertado.

– Ursinha Chloe! Você ficou longe tanto tempo, meu amor! – disse ele enquanto a soltava e se afastava para olhá-la. – Você mudou desde a última vez que esteve aqui. Não estou vendo aquela adolescente desajeitada que conheci. Você está ótima!

Ela sorriu para ele.

– Também senti sua falta, Jordan. Você também cresceu. Não me lembro de você ser tão alto ou tão forte.

Levantei a cabeça para olhar mais atentamente esse Jordan. Pelas boas-vindas calorosas, eu tinha suposto que era o primo

Danny. Jordan era um cara grandalhão, devia ter 1,90m e o corpo de jogador de futebol americano. Seu cabelo preto era curto e ele tinha um rosto que eu sabia agradar à maioria das mulheres. Não era o que eu esperava. Ela falou nele rapidamente, mas o imaginei meio nerd, e não alguém que deixaria as mulheres de quatro.

Meus olhos foram até seu primo Danny e ele puxou Chloe num abraço. Agora que o observava, via a semelhança entre os dois. Eles tinham o mesmo cabelo louro e olhos azuis, mas, enquanto Chloe era branca, esse cara parecia viver na praia, o que provavelmente fazia. Ele era vários centímetros mais baixo que Jordan e nem de longe tão forte.

Danny se afastou enquanto Jordan percebia minha presença.

– Quem é o seu amigo, Chloe? – perguntou ele e não deixei de notar a ênfase no *amigo*.

– Esse é Drake, meu namorado. Drake, este é meu primo Danny e o gigante ali é Jordan.

Avancei um passo e troquei um aperto de mãos com os dois. Jordan pareceu tentar quebrar minha mão quando a apertou, mas não demonstrei nenhum sinal de dor. Não ia deixar que esse cara levasse a melhor.

– É um prazer – eu disse enquanto ele soltava minha mão. Ele me olhou de cima a baixo antes de torcer o nariz e se virar para jogar o braço nos ombros de Chloe. É, sem dúvida alguma eu não fui com a cara dele.

– Vamos, Ursinha Chloe, Allison já fez o jantar – disse ele, levando-a para casa.

Danny sorriu para mim como quem se desculpa e os seguimos para dentro.

Fiquei impressionado com a extravagância ao entrarmos no saguão. O piso era de mármore preto e um grande lustre de cristal pendia do teto. As paredes eram cobertas de obras de arte e havia uma escultura próxima à parede mais distante, entre duas escadas. Depois que Chloe e eu fomos rapidamente ao banheiro, seguimos Danny e Jordan para a área de jantar e nos sentamos juntos. É claro que Jordan pegou o lugar ao lado dela enquanto Danny se sentou na nossa frente.

A linda mesa trabalhada à mão estava coberta de comida suficiente para dez pessoas e uma jovem de avental andava em volta da mesa, completando nossas taças com um vinho que parecia caro. Eu me senti totalmente deslocado. Preferia estar sentado no Gold's, comendo um hambúrguer e tomando cervejas.

Chloe me abriu um sorriso sem jeito enquanto Jordan colocava um pedaço de frango no prato dela.

– Gente, isso é meio de mais. Vocês não precisavam fazer um banquete.

– Não é nada de mais. Sua mãe avisou que você chegaria hoje, então eu quis ter certeza de que você comeria bem depois uma viagem tão longa – disse Danny, pegando um pãozinho no prato à minha frente.

A boca de Chloe se fechou numa careta à menção da mãe.

– Onde ela está?

– Saiu, como sempre. Tem ido para festas quase toda noite. Mas é um alívio quando ela sai. A mulher é uma louca – disse Jordan com a boca cheia de comida.

Como ele não parecia estar preocupado com as boas maneiras, imaginei que eu também não precisava me preocupar com isso. Peguei a primeira coisa que vi, uma espécie de peixe, e comecei a comer. Tentei manter os cotovelos longe da mesa enquanto engolia a comida, na esperança de parecer civilizado.

— Ela está se comportando muito mal? — perguntou Chloe.

Danny franziu o cenho.

— A mesma de sempre. É toda boazinha quando minha mãe está acordada, mas, assim que minha mãe desaparece, vira a pior pessoa do mundo. Ela tentou trazer um cara aqui outra noite, mas Paul não o deixou passar pelo portão.

— Lamento que vocês tenham que conviver com ela, Danny. Quero me livrar dela assim que possível. Como está tia Jen? Minha mãe disse que ela está mal.

— E está. Dorme a maior parte do tempo. Acho que ela não tem mais muito tempo, Chloe. Ela não tem mais forças para lutar. Me mata ver minha mãe, que sempre foi tão cheia de vida, definhando desse jeito.

Vi lágrimas em seus olhos e afastei o olhar, em respeito. Eu sabia exatamente como era difícil perder os pais, mas os meus morreram de repente. Não precisei vê-los afundar, como ele. A morte era uma filha da puta insensível.

Terminamos o jantar enquanto Chloe contava as novidades para Danny e Jordan. Danny não era o garoto rico e mimado que eu esperava quando vi este lugar. Em vez de ficar em casa o dia todo, gastando o dinheiro da mamãe, ele estava matriculado em tempo integral na Universidade de Baltimore, para ser professor. Jordan também era da Baltimore e tinha uma bolsa integral para jogar futebol americano, o que explicava seu corpo.

Danny parecia ser um cara legal, mas Jordan era diferente. Eu o peguei olhando para Chloe várias vezes de um jeito que fez meu sangue ferver. Eu ia conversar com Chloe sobre ele quando a gente ficasse a sós. Era como ver Logan atrás dela mais uma vez.

Quando terminamos o jantar, peguei as bolsas de Chloe e os dois nos levaram por uma das escadas, mostrando nossos quartos.

Danny perguntou se queríamos quartos separados e eu sorri com malícia para Jordan.

– Não, obrigado, ela vai ficar na minha cama, como sempre.

As narinas de Jordan inflaram, mas ele continuou em silêncio.

Engole essa, escroto, pensei comigo mesmo.

Danny parecia não perceber que eu e Jordan nos encarávamos.

– Muito bem, vocês podem ficar com este quarto aqui. Se precisarem de alguma coisa, é só me dizer. Chloe sabe onde fica meu quarto.

– Obrigada, Danny. Vou poder ver a tia Jen hoje ou devemos esperar até de manhã? – perguntou Chloe.

– Ela não vai acordar de novo hoje e provavelmente vai dormir até tarde amanhã, mas você pode vê-la assim que ela acordar. Ela vai ficar feliz por você estar aqui... Minha mãe andou perguntando por você. Podemos ir à praia amanhã para passar o tempo, se você quiser, mas precisamos chegar cedo para evitar os turistas.

– Isso parece divertido, mas eu não trouxe biquíni – disse Chloe, decepcionada.

Jordan se intrometeu.

– Não tem problema... Vou escolher alguma coisa para você quando vier para cá amanhã.

Não gostei de como isso soou e eu estava prestes a dizer a ele, mas Chloe concordou antes que eu tivesse a oportunidade de falar.

– Seria ótimo, Jordan. Muito obrigada.

Nós nos despedimos deles, entramos no quarto e fechamos a porta. Coloquei as malas de Chloe perto da cômoda e ela começou a procurar uma roupa para dormir.

Eu me aproximei por trás dela e a envolvi com os braços, puxando seu corpo firmemente contra o meu.

– Durma pelada... É mais divertido assim.

Ela tentou pressionar o cotovelo contra as minhas costelas, mas saí de alcance.

– Não tem graça. E se alguém entrar e me pegar assim?

Eu a puxei para mim e a beijei.

– Boa pergunta, mas não muda eu querer que você fique nua.

– Você sempre me quer nua, mas isso não quer dizer que vai acontecer. Danny está bem ali no corredor e sei que Jordan está com ele. Eles podem ouvir a gente.

Rocei o nariz em seu pescoço.

– Que ouçam. Jordan precisa saber que você tem dono, assim ele vai recuar.

Ela me empurrou gentilmente.

– Não se preocupe com Jordan. Ele é assim mesmo. Só me importo com você, mas isso não significa que vou fazer um sexo louco e selvagem com você quando meu primo está no mesmo corredor.

Gemi ao cair na cama.

– Tudo bem, mas não gosto do jeito como esse cara olha para você. Você precisa mandar ele se mancar. Não fico à vontade deixando você aqui sozinha com ele.

Ela revirou os olhos enquanto subia na cama e montava em mim.

– Gato, é sério, Jordan não é um problema, mas vou falar com ele, se você se sente melhor assim.

– É, eu me sinto. Agora vamos tirar a roupa para dormir. Estou morto da viagem.

Ela me beijou, levantou-se e vestiu o pijama, enfiando a roupa suja na mala antes de se deitar na cama. Como eu detestava aquele pijama dela: era de calça comprida e blusa, o que estragava inteiramente minha vista. Eu preferia Chloe nua.

Suspirei ao me levantar e pegar um short na bolsa. Joguei a camisa e a calça no saco vazio que trouxe e me deitei ao lado dela, abraçando-a enquanto ela se aninhava no meu peito.

– Boa noite, Drake, eu te amo.

– Eu te amo também, gata.

CAPÍTULO TRÊS

CHLOE

Acordei com alguém batendo na porta do quarto. Gemi e olhei o relógio, vendo que mal passavam das cinco da manhã. Os braços e pernas de Drake estavam entrelaçados em mim, me deixando presa, e ele grunhiu enquanto eu me desvencilhava e ia à porta. Jordan estava parado ali, sorrindo, quando a abri.

– É cedo demais para acordar. O que você quer? – rosnei.

Ele me entregou a bolsa que segurava.

– Você disse que queria ir à praia. Lá sempre fica lotado lá pelas sete, então precisamos sair, se quiser evitar a multidão.

– Fala sério... Agora? Nem as gaivotas acordaram ainda!

– Para de reclamar e vá se trocar. Encontramos vocês lá embaixo em quinze minutos – disse ele ao me olhar de cima a baixo. – E, Chloe? Você fica ainda mais sexy do que o normal quando acorda.

Com essa, ele se virou e saiu, me deixando de cara feia. Eu me virei e vi Drake me olhando com as pálpebras pesadas.

– Mas o que *ele* queria?

– Pelo visto, vamos à praia daqui a quinze minutos. Vá se trocar. – Enfiei a mão na sacola e peguei o biquíni que Jordan tinha escolhido para mim. Eu o ergui na minha frente enquanto Drake soltava um gemido. Levantei a cabeça e o vi olhando feio para as peças nas minhas mãos.

– Você só pode estar brincando! Não vai usar isso em público, muito menos perto *dele*.

Estendi o biquíni e o examinei de perto. Era realmente mínimo, então eu entendia o argumento de Drake. Era um biquíni fio-dental vermelho vivo e eu sabia que mostraria mais pele do que já expus na vida. Mas eu não queria deixar de usá-lo e ofender Jordan, além de estragar a praia de todos.

– Preciso usar, Drake... Jordan vai ficar mal se eu me recusar. A parte de cima não é tão ruim e coloco um short, a não ser que entre na água.

Ele grunhiu enquanto pegava meu travesseiro e o colocava sobre a cabeça. Eu o ouvi gritar alguma coisa, mas o travesseiro abafou demais para que eu entendesse exatamente o que dizia. Mas compreendi o mais importante e me aproximei da cama, pulando em cima dele.

Tirei o travesseiro de seu rosto e me abaixei para encher seu rosto de beijos.

– Não fique chateado, tá? Está tudo bem.

– Estou te dizendo agora, se ele tentar alguma coisa, vou dar umas porradas nele. Estou avisando – ele grunhiu enquanto rolava para longe de mim.

– Combinado. Agora vá se trocar.

Nós trocamos de roupa rapidamente e esperávamos lá embaixo quando Danny e Jordan apareceram no alto da escada. Os olhos de Jordan se arregalaram quando ele me viu e cruzei os braços, tentando me cobrir o máximo possível. Talvez Drake tivesse razão e esta não fosse uma boa ideia. Eu tinha um fraco por Jordan, mas de jeito nenhum queria lhe dar a ideia errada.

— Retiro o que disse antes, Ursinha Chloe — disse ele quando desceram.

Eu o olhei, confusa.

— Do que você está falando?

— Eu disse que você ficava mais sexy de manhã... Bom, retiro isso. Você fica incrível de biquíni.

Senti Drake tenso ao meu lado e falei antes que ele decidisse atacá-lo.

— Para de dar em cima de mim, Jordan... Isso não rola comigo. Conheço você muito bem.

Ele olhou para Drake e abriu um sorriso malicioso.

— Antigamente você conhecia mesmo.

Os olhos de Drake se estreitaram e ele abriu a boca para falar, mas Danny o interrompeu.

— Precisamos sair agora para evitar o trânsito.

Segurei a mão de Drake e o arrastei pela porta.

— Boa ideia.

A ida de carro foi tensa, para dizer o mínimo. Drake lançava olhares assassinos para a nuca de Jordan enquanto seguíamos pela via expressa Ocean City. Apertei sua mão gentilmente e ele abriu um leve sorriso quando se virou para mim.

— Vou falar com ele, Drake. Ele não quer nada — sussurrei enquanto Danny estacionava o carro.

Saímos e pegamos nossas toalhas e um cooler na mala, indo até um lugar mais vazio, perto de algumas pedras. Abri minha toalha na areia e Drake abriu a dele ao lado da minha. O sol começava a despontar no horizonte. Tinha aquele lindo tom avermelhado que só se consegue no amanhecer ou no anoitecer, e me deitei para curtir a vista espetacular.

A praia estava quase deserta, com apenas alguns grupos de pessoas descendo para pegar um lugar. Danny e Jordan trouxeram cadeiras e as colocaram ao lado de nossas toalhas. Vi Danny se sentar e pegar um refrigerante no cooler. Meu coração doeu ao ver a tristeza em seus olhos.

Meu primo não merecia a dor que precisava suportar, vendo a mãe morrer lentamente diante dos seus olhos. A presença da minha mãe certamente não facilitava as coisas para ele também. Ele já tinha problemas suficientes, e eu pretendia resolver a questão com a minha mãe rapidamente para ele não ter que suportá-la. Eu sabia que meus atos teriam consequências, mas não me importava. Ela era um incômodo para todo mundo e o quanto antes fosse embora, melhor.

Olhei para Drake, que puxava minha mão.

– Vem nadar comigo? – perguntou ele.

Concordei, me levantei e tirei o short. Eu o deixei na toalha enquanto ele me levava para a beira da água.

Coloquei a ponta dos pés na água e tremi.

– Está gelada.

– Não está tão ruim. Vem, entra comigo. – Ele me olhou suplicante enquanto eu entrava lentamente na água fria.

– Você é maluco. Vou congelar.

– Não, não vai... Você vai se adaptar à temperatura. – Ele me pegou e me puxou para ele enquanto íamos mais fundo. – Mas vou deixar você quentinha enquanto isso.

Ri enquanto ele se curvava e me beijava. Senti que ele me puxava para mais fundo da água enquanto prolongava o beijo, mas mal registrei. Gemi quando ele deslizou a língua pelos meus lábios e acariciou a minha língua. Minhas mãos envolveram seu pescoço e ele me segurou pela bunda, me levantando da água para chegar mais perto.

Eu me afastei ao perceber que ele tinha nos levado para longe de Danny e Jordan. Ele continuou a me puxar para longe e nos aproximamos de algumas rochas maiores. Quando chegamos lá, vi que já estávamos totalmente escondidos de Danny e Jordan.

Drake me sentou em uma das pedras menores e puxou meu rosto para perto.

– Estou esperando para ficar sozinho com você desde que te vi neste biquíni. Você não tem ideia de como me deixa de pau duro usando isso.

Senti calor entre as pernas ao ouvir suas palavras. Estendi a mão e o segurei por cima da bermuda. Ele não estava brincando. Mesmo na água fria ele estava completamente duro. Drake gemeu enquanto eu o apertava gentilmente. Puxei o cordão da sua bermuda e enfiei a mão. Ele estava completamente quente.

Comecei a acariciá-lo e Drake gemeu.

– Ah, gata, você está me matando. – Ele apoiou a cabeça no meu ombro enquanto eu o massageava, a respiração irregular.

Ele tirou minha mão e sorriu para mim.

– Você não é a única que vai brincar.

Ele puxou a calcinha do biquíni de lado e começou a massagear meu clitóris. No início, gentilmente, mas com mais força a cada gemido que eu soltava, usando o polegar, enquanto deslizava dois dedos para dentro de mim. Joguei a cabeça para trás e me agarrei em seus ombros para continuar reta. Senti o orgasmo vindo enquanto ele metia os dedos, mas ele parou antes que eu gozasse.

– Drake, não pare... É maldade.

– Não vou deixar você sair dessa tão fácil. – Ele baixou a bermuda e me agarrou pela cintura, me puxando para a água com ele.

– O que está fazendo?

– Você disse que a gente não podia transar na casa da sua tia. Mas não disse nada sobre este lugar.

– Não podemos! E se alguém vir a gente? – Olhei na direção de Danny e Jordan, distantes.

– Ninguém vai nos ver aqui. Estamos longe demais e as pedras estão nos escondendo.

Antes que eu pudesse protestar mais, ele puxou minha calcinha de lado e estava dentro de mim com uma única metida. Gemi ao sentir como ele me penetrava e me preenchia. Ele começou a se movimentar, lentamente, mal mexendo os quadris, mas o atrito sendo suficiente para me deixar louca.

– Mais rápido, Drake!

Ele obedeceu e começou a meter mais forte comigo agarrada nele. A água escondia a maior parte dos nossos movimentos, mas não consegui abafar o grito que soltei quando gozei. Rezei para que a gente estivesse longe da praia o suficiente para ninguém nos ouvir. Ele gemeu quando gozou, depois apoiou a cabeça de novo no meu ombro.

Levamos um minuto para estabilizar a respiração antes de voltar a falar.

– Eu não me canso nunca, Chloe. Eu podia trepar com você todo dia e não ia me cansar nunca.

Eu o beijei rapidamente enquanto ele saía de mim e me sentava na pedra.

– É bom saber disso. Não quero você caído por uma daquelas meninas que você adora quando eu não estiver por perto.

Ele beijou meu nariz e me olhou.

– Aquelas meninas não são nada perto de você, então, não se preocupe com isso. Ninguém vai tomar o seu lugar.

Nunca conversamos realmente sobre todas as mulheres com quem ele esteve e eu preferia assim. Tinha medo de que todas as minhas inseguranças viessem à tona se a gente tocasse no assunto e eu acabasse não o deixando ir embora. Eu confiava em Drake – ele não me dava nenhum motivo para o contrário –, mas me assustava a ideia de centenas de mulheres muito mais bonitas do que eu se jogando em cima dele. Eu encontrei meu verdadeiro amor, tinha certeza disso, e não abriria mão dele para ninguém.

– Vem, é melhor a gente voltar antes que eles comecem a nos procurar – disse ele, me ajudando a sair da pedra e a voltar à praia.

Saímos da água de mãos dadas e caminhamos pela areia até Danny e Jordan. Notei que Jordan nos olhava quando nos sentamos nas toalhas, mas eu o ignorei. Se eu olhasse para Danny ou para ele, sabia que ficaria muito sem graça.

O sol agora estava completamente no céu e deitei de olhos fechados na toalha para tentar me bronzear. Com minha pele clara, eu sabia que era inútil, mas queria tentar.

Jordan bufou e abri os olhos para olhá-lo.

– Vocês são tão óbvios.

Senti meu rosto esquentar com seu olhar malicioso.

– Não sei do que você está falando.

– É claro que não sabe. Você e Drake acabaram de transar perto das pedras. Eu estava vendo vocês.

Drake falou ao meu lado.

— Isso não é da sua conta e não sei por que você ficaria olhando se a gente transasse.

— Como assim, "se"? Chloe está com aquele olhar de "acabaram de me comer". Eu o conheço bem. Diga lá, Chloe, como é transar nesta praia?

Senti a cor sumir do rosto enquanto ele falava. Ele estava provocando Drake de propósito.

— Do que ele está falando, Chloe? — perguntou Drake numa voz tensa.

— Quer dizer que ela não te contou? Eu tirei a virgindade dela nesta mesma praia, um pouco depois daquelas pedras. Mesmo para uma primeira vez, preciso dizer que ela sabia o que estava fazendo.

Levantei atrapalhada da toalha e segurei Drake enquanto ele se levantava e partia para Jordan.

— Drake, pare! Jordan, já chega, tá legal? Deixa de ser babaca!

Drake estava pálido, e me ignorou enquanto passava por mim aos empurrões para chegar até Jordan. Danny, que ficou em silêncio esse tempo todo, pulou da cadeira e segurou Drake.

— Já chega dessa besteira, gente. Minha mãe está morrendo, merda, e vocês dois estão aqui brigando por uma coisa que aconteceu anos atrás. — Ele apontou para Jordan. — Para de falar essas coisas que vão irritar o Drake. E para de dar em cima de Chloe! Não sei qual é o seu problema, mas trate de resolver.

Enquanto Danny terminava sua bronca, Drake parou de lutar e se virou para ir à água.

Eu o vi se afastar antes de me virar para Jordan.

— Mas o que foi isso, Jordan? Pensei que você fosse uma pessoa melhor! — gritei para ele.

— Esse cara é um babaca, Chloe. Não sei o que você viu nele.

— Ele não é um babaca! É meu namorado e não preciso ouvir essa merda. Não sei o que deu na sua cabeça, mas você precisa parar. Estou com ele e é assim que vai ser. Se você não consegue lidar com isso, então fique longe de mim.

Eu me virei e fui atrás de Drake. Ele estava a uma boa distância, mas corri e o alcancei rapidamente. Quando me aproximei, passei os braços em volta dele.

— Drake, pare, por favor! Desculpe se ele foi um imbecil. Não vai acontecer de novo.

Ele parou e se virou para mim.

— Me deixa louco pensar em você com outros caras, Chloe. Você quase me matou com Logan e agora tenho de olhar aquele imbecil e saber que ele esteve com você também! Com quantos homens você ficou?

Recuei enquanto ele dirigia sua raiva a mim.

— Só ele e Logan, eu juro. Eu não queria te contar porque sabia que você ficaria chateado. Já faz muito tempo e nunca pensei que ele fosse falar nisso!

— Bom, ele falou, não foi? É claro que ele ainda quer você e eu não vou passar pela mesma coisa que aconteceu com Logan. Você diz para ele para cair fora ou eu vou sair daqui agora mesmo!

Meu coração quase parou de bater ao ouvir suas ameaças.

— Drake, eu acabei de dar um fora nele. Não quero ninguém, só você. Como pode pensar isso, ou desistir da gente com tanta facilidade?

— Não estou desistindo, só estou irritado, tá legal? — Ele me puxou e me abraçou com força. — Eu te amo, Chloe, e fico maluco quando vejo outros homens olhando para você. Agora você é minha.

— Como você acha que me sinto vendo aquelas mulheres no bar tentando chamar sua atenção? Isso nem se compara àquilo.

— Chloe, eu nem noto a presença daquelas garotas. Quando estou ali cantando, você é única mulher que eu vejo. Elas podem tentar o que quiserem, mas nunca vou olhar para elas quando tenho você.

— Isso é muito importante para mim, Drake. Eu te amo demais.

— Eu também te amo. E me desculpe por ser o maior idiota do planeta?

— É claro... Estou acostumada com você desse jeito — eu disse enquanto ele me dava um tapa na bunda.

— É bom saber. Vem, vamos voltar. Prometo que não vou matar aquele sujeito.

Voltamos até onde Danny e Jordan estavam, enquanto eles terminavam de guardar nossas coisas.

Jordan levantou a cabeça quando nos aproximamos.

— Desculpe, Chloe, não sei o que eu estava pensando e, desculpe, Drake. Foi uma idiotice da minha parte. Não vai acontecer de novo.

Drake só assentiu enquanto pegava nossas coisas e voltava para o carro. Eu sabia que ele ainda estava irritado, mas tentava controlar a raiva por mim e agradeci por isso. Evitei Jordan enquanto caminhávamos pela areia e mal falei com ele na volta para casa. Quanto menos tempo eu passasse com ele, melhor tudo ficaria.

Eu não queria que Drake fosse embora no dia seguinte achando que não podia confiar em mim enquanto eu estivesse sozinha e ele longe. Eu estava decidida a compensar meus erros com Logan e sequer deixá-lo com dúvidas.

Ao estacionarmos na casa, vi minha mãe do lado de fora falando ao telefone. Gemi ao sair do carro. Não queria enfrentá-la naquele momento.

– Vejo que você finalmente decidiu nos dar a honra da sua presença – disse ela enquanto encerrava a ligação e se aproximava da gente.

– É, estou aqui. Mas isso não quer dizer que você precise falar comigo. Na verdade, seria ótimo se você me ignorasse.

– De jeito nenhum, pelo menos não quando a gente estiver perto da Jen. Você finge ser a filha amorosa e eu mantenho minha parte no trato. Você nunca mais vai me ver – disse ela em voz baixa para que ninguém mais pudesse escutar.

– Ei, Chloe, vou ver se minha mãe acordou. Se ela estiver acordada, volto para pegar você e ela poder vê-la – disse Danny ao entrar na casa. Jordan, Drake e eu rapidamente fomos atrás dele, na esperança de evitar minha mãe.

Danny subiu a escada enquanto Jordan nos levava para a sala de estar e se sentava em uma poltrona. Drake e eu nos sentamos juntos no sofá de frente para ele, e minha mãe entrou atrás de nós. Eu a ignorei enquanto ela assumia o único lugar que restava e voltava a falar ao telefone.

Tentei não escutar, mas, com a pouca distância entre a gente, era difícil não ouvir sua conversa. Ela falava com um amigo sobre uma festa que iriam à noite. Fiquei irritada ao ouvi-la falar. Sua única irmã estava morrendo no segundo andar e ela estava preocupada com festas. Senti ainda mais determinação para que ela não ficasse com nada.

Danny entrou na sala e gesticulou para que eu o seguisse. Eu me levantei e fui com ele enquanto minha mãe encerrava a ligação e me seguia.

– Ela está acordada agora e quer ver você. Mas não demore... Ela está cansada e precisa de repouso.

Concordei com a cabeça enquanto ele me pegava pela mão e me levava pela escada até o quarto da minha tia. Ele abriu a porta e entramos. As cortinas estavam fechadas, deixando o quarto quase na completa escuridão. A única luz vinha de um abajur na mesa de cabeceira, e prendi a respiração ao ver minha tia deitada na cama. Já fazia anos desde a última vez que eu a tinha visto, e a mulher deitada ali não se parecia em nada com aquela que eu conheci.

Minha tia sempre foi vigorosa, irradiando felicidade, e vibrante como o sol. A mulher diante de mim não tinha nada disso. Seu corpo frágil se deteriorava. Ela tinha perdido o lindo cabelo louro com a quimioterapia. E sua pele era de um tom cinzento e balançava no corpo.

Meus olhos se encheram de lágrimas ao vê-la e me curvei para Danny, mal sendo capaz de ficar em pé.

– Eu sei, Chloe, eu sei. Mas temos de ser fortes por ela, está bem? – disse ele ao me levar para mais perto da cama.

Olhei para a porta e vi minha mãe parada ali, nos olhando. De jeito nenhum eu poderia falar com minha tia se minha mãe estivesse no quarto. Olhei novamente para minha tia, sem saber se seria capaz de discutir alguma coisa com ela, quando ela estava tão mal. Mas eu precisava tentar. De jeito nenhum ia deixar que minha mãe a magoasse.

– Mãe – sussurrou Danny ao meu lado –, você tem uma visita. Chloe está aqui para ver você.

Ao ouvir a voz dele, minha tia abriu os olhos e nos abriu um sorriso fraco.

— Chloe, não sabia se você chegaria a tempo. Venha cá, minha menina, e me dê um abraço.

Eu me curvei e lhe dei um abraço leve, com medo de quebrá-la.

— Oi, tia Jen, eu estava com saudade de você — eu disse enquanto as lágrimas que tentava conter começavam a escorrer livremente pelo meu rosto.

— Danny, pode nos dar um momento? Quero conversar com a Chloe.

— Claro, mãe, volto para ver você daqui a pouco. Sua enfermeira do turno da manhã também deve chegar logo — disse ele ao se curvar e beijá-la no rosto. Seu olhar encontrou o meu. — Lembre-se, não demore.

Concordei enquanto puxava uma cadeira para próximo da cama e me sentava. Minha mãe veio para o meu lado e passou o braço pelos meus ombros. Eu me encolhi com seu toque, me lembrando das muitas vezes em que aquelas mesmas mãos me provocaram tanta dor. Se ela notou minha reação, não deu sinais.

— Estou aqui também, Jen. Como está se sentindo hoje? — perguntou minha mãe numa voz suave que eu raras vezes a ouvi usar.

Os olhos da minha tia foram até ela.

— Andrea, preciso conversar em particular com a Chloe. Você pode voltar e me visitar depois que a gente acabar.

Eu me retraí quando as unhas da minha mãe cravaram na minha pele.

— Tem certeza? Não quero que ela fique tempo demais incomodando você. Eu me sentiria melhor se ficasse aqui.

Eu conhecia seu jogo. Ela estava com medo do que eu diria se ficasse a sós com a irmã dela. Minha mãe pode ser uma pessoa horrível, mas não é burra.

— Eu vou ficar bem. Agora, vá. Chloe fala com você quando a gente terminar.

Minha mãe não ficou satisfeita, mas assentiu. Ela virou-se e saiu do quarto.

— Pode fechar a porta para mim, Chloe? Paredes têm ouvidos, sabe? — pediu tia Jen.

— Claro. — Fui até a porta e vi minha mãe parada a pouca distância quando a fechei. Eu sabia que ela ficaria do outro lado tentando escutar enquanto eu estivesse ali.

— Ela ainda está lá fora?

Assenti e voltei a me sentar.

— Está, é claro. Acho que ela não confia que eu fique sozinha com você.

— É claro que não. Ela sabe que você vai me contar todas as coisas horríveis que ela está tentando esconder tão desesperadamente. Eu posso estar morrendo, mas não sou idiota.

— Tem razão, tia Jen. É por isso que estou aqui. Não posso permitir que você dê nada a ela. Ela é uma pessoa horrível e não merece nada.

— Sei o que ela é, Chloe, e não se preocupe. Ela não vai receber um centavo.

CAPÍTULO QUATRO

DRAKE

Chloe claramente não estava raciocinando direito para me deixar sozinho com Jordan na sala depois de nosso pequeno incidente na praia. Eu ainda estava irritado, mas calei a boca enquanto ele pegava o controle remoto e zapeava pelos canais. A televisão era uma boa distração. Ele parou em uma luta e fiquei de olhos colados na tela.

Eu o ouvi suspirar algumas vezes, mas fingi não perceber, esperando que Chloe voltasse logo. Eu o deixaria em paz em respeito a Chloe, mas isso não significava que eu seria seu melhor amigo e ficaria sentado ali, batendo papo com ele.

Ficamos em silêncio, vendo televisão por alguns minutos, até que Jordan finalmente falou.

– Tudo bem, me escuta. Sei que fui um idiota antes, mas só fiz isso para proteger a Chloe. – Ele desligou a televisão.

Tirei os olhos da tela agora escura e olhei para ele.

– Exatamente como você a estava ajudando ao contar para o namorado dela que tirou sua virgindade? – perguntei, perplexo com sua lógica.

– Chloe é uma garota meiga, mas ela teve uma vida difícil e foi magoada. Não quero mais vê-la ferida. Tenho certeza de que você é um cara legal e tudo, mas vamos ser francos. Você não é do tipo de se comprometer. Até eu posso dizer isso depois de conhecer você por menos de um dia. Eu vejo como Chloe te olha... Ela te ama e você vai magoá-la. Prefiro que você faça isso enquanto eu estiver por perto, assim eu posso ajudá-la.

– Você não sabe que tipo de pessoa eu sou. Não, eu não era do tipo de se comprometer antes de conhecê-la, mas agora eu sou. Ela é importante para mim e não vou magoá-la – eu disse enquanto eu começava a ficar irritado.

Quem esse sujeito pensava que era? Eu sabia que ele estava querendo bancar o bom moço para protegê-la de mim, mas ele concluiu tudo errado. Eu nunca a magoaria – prefiro morrer. Algo nela me atraiu desde o início e eu sabia que a amava. Bastava um olhar dela para virar meu mundo de pernas para o ar, mas eu não dava a mínima. Se ela estivesse comigo, eu não precisava de um mundo nos eixos.

– Talvez não, mas você vai machucá-la. Caras como a gente sempre estragam tudo no final... Não conseguimos evitar. – Ele recostou a cabeça na poltrona.

– Detesto te dar essa notícia, mas não somos nada parecidos.

– É aí que você se engana. Chloe falou que você toca numa banda. Ser jogador de futebol causa o mesmo efeito nas mulheres. Elas se jogam em cima de você o tempo todo, mesmo que você tente ignorá-las. Você e eu sabemos que só dá para evitar a tentação por algum tempo, logo você vai fraquejar e magoá-la.

– Não tenho problema em ignorar mulheres quando tenho a Chloe na minha cama toda noite. – Eu me senti triunfante ao ver suas narinas inflarem de raiva. – Você parece estar interessado demais nela, para ficar sentado aqui confessando que estragou a primeira chance que teve com ela. Se você acha que sou eu que vou magoá-la, talvez deva se olhar no espelho.

Seus olhos se estreitaram.

– É aí que somos diferentes: eu sei que estraguei tudo. Por isso não tenho a intenção de tentar nada com ela... Eu gosto demais da Chloe. Você está cego demais por ela para perceber que tipo de pessoa você é.

– Papo furado! Você caiu em cima dela no minuto em que ela saiu do carro.

– Não é verdade. Eu estava tentando me livrar de você desde o minuto em que o vi, mas, ao que parece, você não desiste com tanta facilidade. Então pensei em esclarecer tudo com você.

– Bom, não vou a lugar algum, então, pode esquecer. Eu lutei demais para tê-la e não vou deixá-la ir embora agora. Você e eu estamos do mesmo lado... Nós dois tentamos proteger a Chloe. Então, vamos deixar assim, tá bom? Eu não vou magoá-la.

Ele pareceu refletir. Eu esperava que ele tivesse compreendido. Não queria sair daqui preocupado com ele, se ele ia ou não dar em cima dela.

– Espero que você tenha razão, pelo seu bem e o dela. Se você magoá-la, eu acabo com você.

Tive que rir dessa. Eu não era um cara pequeno, de maneira nenhuma, mas não tinha dúvidas de que Jordan poderia acabar comigo, se quisesse. O cara era um animal e não tenho vergonha de admitir isso. Posso ser convencido, mas não sou burro.

– Vou tentar me lembrar disso. Só para de dar em cima da minha namorada sempre que pode e vamos ficar bem. – Abri um sorriso sério.

Eu sabia como Jordan agiria a partir de agora e eu agradecia verdadeiramente por isso. Ele só estava cuidando de Chloe e, se ele desistisse dela, eu poderia até gostar do cara.

– Muito bem – disse ele enquanto Danny entrava na sala.

Alarmes soaram na minha cabeça quando a mãe de Chloe não veio junto com ele. De jeito nenhum eu ia deixar Chloe sozinha com ela, com ou sem a presença da tia.

– Onde está a mãe da Chloe? Por favor, não me diga que você deixou as duas sozinhas – eu disse.

Ele me abriu um sorriso amarelo.

– Não. Minha mãe me expulsou, mas fiquei por ali para ter certeza de que nada ia acontecer. Ao que parece, ela também expulsou a Andrea, porque ela saiu furiosa do quarto. Confesso que não teve preço ver a expressão da mulher quando a Chloe fechou a porta na cara dela. Pensei que ela ia jogar alguma coisa longe.

– Bom, se ela não está com as duas, então, onde está? – perguntei.

– Da última vez que a vi, ela estava do lado de fora da porta com a orelha praticamente grudada nela, tentando ouvir. Ela sabe que Chloe não suporta as merdas dela e tem medo do que ela pode dizer para minha mãe.

Sorri enquanto Danny se sentava no sofá ao meu lado. Era bom saber que ele e Jordan sabiam que tipo de pessoa Andrea realmente era. Se Chloe não pudesse evitar que a tia deixasse parte de seu dinheiro para Andrea, talvez eles conseguissem. Assim, Andrea ficaria furiosa com eles, não com Chloe. Eles pareciam muito capazes de lidar com Andrea. Mas eu ainda tinha receio de deixar Chloe sozinha. Se a mãe decidisse partir para a violência, ela seria o alvo mais fácil, sem dúvida.

– Eu queria falar com vocês enquanto Chloe não está aqui.
– Olhei de um para o outro. – Chloe não veio aqui pelo dinheiro. Tenho certeza de que vocês dois sabem disso. Ela quer convencer a tia a excluir a mãe do testamento. Se conseguir, todos nós sabemos que Andrea vai surtar. Não quero deixá-la aqui sozinha, mas não tenho alternativa. Preciso saber que vocês dois vão cuidar dela quando a mãe descobrir o que ela fez. Estou torcendo para que Chloe já esteja comigo quando isso acontecer, mas sei que é improvável.

– Achei que já estaria meio evidente que nós dois vamos protegê-la – disse Jordan.

– Eu sei, mas eu precisava ressaltar isso. Não quero deixá-la sozinha – eu disse, olhando para Danny.

– É claro que não. Sei quem minha tia é há muito tempo. Não vamos deixar Chloe sozinha enquanto Andrea estiver por aqui. Pode confiar em mim. Além do mais, eu acho que Chloe não vai precisar convencer muito a minha mãe. Ela mal suporta olhar para a Andrea. Ela sabe que tipo de pessoa a irmã é, por mais que a mulher tenha se esforçado para esconder.

Assenti.

– É bom saber. Todos nós sabemos que vai dar merda antes do final dessa história.

– Vou cuidar da Chloe, cara, não precisa se preocupar – disse Jordan, olhando para mim. – É bom saber que você se preocupa tanto com ela.

– Não faz ideia do quanto me preocupo com ela – eu disse.

Senti um peso sair do meu peito ao saber que esses dois protegeriam Chloe enquanto eu não pudesse. Eu sabia que ficaria preocupado até ela estar ao meu lado de novo, mas isso me tranquilizava um pouco.

Eu me levantei e fui à porta.

— Preciso fumar. Se Chloe voltar antes de mim, digam a ela onde estou.

Saí, fechei a porta, tirei um cigarro do bolso e o acendi. Ao inspirar fundo, senti meu corpo começar a relaxar. Havia problemas demais e nicotina de menos no mundo, se quer minha opinião. Chloe insistia o tempo todo para que eu parasse de fumar e prometi a ela que pararia. Eu faria isso, quando todo o problema estivesse acabado com... Talvez. Eu não sabia se podia lidar com a vida cotidiana sem alguma nicotina no organismo para me impedir de arrancar a cabeça de alguém.

Andei pelo gramado e contornei a lateral da casa. Não tinha visto além da frente da propriedade e estava curioso para ver o que se escondia nos fundos. Ao chegar ao jardim de trás, minha boca se abriu. Chamar isso de quintal seria uma falta de respeito. Aquilo parecia uma imensa arena esportiva.

Bem atrás da casa havia uma enorme piscina que ocupava toda a extensão do jardim. Era equipada com duas pranchas de salto e um pequeno escorrega. Ao lado, havia uma banheira de hidromassagem de tamanho suficiente para nadar, além de uma quadra de tênis e outra de basquete. Fui à beira da piscina e olhei a água cristalina enquanto terminava o cigarro.

Concluí que nadar podia ajudar a acalmar minha mente, assim, corri de volta à frente da casa e peguei minha bermuda ainda molhada no carro de Danny. Havia uma pequena cabine para trocar de roupa ao lado da piscina, então a usei rapidamente. Joguei as roupas numa cadeira perto da piscina enquanto ia à escada mais alta e começava a subir. Quando cheguei ao topo, andei pela prancha e fiquei na beira. Nunca fui fã de altura e hesitei por uma fração de segundo antes de mergulhar. Senti a água morna começar a relaxar meus músculos tensos enquanto meus pés tocavam no chão para voltar à superfície. Posso não gostar de altura, mas nadar era uma coisa que eu adorava e eu era bom.

Quando eu tinha seis ou sete anos, meu pai comprou uma daquelas piscinas de fibra de 1,20m de profundidade que se via em quase todo quintal e me ensinou a nadar. Ele construiu um deque em volta dela para que minha mãe pudesse se deitar na cadeira e nos olhar enquanto lia livros. Sorri ao me lembrar dela gritando quando ele espirrava água nela e molhava o livro em que ela estava envolvida naquele dia. Eu me lembro de rir com meu pai saindo da piscina e a agarrando e a levando para a água enquanto ela esperneava e gritava. Eles eram assim sempre: brincavam muito, tão cheios de amor. Passei muitos verões com eles naquela piscina ou ajudando meu pai a fazer o churrasco nas suas festas de fim de semana no bairro.

Quando eles morreram e fui morar com meu tio, me lembro de sentir falta da nossa piscina e daquelas noites quentes que passamos juntos. Precisei de anos para conseguir até suportar chegar perto de uma piscina, quanto mais entrar em uma. Finalmente dei um mergulho um dia depois de receber alta na reabilitação. Fui à piscina pública e fiquei lá o dia todo, criando coragem para enfrentar meus medos. Foi uma das coisas mais difíceis que fiz na vida, mas consegui. Por algum motivo, entrar na água naquele dia me fez sentir livre e comecei a me perguntar se minha vida talvez não seria sempre tão cheia de dor, caso eu encontrasse a coragem para superar tudo.

Perder os pais sendo tão novo me destruiu completamente durante um bom tempo. Mesmo depois de eu ter aceitado a morte deles, pensar neles doía tanto que às vezes era difícil respirar.

Mas eu estava reaprendendo a viver, graças à Chloe, mesmo com uma década de atraso. Ela era meu novo mecanismo de superação e, de longe, o mais saudável. Com Chloe, eu me sentia vivo de novo pela primeira vez em muito tempo.

Eu sabia que era horrível usar as mulheres como eu já fiz, e tinha vergonha de me dar conta de que eu sequer sabia quantas foram. Rezei para que Chloe nunca me pedisse os detalhes. Não acho que suportaria ver a decepção em seus olhos. Fiquei furioso com ela horas antes por ser seu terceiro e eu nem mesmo podia lhe dar um número, se ela perguntasse.

Mesmo que fosse ruim com as mulheres, foi dez vezes pior com as drogas. Começou de um jeito muito inocente. Meu tio raras vezes estava em casa para me vigiar e comecei a andar com uma turma barra-pesada, mesmo isso parecendo clichê. Ficávamos zanzando depois da aula, acendendo um baseado e jogando videogame.

Conforme fiquei mais velho e comecei a andar com uma turma ainda mais pesada, a maconha progrediu para os comprimidos e depois para drogas mais pesadas como cocaína, ácido e heroína. A euforia era incrível, mas sempre terminava rápido demais e eu voltava a sentir emoções que queria entorpecer. Comecei a usar mais e a vender para pagar pelo vício, para não ser pego pelo meu tio.

Tudo veio abaixo quando fui flagrado fumando maconha. Fui salvo por não ter mais nenhum grama comigo. Naturalmente, meu tio foi chamado e ficou louco comigo, e não posso culpá-lo. Uma semana depois, eu estava dando entrada na reabilitação com ordens para ficar limpo ou sumir. Detestei meu tio na época, mas agora sei que ele salvou minha vida e eu sempre serei grato por se intrometer e se preocupar comigo a ponto de fazer alguma coisa. Se ele não tivesse se metido como fez, agora eu estaria morto ou preso.

Já estou limpo há quase quatro anos, mas às vezes ainda sinto falta das drogas. Quando as coisas ficam complicadas na minha vida, meu primeiro instinto é acender um baseado e partir para um esquecimento pacífico. Mas eu nunca admitiria isso em voz alta; se Chloe um dia descobrir este pequeno detalhe, sei que ela me deixaria na mesma hora. Vivendo com a mãe dela, ela teve que lidar com drogas e álcool a vida toda e eu jamais deixaria isso acontecer novamente.

Ainda parecia surreal para mim que ela finalmente fosse minha, mesmo depois de três meses juntos. Eu sabia que não merecia alguém como ela, mas tenho absoluta certeza de que não abriria mão dela. Sou egoísta demais para isso. Não sei o que fiz da vida para encontrar alguém como Chloe, mas não ia começar a questionar. Só agradecia ao meu anjo da guarda.

Nadei um pouco mais antes de ir para a borda da piscina e sair da água. Nadar realmente ajudou a me acalmar e me sentir relaxado pela primeira vez em dias. É claro que ainda faltava resolver muita coisa com a mãe dela e eu teria que ir embora no dia seguinte, mas eu sabia que Jordan e Danny protegeriam Chloe enquanto estivéssemos longe um do outro.

Rapidamente vesti as roupas e deixei a bermuda perto da piscina para secar antes de voltar para a frente da casa. Assim que cheguei à porta, abri e Andrea saiu de rompante. Ela me ignorou completamente ao passar e caminhar até seu carro. Ela entrou no carro e sumiu num piscar de olhos. Balancei a cabeça ao vê-la acelerar pelo resto da entrada e passar pelo portão.

Entrei e vi Danny e Jordan ainda no mesmo lugar de quando os deixei. Eu me sentei no sofá e olhei para Danny.

– Mas o que foi aquilo?
– O quê? Andrea saindo voada daqui? – perguntou ele.
– É, ela quase tropeçou em mim tentando sair pela porta. Parecia irritada.
Jordan me abriu um sorriso tranquilo.
– A culpa pode ser minha. Acho que eu meio a irritei. Ela veio aqui reclamar de Jen tê-la expulsado para conversar com Chloe. Falou que era injusto porque ela trouxe Chloe aqui. Eu meio que a mandei se foder.
Eu ri.
– Legal. Pena que perdi essa parte.
– É, foi mesmo. Aquela mulher é doida! Espera só até eu contar à Chloe... Ela vai se amarrar! – disse Jordan, ainda sorrindo.
– Eu vou me amarrar no quê, Jordan? – perguntou Chloe da porta.
Dei um pulo ao ouvir sua voz e me virei para ela. Ela sorria de orelha a orelha e acreditei ser um bom sinal.
– Foi tudo bem, então? – perguntei.
Ela veio até mim e me beijou na boca com fogo suficiente para fazer meu pau se contorcer.
– Ah, foi mais do que bem. Eu diria que "perfeito" é uma descrição melhor. Tudo será resolvido.
Sorri para ela. Senti que as coisas finalmente podiam começar a dar certo para nós dois.

CAPÍTULO CINCO

CHLOE

Olhei para minha tia totalmente confusa. Se ela não pretendia dividir parte da sua fortuna com a minha mãe, por que minha mãe tinha a impressão de que receberia sua parte? Eu sabia que minha mãe não estava mentindo para mim, porque ela não teria me procurado se não quisesse conseguir alguma coisa dessa história.

– Tia Jen, não estou entendendo. Minha mãe me disse que você ia deixar muito dinheiro para nós duas.

Ela suspirou.

– É claro que ela disse... Foi o que eu falei para ela. Foi o único jeito para ela procurar você. Sinto muito remorso em relação a você e precisava encontrá-la antes que fosse tarde demais.

– Peraí... Estou confusa. Se você não vai nos dar dinheiro, por que queria que eu viesse aqui?

Suas palavras me deixaram pasma. Eu tinha todo um discurso preparado explicando por que ela não deveria dar dinheiro nenhum para minha mãe e aqui estava ela, dizendo que tudo tinha sido pura armação. E sentir remorso de quê? É claro que eu não convivi muito com a minha tia, mas, quando estive perto, ela sempre foi gentil comigo, até me deixou ficar com ela um tempo depois que minha mãe sumiu naquele verão.

— Chloe, eu nunca agi corretamente com você. Eu sabia como sua mãe era e nem uma vez me intrometi para proteger você. Ela vinha aqui de vez em quando, pedindo dinheiro para comprar coisas para você, mas no fundo eu sabia que você nunca viu um centavo dele. Eu não perdia a esperança de que ela mudasse e fosse a mãe que você merecia. Naquele verão que você veio com ela, fiquei muito animada de ver as duas juntas. Pensei que as coisas estivessem começando a melhorar para vocês, mas você estava muito magra e vi a dor em seu olhar. Achei estranho você ficar toda coberta o tempo todo, mas quando você colocou um short naquele dia achando que ninguém perceberia e eu vi os hematomas começando a clarear, fiquei louca com a sua mãe. Eu a mandei ir embora, disse que não queria vê-la de novo. Claro que ela foi e não se preocupou em levar você. Você parecia tão feliz aqui com a gente e eu queria que você ficasse, mas sabia que você sentiria falta da sua casa e dos seus amigos. Não queria afastar você da vida que construiu, então a ajudei a chegar em casa, pensando que estava agindo da melhor forma.

As lágrimas se acumularam nos meus olhos.

— Ah, tia Jen, nem pense que alguma coisa dessas foi por sua culpa. Você mal me conhecia e eu não era da sua responsabilidade. Eu fiquei bem sozinha quando ela sumiu e agora estou feliz. De verdade.

— Isso não importa. Eu ainda devia ter cuidado de você. Logo depois que você foi embora, meu médico descobriu o câncer e passei o tempo todo fazendo tratamentos. Depois de alguns meses, pensamos que eu tinha vencido a batalha e que o tumor tinha entrado em remissão. Eu tinha muitas preocupações, mas nunca me esqueci de você. Eu só sabia que você estava na Virgínia Ocidental, mas sua mãe nunca me disse exatamente onde. Procurei por você durante meses, mas sua mãe não tinha nada no seu nome: impostos, contas de serviço público, seguro... Nada que pudesse usar para localizar você.

Eu não sabia o que dizer. Era perturbador saber que sofri maus-tratos da minha mãe durante todos aqueles anos quando eu tinha alguém que gostava de mim o bastante para me procurar.

Minha tia deu um pigarro e continuou.

— Há cerca de um ano, o câncer voltou com força. Tentamos de tudo, mas nada ajudou e aceitei meu destino. Mas sabia que precisava encontrar você antes que fosse tarde demais. A sorte estava do meu lado quando Andrea apareceu na minha porta alguns meses atrás e começou a fazer o jogo da irmã amorosa quando eu disse que deixaria parte de minha fortuna para ela. Quando expliquei que ela não receberia nada se não encontrasse você, ela dedicou todo tempo e energia para te achar, sem saber que estava selando o próprio destino.

Não pude deixar de rir das palavras da minha tia.

— Eu nunca teria imaginado que você era do tipo manipuladora. Não sei se fico com orgulho ou vergonha.

Ela começou a rir, mas rapidamente o riso se transformou numa crise de tosse. Peguei um copo de água na mesa de cabeceira e estendi para ela beber com canudinho. Falar comigo a deixava mais fraca e eu me sentia envergonhada.

— Por que não descansa e podemos conversar sobre isso mais tarde? – perguntei enquanto recolocava o copo na mesa.

— Não, eu estou bem. Não sei quanto tempo me resta e preciso dizer o que você veio aqui ouvir. Já abri uma conta com mais de 600 mil dólares em seu nome. Sua mãe acha que vai receber a mesma quantia e, com sorte, só vai perceber que foi enganada quando eu tiver falecido e você já estiver longe. Eu me preocupo em como ela vai reagir a tudo isso. Quero que você desapareça por um tempo depois que sair daqui. Não suporto a ideia de ela machucar você por minha causa, mas preciso fazer isso por você. Preciso corrigir meus erros, Chloe.

Balancei a cabeça.

– Eu não quero o seu dinheiro, tia Jen. Só vim aqui para impedir que você dê alguma coisa a ela. Dê a minha parte para Jordan... Ele merece mais do que eu. Ele sempre esteve aqui com você. É praticamente seu filho também.

Ela franziu a testa.

– Que absurdo! Você vai aceitar o dinheiro, nem que eu precise obrigar Danny a fazê-la aceitar. Não me importa o que você vai fazer com a quantia. Pague a faculdade, compre um carro, uma casa. Não interessa. Só não dê um centavo à sua mãe.

Eu me curvei e abracei seu corpo frágil. Ninguém foi tão gentil comigo e eu não sabia o que dizer ou como agradecer a ela. Aqui estava minha tia, no seu leito de morte, e estava mais preocupada com o meu bem-estar do que com o próprio.

– Obrigada, muito obrigada. Nem sei o que dizer – sussurrei em seu ouvido ao me afastar.

– Não precisa dizer nada. Só me faça um favor e ficaremos quites.

– É claro, faço o que você precisar, qualquer coisa.

– Sei que você vai fazer. Você sempre foi uma boa menina. Quero que você ajude Danny quando eu for embora. Ele está com muita dificuldade de lidar com isso e não quero que fique sozinho. Sei que ele tem Jordan, mas ele precisa da família.

Os tubarões estarão circulando na água no minuto em que eu morrer e não quero que alguém se aproveite do meu menino.

– Vou ficar algumas semanas com ele, eu prometo. Danny tem bom coração. Não vou deixar que nada aconteça com ele.

– Obrigada. É melhor você ir antes que sua mãe derrube a porta. Trate de voltar e me visitar quando puder, mas procure manter Danny ocupado o máximo possível – disse ela enquanto se perdia em outro acesso de tosse.

– Pode deixar. Eu te amo, tia Jen.

– Eu também te amo, querida.

Fiz com que ela ficasse à vontade e a ajudei a beber mais um pouco de água antes de sair do quarto. Olhei para o corredor, mas minha mãe não estava à vista. Soltei um suspiro de alívio, sabendo que não precisaria lidar com ela.

Sorri ao perceber que minha mãe foi enganada por mim e pela minha tia. As coisas iam ficar ruins quando ela descobrisse, mas eu não estava preocupada. Eu tinha Drake, Danny e Jordan para me proteger, e podia contar com Logan quando voltasse à faculdade. Eu não gostava de pedir ajuda aos outros, mas sabia que precisaria dela quando se tratava da minha mãe. Ela ia ficar irritada o bastante para me machucar fisicamente se tivesse a oportunidade. Se ela aparecesse com um dos amigos, as coisas podiam ser muito piores.

Assim que cheguei ao alto da escada, vi minha mãe saindo e Drake entrando pela porta, segundos depois. Parei e fiquei um minuto olhando para ele. Ele devia ter encontrado a piscina, porque seu cabelo pingava e caía nos olhos enquanto ele andava até a sala onde o deixei com Jordan mais cedo.

Drake estava absolutamente incrível, e me imaginei passando as mãos pelo seu cabelo molhado. A simples ideia de tocá-lo já me deixava excitada, mas logo afastei o pensamento ou eu entraria naquela sala e o atacaria com Danny e Jordan nos olhando. Embora Drake pudesse gostar, eu não sabia se podia dizer o mesmo dos outros dois.

Não tive pressa para descer a escada, tentando respirar fundo e me recompor. Quando cheguei à porta da sala, parei ao ouvir Drake e Jordan rindo. É verdade que eles concordaram em tentar se entender, mas eu nunca imaginaria vê-los sentados juntos e rindo algumas horas depois da briga.

– Legal. Pena que perdi essa parte – ouvi Drake dizer.

– É, foi mesmo. Aquela mulher é doida! Espera só até eu contar à Chloe... Ela vai se amarrar! – disse Jordan.

– Eu vou me amarrar no quê, Jordan? – perguntei ao chegar ao canto e entrar na sala.

Os três me olharam no susto. Fiquei surpresa ao ver que Drake parecia feliz.

– Foi tudo bem, então? – perguntou ele.

Eu me aproximei dele e lhe beijei na boca, deixando que todo o meu desejo fluísse pelo beijo.

– Ah, foi mais do que bem. Eu diria que "perfeito" é uma descrição melhor. Tudo será resolvido – eu disse enquanto Drake abria um sorriso.

– Fico feliz em ouvir isso, gata – disse ele, me puxando para o seu colo.

– E aí, do que todo mundo estava rindo quando entrei?

Jordan recomeçou a rir.

– Nada demais. Eu mandei sua mãe se foder, mas ela não aceitou muito bem.

Tive que rir da expressão dele. Ele parecia uma criança que acabara de saber que o Natal seria antes da data.

— E por que você fez isso? Ela estava incomodando vocês de novo?

— Não, só reclamando porque Jen a expulsou do quarto. Acho que eu a deixei chateada, porque sua mãe logo saiu. Pelo que vi, foi um especial dois em um. Eu disse a ela para ir embora e ela foi. Era uma chance em mil.

— Você é horrível, Jordan, mas eu adorei — eu disse enquanto me recostava no peito de Drake.

Ficamos sentados ali por um tempo, conversando e assistindo à televisão. Embora eu estivesse sofrendo pela saúde da minha tia, eu me sentia feliz. Mais feliz do que antes da minha mãe me encontrar e me fazer aquela proposta ridícula. As coisas estavam longe de acabar, mas eu sentia que realmente podiam ser boas para mim depois de ter conversado com minha tia.

Enquanto Drake e eu ficamos sentados juntos no sofá, senti suas mãos vagarem por baixo da minha blusa, pela minha barriga, minhas costelas e meus quadris. Relaxei encostada nele e deixei que suas mãos me tocassem e me acalmassem. Detestava que ele tivesse que ir embora no dia seguinte e, como concordei em ficar com Danny até que tudo estivesse mais calmo, eu sabia que o veria só em umas duas semanas. Essa ideia me deprimiu um pouco e Drake deve ter sentido meu corpo se retesar.

Ele se curvou para frente e cochichou no meu ouvido, ainda acariciando minha barriga.

— Você está bem, gata?

Sua respiração fez cócegas e estremeci.

— Estou ótima, só pensando um pouco.

Ele assentiu.

— Quer dar uma volta comigo?

Eu me virei e ergui as sobrancelhas para ele. Pela minha expressão, ele sabia o eu achava que ele estava querendo.

– Eu não quis dizer *esse* tipo de volta, a não ser que você queira. Se quiser, é claro que estou falando sobre isso. – Ele disse com um sorriso diabólico.

Dei uma cotovelada nas suas costelas e me levantei.

– Vamos dar uma volta, mas é só o que você vai conseguir, amigo. – Voltei minha atenção a Danny e Jordan. – Vamos andar um pouco. Não vamos demorar.

– Ela está mentindo... Pode demorar um pouco, então não esperem pela gente – disse Drake, pegando minha mão e me levando para a porta.

Vi Jordan fechar a cara e revirar os olhos, mas felizmente ele não disse nada.

Depois de sairmos, Drake me puxou para junto e me beijou profundamente. Sua língua roçou meu lábio inferior e gemi com a sensação.

Eu o empurrei e sorri.

– Eu disse que não era esse tipo de caminhada.

– Não pode culpar um cara por tentar, pode? Vamos andar pelos fundos da casa. Eles têm uma piscina sensacional no quintal.

Não pude discordar. A piscina de minha tia colocava as piscinas comuns no chinelo. Ao contornarmos a casa, percebi o quanto ela era realmente grande. Eu ainda estava de biquíni por baixo da roupa, então tirei a blusa e o short e corri para a beira da piscina antes de olhar para Drake.

– Quer nadar?

Ele riu e foi se trocar.

– Vai na frente. Acho que vou só admirar a vista por enquanto.

Revirei os olhos, me virei para a piscina e mergulhei. A água estava morna, mas refrescante, e aproveitei as sensações na minha pele. Havia algo na água que me acalmava e me centrava, muito parecido com nosso lugar no lago Cheat, na Virgínia Ocidental. Voltei à superfície e vi Drake parado na beira, me observando com um brilho malicioso nos olhos.

– Drake, o que você está aprontando? – perguntei, desconfiada.

Ele simplesmente sorriu para mim ao se afastar dois passos para correr e pular na piscina ao meu lado. Gritei e tentei me afastar enquanto a água do impacto do seu salto me encharcou. Ele veio à superfície rapidamente e riu para mim.

– Qual é o seu problema? Você já estava molhada mesmo!

Espirrei água nele ao tentar escapar.

– Ainda assim, você não precisava jogar água em mim, idiota! – gritei.

Ele riu e veio atrás de mim. Quase escapei, mas ele me pegou pelo tornozelo no último minuto e me puxou para ele. Eu me debati um pouco, mas foi inútil. Eu não era páreo para ele.

– Aonde você pensa que vai? – perguntou ele ao lutar para me segurar.

– Pelo visto, a lugar nenhum. Sou sua prisioneira – eu disse, parando de lutar e deixando que ele me puxasse de volta.

Ele me segurou firme contra si e me beijou suavemente.

– Gosto de ver você feliz e sorrindo. A preocupação não combina com você, gata.

– Desculpe se eu estava tão deprimente. Estava tão concentrada nessa confusão toda, que nem comemoramos sua turnê.

Por que a gente não sai hoje à noite e jantamos sozinhos em algum lugar para comemorar? Eu pago – eu disse enquanto ele beijava a ponta do meu nariz e me soltava.

– Acho uma boa ideia. Queria passar algum tempo com você antes de ir embora amanhã. Preciso ligar para Jade e os caras para ver se eles vão se lembrar de me buscar. Com a sorte que eu tenho, Adam vai estar dirigindo e se esquecer completamente de mim.

Ri, imaginando Adam fazendo justamente isso.

– Jade e Eric vão mantê-lo na linha. Além disso, eles não vão muito longe sem o vocalista.

– Bom ponto. Mas ainda queria que você fosse comigo amanhã. Detesto deixar você aqui assim... É meu trabalho proteger você. – Suas feições lindas se fecharam.

Levantei a mão e acariciei seu rosto. Ele a pegou e levou aos lábios para beijá-la.

– Não se preocupe comigo... Danny e Jordan estarão aqui. Eles não vão tirar os olhos de mim.

– Ainda não significa que eu não me preocupe com você. – Depois de uma pausa, ele disse: – Jordan e eu tivemos uma conversinha enquanto você estava com a sua tia. Acho que resolvemos as coisas entre a gente.

Ergui uma sobrancelha.

– É mesmo? Então todo aquele riso que ouvi era camaradagem de homens?

Ele riu.

– Eu não chegaria a esse ponto, mas nós nos entendemos. Acho que posso dizer isso. E eu pedi que ele e Danny ficassem com você o tempo todo. Espero que você só precise passar mais alguns dias aqui. Vou ficar louco sem você por perto.

Fingi achar a água muito interessante para não precisar olhá-lo nos olhos. Eu não desejava contar que só estaria com ele dali a algumas semanas.

— Epa, nunca é bom quando você faz isso. O que foi? — Ele ergueu meu rosto para que eu o olhasse.

Mordi o lábio e pensei em como contaria sem deixá-lo chateado.

— Bom, olha só, prometi a minha tia que ficaria algumas semanas por aqui.

— Algum motivo específico para você ter feito isso? — perguntou ele numa voz calma demais.

— Não fique zangado, por favor. Conversamos sobre tudo e ela me pediu para ficar um tempo para ajudar Danny. Ela tem medo de como ele vai ficar depois que ela morrer e quer que eu o ajude como puder. Eu disse a ela que ficaria... É o mínimo que posso fazer.

Ele gemeu e passou as mãos pelo cabelo. Isso era sinal do quanto ele estava aborrecido.

— Não quero parecer um babaca, mas por que exatamente você acha que tem alguma dívida com ela? Quer dizer, você não me contou tudo o que conversaram e estou tentando entender, de verdade, mas não faz sentido. Você estava ansiosa para sair daqui.

— Estava, mas nós duas conversamos. Ela não vai deixar nada para a minha mãe. Ela disse que só falou aquilo para que minha mãe me encontrasse e falasse comigo antes que fosse tarde demais. Eu disse a ela que não quero o dinheiro, mas ela insistiu que eu aceitasse e eu não pude recusar um pedido dela. Ela está morrendo, Drake... É o mínimo que posso fazer.

— É só que eu... Chloe, não quero ficar tanto tempo longe de você. Você disse que seriam dois dias no máximo e agora está me dizendo semanas. Dá para entender por que estou meio chateado com tudo isso? – Ele me olhava, suplicante.

— Eu sei e sinto muito, mas preciso fazer isso. Prometo que vou embora assim que puder. Não quero ficar longe de você mais do que o necessário. — Eu me aproximei e rocei os lábios nos dele.

— Isso é uma merda. Sabe disso, né?

— Eu sei, mas vamos conversar todos os dias, eu prometo. Pode parecer difícil, mas vamos conseguir.

Ele me puxou num abraço e descansou a cabeça no meu peito. Seria muito difícil ficar separados, mas eu sabia que a gente lidaria com isso, como já lidamos com tudo que jogavam em cima de nós. Eu sabia que ele não me abandonaria por uma coisa tão boba como eu ficar aqui só por umas semanas.

Ele suspirou com o queixo apoiado no topo da minha cabeça.

— É, podemos, mas é melhor você me ligar todo dia e me dizer que está bem, tá bom?

— Você sabe que vou fazer isso. Eu não suportaria ficar longe de você por tanto tempo sem te chatear todos os dias. Pode me chamar de grudenta.

— Não ligo que você fique grudada. Significa que você se importa. — Ele beijou meu cabelo e se afastou. — Vem, vamos sair daqui para ir jantar, como você prometeu. É você quem vai pagar, lembra?

— Tudo bem por mim, mas preciso ligar para Amber antes de a gente sair. Não falo com ela desde que viajamos e ela vai telefonar e gritar comigo se eu não ligar.

Ele saiu da piscina e tive que fechar a boca enquanto olhava os músculos definidos dos seus braços e da barriga, que se retesavam com o esforço. Ele se virou para me ajudar a sair da água, mas parou quando viu o desejo brilhando nos meus olhos. Seus próprios olhos se encheram de vontade ao me olhar e precisei de todas as forças para controlar minha respiração. Ele podia me tirar o fôlego só com o olhar.

– Ou talvez seria melhor ficar em casa esta noite? Acho que é uma boa ideia – disse ele, me encarando.

Balancei a cabeça para me livrar dos pensamentos cheios de excitação.

– Não podemos. Agora telefone para o pessoal da banda antes que eu mude de ideia.

Ele entrou de novo na água e eu gemi.

– Drake, não podemos... Agora *vá*.

Ele se aproximou de mim lentamente, como um tigre perto da presa, e me preparei para seu ataque. Ele chegou junto em segundos e me prendeu no canto da piscina.

– Eu gosto de verdade da ideia de ficar aqui – sussurrou ele ao roçar a língua no meu queixo.

– Não, por favor, não. Se você começar, não vou conseguir parar e vou me sentir péssima depois. – Ele baixou a cabeça e passou a língua pela curva dos meus seios.

– Você está me matando agora mesmo, Chloe. Nunca vou conseguir ter filhos se você continuar assim – gemeu ele.

Suas palavras me surpreenderam e me afastei.

– Você quer ter filhos?

Ele pareceu chocado com a minha repentina mudança de assunto.

– Não sei, acho que sim. Quer dizer, é, eu adoraria ter filhos, especialmente com você.

Meu coração se aqueceu enquanto eu imaginava Drake e eu com dois menininhos iguaizinhos a ele. Mas era cedo demais para isso. Tínhamos muitas coisas para viver antes que essa hora chegasse.

– Eu também gostaria disso daqui a alguns anos. – Eu o beijei.

Ele se afastou e me abriu um sorriso torto.

– Você me distraiu de verdade. Está satisfeita?

– Eu já esperava por isso. Agora me ajuda a sair daqui.

Ele saiu da piscina de novo e me ajudou a subir. Quando estávamos do lado de fora, voltamos para a frente da casa e nos afastamos para fazer as ligações. Fiquei ao lado do carro de Danny enquanto digitava o número de Amber.

– Chloe Marie, isso é hora de me ligar? Pensei que sua mãe tivesse te matado e enterrado o corpo em algum lugar! – disse Amber assim que atendeu.

– Não, ainda estou viva. Só queria dizer que estou bem. Não quero que você e Logan venham de carro até aqui para se vingar ou coisa assim – eu disse com um sorriso.

– Não é nada engraçado. – Ouvi alguém falar ao fundo e Amber dizer, "É Chloe... Ela está bem".

– Com quem você está falando?

– O quê? Ah, desculpe. Logan. Ele queria saber se você está bem.

– Diga a ele que mandei um oi e que sinto falta dele.

– Chloe manda um oi e disse que sente sua falta – disse Amber e depois ouvi Logan falar ao fundo. – Logan disse oi e para você correr para casa.

– É, bom, isso não vai acontecer tão cedo. Vou ficar um tempo na casa da minha tia.

– Por quê, o que houve?

Fiz um resumo dos últimos dias e ela assoviou quando terminei.

– Me deixa entender isso direito: sua tia está ferrando com a sua mãe, assim como você? E agora você vai ficar na casa da sua tia e não vai para a turnê com Drake?

Ouvi Logan falar alguma coisa, depois Amber dando um tapa nele, seguido por um "ai!".

Não pude deixar de rir deles.

– Sim e não. Só vou ficar algumas semanas aqui, depois me encontro com Drake onde ele estiver.

– Ah, tá legal, entendi. Bom, espero que esteja tudo tranquilo. Só Deus sabe que sua mãe vai ter um ataque quando descobrir o que sua tia fez com ela.

– Nem me fale. Vou ficar grudada no Jordan e no Danny depois que Drake for embora. Ela não vai tentar nada com os dois perto de mim.

– Espero que não. Se cuida, garota, e quero que você me ligue sempre para me dizer que está bem!

– Vou ligar, mas preciso ir agora. Vou levar Drake para jantar hoje à noite. Falo com vocês mais tarde.

Desliguei e fui para dentro da casa, subindo até o quarto. Drake já estava lá e minha boca se abriu ao vê-lo de calças cáqui e uma bela camisa. Acho que nunca o vi sem bermuda de basquete ou jeans e camiseta.

Ele levantou a cabeça e sorriu quando entrei.

– Nem uma palavra ou vou trocar de roupa. Estou ridículo.

Ri ao me aproximar mais para observá-lo. Mesmo com a roupa diferente, não havia como esconder seu lado *bad boy*. Suas tatuagens apareciam pelas mangas e os piercings no lábio e na sobrancelha também estavam ali, acentuando aquele visual "não se meta comigo". Ele parecia o melhor de todos.

– Você está lindo e estou impressionada... Está bem-vestido.

– Passei a mão pela sua camisa desabotoada e circulei a tatuagem acima do seu coração. Com nossas tatuagens idênticas, eu me sentia ligada a ele e adorava essa sensação.

– Tanto faz. Vá se vestir antes que eu mude de ideia e vá ao bar mais próximo daqui. – Ele passou por mim e me deu um tapa na bunda.

Ergui dois dedos e bati continência.

– Sim, senhor!

Decidi caprichar mais para me arrumar para nosso último encontro, já que o veria só daqui a um tempo. Mesmo se o encontrasse durante a turnê, eu sabia que ele estaria ocupado demais para sair comigo, mas tudo bem. Ele estava realizando seu sonho e eu o apoiava totalmente. Peguei um vestido branco e bonito de verão e sandálias brancas para usar antes de começar o cabelo e a maquiagem. Fiz um esforço especial com o penteado e a maquiagem, querendo que ele se lembrasse de mim deste jeito durante nosso tempo separados.

Quando fui ajeitar o cabelo, ele gemeu.

– Fala sério, mulher, quanto tempo vai levar para se arrumar?

Joguei minha escova nele e ele se abaixou, rindo.

– Tudo bem, vou calar a boca. Mas anda rápido... Estou morto de fome.

Só para irritá-lo, demorei mais do que o necessário. Quando terminei, ele pegou minha bolsa na cama e só faltou me carregar para fora do quarto. Ri enquanto ele me levava escada abaixo para o carro. Danny e Jordan estavam perto do carro de Danny e acenaram quando passamos.

— Vamos jantar fora. Voltaremos tarde! — gritei por sobre o ombro enquanto Drake me empurrava para o carro.

Quando entramos, coloquei a chave na ignição, mas esperei para dar a partida.

— Muito impaciente? — perguntei.

— Eu te disse que estou morto de fome. Agora, anda! — ele estendeu a mão e ligou o carro para mim.

CAPÍTULO SEIS

DRAKE

Chloe e eu passamos a noite toda juntos. Ela me levou a um restaurante muito mais refinado do que qualquer lugar que eu quisesse, mas estava tão animada que não pude dizer não. Quando terminamos o jantar, consegui convencê-la a me deixar dirigir porque queria fazer uma surpresa e levá-la à praia. Eu sabia o quanto ela adorava a praia e queria que ela se lembrasse desta noite comigo e a guardasse no fundo do coração enquanto eu estivesse fora.

Eu tinha deixado o violão no banco de trás do carro quando viajamos, caso eu quisesse ensaiar enquanto estivesse na tia dela, e decidi que esta noite seria ótima para tocar para ela.

Quando passamos pela entrada da propriedade da sua tia, ela me olhou, confusa.

– Hmmm, Drake, perdemos a entrada.

Abri um sorriso irônico.

– Eu sei.

– Tudo bem... Então, aonde vamos?

Ignorei a pergunta e ela deixou o corpo afundar no banco, resmungando.

– Tá legal, como você quiser.

Ela ficou em silêncio enquanto eu passava pelo Ocean Gateway e pegava o trânsito até o estacionamento onde Danny tinha deixado o carro mais cedo. Enquanto eu estacionava e desligava o motor, ela se virou para mim com um olhar indagativo.

Sorri e abri a porta.

– Surpresa!

Ela saiu do carro e me encarou.

– A praia? Viemos aqui hoje cedo.

Abri a porta de trás e peguei o estojo com o violão.

– Eu sei, mas eu queria voltar aqui, só nós dois.

Ela olhou o estojo na minha mão e sorriu.

– Para me fazer uma serenata perto do mar? Acho que essa pode ser a coisa mais romântica que já vivi na vida.

– Algo parecido. – Passei o braço ao redor dela e a levei para a praia. Andamos em silêncio, ouvindo nossos passos na areia e as ondas se quebrando na beira.

Era tarde da noite, mas ainda havia vários grupos de pessoas andando pela areia. Eu a levei para longe deles até encontrar um lugar onde a gente poderia se sentar juntos em paz. Soltei sua mão e coloquei o estojo na areia para tirar o violão. Ela se sentou ao meu lado e me observou afiná-lo.

Quando fiquei satisfeito com o som, eu me virei para ela na areia e comecei a dedilhar suavemente. Eu tinha trabalhado nesta música sozinho, algo só para Chloe, e estava nervoso por tocá-la para ela pela primeira vez. A música era parecida com "Plastic Man" do Seether, e me vi cantarolando para pegar o jeito. Toquei mais alguns acordes antes de finalmente encontrar o tom e começar a cantar baixinho, expondo cada emoção que sentia por ela.

I feel the sun against my skin,
Surrounding me.
The light it brings with it
Sets my world on fire.
Everything feels so clear,
So bright, with it near,
I feel like my life isn't so far off base.
Maybe it was meant to bring me peace,
So that I can discover what's real.
I need to feel you against my skin.
You're my flame,
It burns deep within me,
I think I've finally found it this time.
So sun, promise me,
Even when we're millions of miles apart,
You'll still think of me.

Dedilhei as cordas até terminar a música. Levantei a cabeça e vi Chloe sorrindo para mim com lágrimas nos olhos. Coloquei o violão cuidadosamente no estojo, me virei para ela e peguei seu rosto com as mãos em concha.

– Você é tudo para mim, gata... Espero que você saiba disso. Eu me sinto completo quando estou com você ao meu lado e não quero que este tempo separados mude nada entre a gente. Acho que eu não sobreviveria sem você, agora que te encontrei.

– Eu me curvei e lhe dei um beijo suave na boca.

Eu amava esta mulher e ia mostrá-la o quanto. Nunca fui bom em expressar minhas emoções, mas podia fazer isso por meio da música. Ela sempre foi minha válvula de escape e eu tinha esperanças de que Chloe entendesse o quanto era importante para mim. Queria dar a ela tudo nesse mundo e sabia que um dia também ia querer que ela adotasse meu sobrenome. Eu sabia que pedi-la em casamento agora seria um erro, já que nenhum de nós estava preparado para isso, mas um dia eu faria o pedido.

As lágrimas escorriam pelo seu rosto enquanto ela me olhava e achei que estava vendo um anjo chorar.

– Vou sentir tanto sua falta, Drake, você não faz ideia. Vai ser muito difícil – sussurrou ela enquanto eu enxugava suas lágrimas.

– Não chore, gata. Vou ligar para você todo dia até que você esteja comigo de novo. Você vai ficar enjoada de mim e vai jogar o telefone no mar antes que tudo isso acabe.

Ela sorriu.

– Acho que não precisa se preocupar com isso. Não acredito que eu possa ficar enjoada de você, mesmo que tente.

– Estou contando com isso, só para você saber. – Meus lábios encontraram os dela. O beijo disse tudo que eu não conseguia. Eu me atirei nele, dizendo a ela o quanto eu a amava e a queria, o quanto eu sentiria saudades dela.

Eu a deitei na areia e cobri seu corpo com o meu, ainda a beijando. Não havia sensação no mundo igual a ter sua pele contra a minha. Gemi quando ela abriu lentamente os botões da minha camisa e passou a mão pela minha pele. Uma eletricidade disparou pelo meu corpo quando ela puxou um dos meus piercings no mamilo e me apertei mais nela.

Olhei em volta para saber se alguém estava nos vendo, mas estávamos sozinhos. Os outros tinham se afastado bem e estávamos inteiramente a sós. Fiz uma trilha de beijos pelos seus lábios, descendo do pescoço ao peito que arfava, antes de continuar pelo seu corpo. Levantei a barra do seu vestido enquanto a beijava desde os tornozelos até as coxas. Suas pernas se abriram ligeiramente quando alcancei as coxas e sorri. Chloe estava sempre pronta, sempre disposta quando se tratava de mim e senti orgulho disso. Eu queria satisfazê-la, de corpo e alma, e seu corpo me dizia que eu estava fazendo tudo certo. Puxei sua calcinha pelas pernas enquanto minha língua encontrava seu clitóris e começava a traçar pequenos círculos em volta dele.

Ela gemeu e suas mãos encontraram meu cabelo, puxando-o gentilmente, insistindo que eu continuasse. Fiquei mais do que feliz em atender suas exigências enquanto roçava o piercing da língua no seu ponto mais sensível e o chupava. Seu corpo se convulsionou enquanto seus quadris se erguiam, tentando me puxar para mais perto. Eu me afastei e subi aos beijos pelo seu corpo ainda vestido até sua boca, gemendo enquanto sua língua lambia meu lábio inferior.

Era horrível deixá-la vestida, mas não queria correr o risco de alguém ver Chloe nua, por mais distantes que a gente estivesse na praia. Eu me afastei o bastante para alcançar os botões da calça e abri-los. Eu me senti livre assim que os abri, me posicionei sobre ela e a penetrei com uma estocada.

Senti meu corpo se retesar enquanto nos mexíamos juntos, criando um prazer que só nós dois éramos capazes. Para mim, isto não era apenas sexo. Era algo gentil e amoroso, e eu tentava demonstrar a ela o quanto a amava sem aquelas malditas palavras que sempre atrapalhavam.

Estávamos indo devagar, os dois querendo prolongar o momento, sabendo que seria o último encontro durante algum tempo. Eu me segurava, me recusando a gozar antes dela. Quando senti que não ia aguentar mais, seu corpo se contraiu em volta de mim e ela gritou. Só foi preciso aquele seu gemidinho para me provocar e eu explodir dentro dela.

Deixei minha testa colar na dela e tentei recuperar o fôlego. Eu jamais me cansaria de como ela me fazia sentir, física e mentalmente. Quando senti que conseguia me mexer de novo, saí devagar, já sentindo falta da sensação dela. Abotoei minha calça, a ajudei a puxar o vestido para baixo e me deitei ao lado dela. Ela se aninhou em mim.

– Vou sentir muita falta de sexo, mas acho que vou sentir mais falta de ficar junto de você assim – disse ela.

– Acho que vou sentir mais falta do sexo. – Tentei manter a expressão séria.

Ela se virou nos meus braços e me olhou feio.

– Você sabe mesmo estragar o momento, né?

– Você sabe que sim, mas ainda assim me ama.

– Por motivos que nunca vou entender – disse ela enquanto ainda me fuzilava com os olhos, mas eu via o esforço que ela fazia para não rir.

Passamos a hora seguinte enroscados na praia. Ela adormeceu e aproveitei para observá-la dormindo. Ela estava sempre muito tensa quando acordada e era bom vê-la relaxada e tranquila. Eu detestava acordá-la, mas o ar da noite estava ficando frio e eu não queria que ela se resfriasse.

Eu a cutuquei algumas vezes, mas recebi em troca um tapa na cara e algum resmungo. Sorri, a segurei no colo e a levei para o carro. Ela estava exausta, realmente cansada, porque não acordou enquanto eu a carregava ou quando a coloquei no carro. Com medo de despertá-la, deixei baixo o volume do rádio.

Depois que passamos pelo portão, subi até a casa e estacionei o mais perto possível da porta da frente. As luzes ainda estavam acesas no primeiro andar, então eu sabia que Jordan e Danny ainda estavam acordados, mesmo a essa hora da noite. Saí, andei até a porta do carona e a abri sem fazer ruído. Eu me encolhi quando ela resmungou sem se mexer.

Eu a peguei no colo novamente e a levei para casa, tentando não fazer muito movimento. Assim que cheguei à porta, Jordan a abriu.

– Já não era sem tempo, merda – disse ele ao olhar para nós.

– Shhhh, ela está dormindo. Sai da frente. Vou levá-la para cima.

Ele manteve a porta aberta para eu passar e subi a escada até nosso quarto. Deitei Chloe delicadamente na cama e tirei seus sapatos. Depois de cobri-la, tirei a cueca e me enrosquei ao lado dela, segurando-a com força nos meus braços, sem querer dormir e perder um minuto que fosse deste momento. Enfim desisti e deixei que minhas pálpebras pesadas se fechassem.

Acordei na manhã seguinte com Chloe subindo de mansinho na cama ao meu lado. Eu a olhei ainda sonolento e a vi me observando com uma expressão triste. Ela tinha acabado de sair do banho. Seu cabelo ainda estava molhado e senti cheiro de xampu enquanto ela se mexia pela cama.

Quando ela percebeu que eu estava acordado, me deu um sorriso mínimo, e eu ainda podia ver a tristeza em seus olhos. Ela temia o dia de hoje tanto quanto eu.

– Bom dia, gata – sussurrei.

— Não queria te acordar. Só estava vendo você dormir.

— Você não me acordou, mas pare de me olhar dormindo. Isso se chama assédio e eu podia estar babando — eu disse enquanto ela me cutucava nas costelas.

— Sempre vou te assediar, embora você deixe uma poça enorme de baba embaixo da sua cabeça.

Eu me levantei o suficiente para ver o travesseiro. Ela estava mentindo, é claro, e eu ri.

— Você é tão cheia de merda... Eu não babo.

Eu me apoiei nos cotovelos e a puxei para baixo de mim, beijando-a intensamente na boca.

Ela se afastou, sem fôlego, e me olhou de baixo.

— Você não joga justo, sabia?

— Eu nunca disse que jogava. — Tirei as cobertas e me levantei. Fui até minha bolsa e peguei roupas limpas antes de ir ao banheiro no nosso quarto. Olhei a cama e a vi observando cada movimento meu.

— Gostou de alguma coisa? — perguntei.

Ela jogou um travesseiro em mim enquanto eu ria e corria até o banheiro, fechando a porta. Depois de tirar a cueca, entrei no chuveiro, deixando a água quente me engolir. Levei um tempo a mais no banho, sabendo que seria o último que poderia aproveitar por algum tempo. Os banhos no banheiro apertado do ônibus não seriam exatamente confortáveis, mas pelo menos teríamos um espaço para isso.

Rapidamente me enxuguei, me vesti e voltei para o quarto. Chloe ainda estava sentada na cama exatamente no mesmo lugar, com um ar deprimido, brincando com os anéis. Peguei o travesseiro de antes e joguei nela.

Ele bateu na sua cabeça e ela se virou, de cara feia.

– Ei! Por que isso?

Eu a olhei incisivamente.

– Para de choramingar... Você só está piorando as coisas para gente. Agora parece muito tempo, mas algumas semanas vão passar muito rápido. Antes que você se dê conta, eu já estarei de volta.

– Eu sei. É que vou sentir muito a sua falta. Que horas Jade e os caras vêm te buscar?

Olhei o relógio e meus olhos se arregalaram. Era quase uma da tarde. Eu não me lembrava da última vez em que tinha dormido tanto. Eu praticamente entrei em coma.

– Merda, eles vão chegar daqui a uma hora! Preciso arrumar minhas coisas.

Comecei a pegar meus objetos pessoais e minhas roupas espalhados pelo quarto e jogá-los na bolsa. Chloe se levantou da cama enquanto tirava a blusa e a jogava em mim. A roupa bateu no meu rosto, caiu no chão, e vi seu corpo quase nu. Embora ela estivesse de short, estava sem sutiã e fiquei duro ao vê-la.

Ela riu, foi até a cômoda e pegou uma camiseta e um short em uma das gavetas.

– Fecha a boca... Vai entrar mosca.

Gemi, me abaixei e peguei a blusa no chão. Notei que era uma das camisetas que eu usava quase sempre.

– Você sabe que é maldade comigo quando preciso sair. Vou ficar com essa imagem grudada na minha cabeça durante a turnê. Tente explicar uma ereção enorme enquanto estou no palco pensando em você.

Ela vestiu a camiseta, mas ainda estava sem sutiã e vi seus mamilos pelo tecido fino.

– Que bom, assim você não vai se esquecer de mim.

– Por favor, pelo amor de tudo que é mais sagrado, coloque um sutiã, mulher. Você vai me matar, se ficar sem.

Ela resmungou enquanto tirava a camiseta e colocava um sutiã.

– Pronto, está feliz agora?

– Na verdade não, mas está melhor. – Entreguei a blusa para ela. – Toma, fica com isso para se lembrar de mim enquanto eu estiver longe. Pode dormir com ela toda noite.

– Tá, mas tenho que te dar alguma coisa minha. – Ela olhou o quarto, procurando algo para me dar. Olhou as pulseiras de borracha nos braços e sorriu ao tirar uma. – Toma, pode usar isso. Eu te daria uma blusa, mas acho que não vai caber.

Peguei a pulseira e a coloquei no meu próprio pulso.

– Vou usar o tempo todo, eu prometo.

Peguei minhas duas bolsas e fui para a porta.

– Vamos, quero comer alguma coisa antes de ir embora. Não estou morrendo de vontade de comer comida de lanchonete e de bar pelos próximos meses, então gostaria de curtir uma comida de verdade enquanto posso.

– Allison deve ter preparado alguma coisa para o almoço – disse ela ao se levantar e me seguir.

Descemos a escada até a entrada e coloquei as bolsas perto da porta, seguindo Chloe até a cozinha. A mulher que tinha nos servido na primeira noite estava perto do fogão, trabalhando em alguma coisa. Seja lá o que fosse, tinha um cheiro maravilhoso e meu estômago vazio roncou alto.

Chloe riu enquanto a mulher levantava a cabeça e sorria.

– Termino isso num minuto. Se vocês quiserem se juntar a Danny e Jordan, eles estão na sala de jantar.

– Claro, obrigada, Allison – disse Chloe, pegando minha mão e me levando para a sala de jantar.

Jordan e Danny já estavam sentados, esperando a comida.

– Não acha esquisito ficar sentado aqui esperando que outra pessoa cozinhe para vocês? – Chloe perguntou enquanto nos sentávamos na frente deles.

– Você experimentou a comida de Allison. Não sinto mais qualquer culpa há muito tempo pela minha necessidade de comer mais o que ela faz – disse Jordan, sem vergonha.

Vi Chloe revirar os olhos enquanto Allison entrava na sala trazendo uma enorme travessa de lasanha. Ela nos abriu um leve sorriso ao desaparecer na cozinha, voltando com um prato cheio de pão de alho. Meu estômago roncou de novo e Jordan riu quando ataquei a comida. Ele tinha razão. A comida da mulher era um presente dos céus. Se eu ficar famoso, vou roubá-la de Danny para cozinhar para Chloe e para mim.

Allison voltou à cozinha enquanto todos pegavam um prato e se serviam. Danny, Jordan e eu batemos papo enquanto comemos, mas Chloe ficou a maior parte do tempo em silêncio. Eu sabia que ela estava triste pela minha partida, mas não havia nada que a gente pudesse fazer para evitar isso. Eu não sabia se devia raptá-la, mas tinha certeza de que ela provavelmente me mataria por isso quando eu estivesse dormindo. Ela tinha compromissos com a família, assim como eu tinha com a banda.

Assim que terminamos, meu telefone tocou e vi que era Jade.

– Alô?

– Drake, oi, estamos no portão, mas o gentil cavalheiro na guarita não nos deixa entrar – disse ela.

– Ah, sim, esqueci de dizer a ele que vocês viriam. Me dá um minuto e vou pedir a Danny para falar com ele. – Desliguei e me virei para Danny. – Pode pedir ao seu segurança para deixar minha banda entrar?

– Tudo bem. – Danny tirou o telefone do bolso.

Eu me levantei e fui até a porta enquanto Danny fazia a ligação. Chloe me alcançou e passou os braços pela minha cintura enquanto eu pegava a bolsa. Danny e Jordan nos seguiram de perto. O ônibus estava estacionando na entrada e soltei um suspiro de alívio quando vi Eric ao volante. Assim que ele parou ao nosso lado, Jade e Adam saíram do ônibus. Sorri quando Jade abraçou Chloe. As duas ficaram muito próximas nos últimos meses, e eu sabia que Chloe sair em turnê com a gente deixaria Jade menos sozinha. Uma garota pode enlouquecer ao ficar num ônibus com três homens por muito tempo.

Eric saiu do ônibus e sorriu para mim.

– A segurança é rigorosa por aqui, né?

– É, só um pouco – eu disse.

– Eu quase havia convencido o cara até que esse babaca – ele apontou por sobre o ombro para Adam – colocou a cabeça para fora da janela e começou a gritar. Nada piora sua vida do que um cara de moicano roxo gritando sacanagem para as pessoas.

Ri enquanto Adam se aproximava e socava o punho no meu.

– Vamos colocar esse show na estrada!

Peguei minhas bolsas e as joguei dentro do ônibus antes de apresentá-los.

– Danny, Jordan, estes são Jade, Eric e Adam.

Danny e Jordan apertaram a mão de todos, olhando com estranheza para Adam. Eu tinha de admitir, era demais para um primeiro contato. E, quando ele abria a boca, sempre ficava pior.

Jordan e Danny se aproximaram de mim enquanto Jade e os caras abraçavam Chloe e acenavam uma despedida, voltando para o ônibus. Jordan apertou minha mão, se curvou para mim e cochichou:

— Vou cuidar dela... Você não tem com o que se preocupar. Você tem a minha palavra.

— A minha também — disse Danny, me dando um tapinha nas costas. — Boa sorte para vocês.

Enquanto Chloe se aproximava de mim, eles se afastaram para nos dar um momento. Abri um sorriso, abraçando-a e a levantando do chão. Ela riu e eu a girei em volta de mim.

— Vou sentir tanto a sua falta, gata — eu disse, colocando-a no chão de novo.

— Eu sei, eu também. Mas são só algumas semanas... Podemos lidar com isso.

— Claro que sim. — Eu a beijei e prolonguei o beijo o máximo que pude.

Gemi e me afastei quando Adam apertou a buzina do ônibus, colocando a cabeça para fora da janela.

— Anda logo, seu romântico! Temos que chegar a alguns lugares! — gritou ele.

Olhei feio para o lado dele e lhe mostrei o dedo médio.

— É melhor você ir antes que eles venham atrás de você — sussurrou Chloe com as lágrimas enchendo seus olhos.

— Não chore, ou nunca vou conseguir ir embora.

Ela sorriu e me puxou para um último beijo.

— Se eu soubesse disso antes, teria chorado mais.

Eu me afastei e me virei para o ônibus.

— Eu te amo, Chloe.

Senti meus sapatos pesados enquanto atravessava a entrada e entrava no ônibus. Adam e Jade estavam sentados em volta de uma mesinha, assim me sentei de frente para eles. O espaço era apertado, mas eu mal notei enquanto Eric deu partida no ônibus. Meu estômago se apertou e vi Jordan se aproximar de Chloe e passar o braço por ela. Ela acenou ao nos ver ir embora.

CAPÍTULO SETE

DRAKE

Quando passamos pelos portões, gemi. A mãe de Chloe estava subindo a entrada até a casa. Eu estava fora há pouco mais de um minuto e Chloe já precisaria lidar com ela sem mim. Eu me recostei no banco, furioso, enquanto Eric pegava a estrada. Jade e Adam narraram todos os últimos acontecimentos que acharam que eu precisava saber, o que não era grande coisa.

Havia certa tensão entre todos eles, e logo comecei a me sentir assim também. Os shows não me deixavam nervoso, mas, sim, o fato de que a gente estava indo para Nova York e para outras cidades grandes. Havia uma possibilidade, embora pequena, de a gente chamar alguma atenção e alguém importante nos notar. Tínhamos gravado uma música demo algumas semanas antes e a mandamos para algumas gravadoras, mas até agora não havia resposta. Mas eu não esperava que eles nos telefonassem ou ouvissem nossa música.

Adam levantou e foi ao banheiro nos fundos enquanto meu telefone apitava com uma mensagem de texto. Sorri quando vi que era de Chloe.

Chloe: Está sozinho?

Eu: Estou, por quê?

Chloe: Vou mandar uma coisa para você, espere.

Eu: OK...

Ergui as sobrancelhas, me perguntando o que minha garota estava pensando. Eu começava a ficar impaciente enquanto observava o telefone por alguns minutos, sem resposta. Enfim, o celular apitou e o destravei com a maior rapidez que meus dedos permitiram. Minha boca se escancarou quando vi a foto que Chloe mandou para mim.

– Puta merda! – gritou Adam atrás de mim.

Girei no banco e o vi de pé atrás de mim, seus olhos grudados na foto nua de Chloe na minha tela. Joguei o telefone no banco ao lado e parti para cima dele.

– Se você contar a ela que viu isso, vou te matar, seu babaca! – gritei e o derrubei no banco atrás de mim.

– Meu Deus! Eu não ia dizer nada, mas que droga, cara. Como você tem essa sorte toda, merda? Meu pau vai ficar duro por horas depois de vê-la assim!

– Você disse isso mesmo sobre minha namorada?

Ele sorriu.

– Desculpe, Chloe é meio inocente. Eu nunca esperaria que ela mandasse uma coisa assim. Isso só a deixa dez vezes mais gostosa.

Gemi e desabei no meu banco.

– Cara, para de falar. *Agora*.

Jade riu enquanto Adam e eu brigávamos.

— Chloe vai te matar se descobrir que ele viu isso.
— Não conte a ela, Jade... É sério. Se ela souber, nunca mais vai aparecer na frente de nenhum de vocês — eu disse.
— Não se preocupe, meus lábios estão fechados. Mas tenho que admitir que é meio engraçado.

Olhei feio para os dois enquanto meu telefone apitava de novo. Percebi que eu não tinha respondido por causa do caos dos últimos dois minutos. Provavelmente ela estava em pânico.

— Merda — murmurei e abri o telefone, vendo outra mensagem.

Chloe: Desculpe se você não gostou. Não sei no que eu estava pensando.

Eu: Eu adorei, gata. Desculpe ter demorado a responder, eu fiquei sem fala.

Chloe: Ah, tá. Pensei que você tivesse se chateado ou coisa assim.

Eu: Nunca, pode me mandar quantas dessas quiser. Vai me manter ocupado quando eu estiver na estrada. ;)

Chloe: Vou me lembrar disso. Vou à praia com Jordan, falo com você depois.

Eu detestava deixá-la sozinha com ele, mas sabia que podia confiar nela, mesmo que não tivesse certeza absoluta sobre ele. Ainda assim, não podia negar minha irritação sempre que ela falava dele, embora eu nunca confessasse isso a ela.

Eu: Divirta-se e vá de calça.

Chloe: **De jeito nenhum, amigo. Pense nisso enquanto estiver preso num ônibus com os caras. Te amo.**

Gemi ao imaginá-la quase nua na praia sem mim. Seriam duas longas semanas.

...

Nosso primeiro show foi numa cidade a duas horas ao norte de Ocean City, no condado de Caroline. Era um bar pequeno, muito parecido com o Gold's, e de imediato relaxei com a aparência familiar. Tínhamos duas horas de sobra antes de montar o equipamento, então andei por algumas quadras para comer alguma coisa. Passamos o tempo enchendo a paciência da nossa garçonete em uma pequena lanchonete antes de voltar ao ônibus para tirar o equipamento e ajeitar tudo.

Estávamos prontos e sentados a uma mesa perto do palco quando o dono do bar subiu e nos apresentou. Algumas pessoas aplaudiram quando tomamos nossos lugares, mas a reação não foi nada especial. Ao que parece, eles não gostavam de bandas novas.

Jade começou a primeira música, seguida rapidamente por Adam e Eric. O salão ficou em silêncio quando as pessoas perceberam que podíamos realmente ter talento. Comecei a cantar alguns segundos depois e foi como se o mundo explodisse em volta de nós. Eu sabia que éramos bons, mas a reação deles me surpreendeu de verdade. Várias pessoas se levantaram e foram para frente do palco, gritando para a gente.

Quanto mais tempo tocávamos, mais gente aparecia e o bar logo ficou lotado. Eu sorria feito um idiota quando terminamos a última música e as pessoas pediram mais. Se cada show fosse assim, estávamos feitos. Dei boa-noite a todos e guardamos nossos instrumentos, Adam ajudando Jade a desmontar a bateria. Fui ajudá-los quando Adam olhou por sobre meu ombro e franziu o cenho.

– Ah, merda.

Suas palavras chamaram a atenção de Jade e ela soltou uma série de palavrões que deixaria qualquer marinheiro orgulhoso ao ver quem estava atrás de mim. Eu estava prestes a me virar e olhar de quem estavam falando quando braços femininos envolveram minha cintura.

– Drake, gato, já faz algum tempo.

Gemi mentalmente ao me virar. Eu conhecia aquela voz de algum lugar.

– Kadi, quanto tempo.

– Não o suficiente. – Adam tossiu atrás de mim.

Kadi sorriu com malícia para ele e passou os dedos pelo meu peito.

– Imagine minha surpresa quando meu primo e eu recebemos uma mensagem de texto sobre uma banda incrível que estava tocando no bar e precisávamos ver, e eu entro e vejo você.

Tirei sua mão e me afastei um passo dela. A banda apelidou Kadi de "perseguidora de Drake". Eu a conheci logo depois de entrar para a banda, em um dos meus primeiros shows. Ela era uma garota linda, tinha cabelo louro e comprido, olhos verdes e um corpo incrível, apesar de mal passar de 1,50m. Mas o que me atraiu no início foi sua personalidade. Ela se excitava fácil, e eu adorava uma garota com atitude.

Mas ela teve um pouco mais de atitude do que pedi. Cometi o erro de levá-la para cama várias vezes e ela concluiu que, segundo seu manual, isso significava namorar. Precisei de semanas para me afastar dela, mas ainda assim eu a via sentada na frente da minha casa quando eu chegava no meio da noite, ou ela aparecia em meus shows e tentava me levar para sua casa.

Ela era dois anos mais velha que eu e tinha se mudado para Morgantown para estudar na Universidade de Virgínia Ocidental. Eu praticamente dei uma festa quando ela pediu transferência da universidade para seu estado natal em Maryland durante meu último ano de colégio.

— É bom te ver, Kadi — menti. — Estamos indo embora agora.

Ela fez beicinho enquanto eu me perguntava o que vi nela além da aparência. É claro que era bonita, mas sem dúvida não valia os problemas que trazia.

— Ai, o que é isso, Drake? Vem beber alguns drinques comigo, pelos velhos tempos — disse ela.

— Não posso... Temos um show amanhã e preciso ficar sóbrio.

Ela olhou a banda parada atrás de mim.

— Certamente você pode tirar uma hora ou duas do seu programa para ficar comigo. Podemos ficar no seu ônibus, que vi lá fora, enquanto a banda fica aqui.

As segundas intenções em suas palavras eram claras. Depois de ter dito para ela ficar longe de mim todas aquelas vezes, ela ainda não tinha entendido.

— Não vai rolar, Kadi. É melhor você encontrar outro em que enfiar suas garras. — Agora eu estava mesmo irritado.

— Mas só quero enfiar minhas garras em *você*.

Jade me contornou para olhar feio para ela.

— Escute, Drake acabou de dizer para você cair fora, então entenda a dica e vá embora. Ele não está interessado em você. Agora ele tem uma pessoa.

Tive de sorrir ao ver as duas mulheres se encarando. Em geral Jade não se metia na vida dos outros, mas evidentemente gostava de Chloe o bastante para defendê-la, ou talvez só não suportasse Kadi. De qualquer jeito, eu não ia reclamar. Jade podia esmurrá-la, mesmo o papel masculino sendo meu.

– Se ele tem uma pessoa, por que ela não está aqui com ele?

– Kadi fez um gesto grandioso, olhando pelo bar. – Não vejo nenhuma menina vindo brigar por você, então isso o torna meu.

– Detesto te dar essa notícia, mas eu expliquei e já disse que não estou interessado. Além disso, Chloe estaria aqui se ela pudesse – eu disse.

Ela franziu a testa.

– O que pode ser mais importante do que ficar aqui para te apoiar?

Eu a olhei com desconfiança, sem querer dar mais nenhuma informação sobre Chloe além do necessário. Ando sem sorte e não custa ela começar a aterrorizar a Chloe.

– Ela está com o primo, ajudando a tia doente em Ocean City – eu disse.

Seus olhos se arregalaram.

– Que coincidência! Eu moro em Ocean City quando não estou na faculdade. Estou passando o fim de semana com meu primo. Qual é o nome do primo dela?

Isso não podia acabar bem. De jeito nenhum eu desenharia para ela um mapa diretamente à porta de Chloe. Pensei por um momento, tentando inventar um nome qualquer. É claro que minha mente ficou em branco e não consegui pensar em um nome diferente de Danny ou Jordan. Decidi escolher o menos pior.

– O nome dele é Jordan, mas tenho certeza de que você não conhece. Ele é mais novo do que você.

– Jordan Wiles, o cara que anda com Danny? Eu adoro aquele cara, mas pensei que a mãe de Danny é que estivesse doente.

Merda. Merda. Merda. Eu estava cavando um buraco mais fundo ao continuar abrindo a boca.

– Não sei bem. Só vi o cara uma vez. Ela sorriu de um jeito que me deu vontade de correr para casa e agarrar Chloe.

– Sei de quem você está falando. De qualquer forma, como sua namorada está tão longe, ela não precisa saber se você quiser ir para o ônibus comigo.

Peguei o estojo da minha guitarra no chão e fui para a porta.

– De jeito nenhum, Kadi, então, cai fora. Não vou arruinar o que tenho com ela por você. Tô fora. Tchau.

Eu não ia ficar por ali para ajudar o pessoal a guardar a bateria de Jade se Kadi estivesse por perto. Eu me certifiquei de que a porta do ônibus estivesse trancada depois de entrar e joguei a guitarra na mesa. A banda compreenderia por que teria de bater antes de entrar; se não entendessem, eles superariam. Eu não ia deixar que Kadi entrasse comigo sem alguém por perto.

Eu me sentei à mesa e peguei o telefone para ver se Chloe tinha mandado alguma nova mensagem. Ela tinha mandado uma há uma hora, dizendo que ela e Jordan voltaram para casa e me desejando sorte no meu primeiro show. Sorri ao responder com uma mensagem e contar que tudo foi bem, mas tratei de deixar de fora a parte sobre Kadi.

Nunca conversamos realmente sobre todas as mulheres que conheci em shows, mas eu sabia que elas a incomodavam. De jeito nenhum eu trairia Chloe e acho que ela sabia disso bem no fundo, mas suas inseguranças geralmente falavam mais alto que seu lado racional. Falar sobre a visita de Kadi só a deixaria desconfiada e Chloe começaria a surtar.

Senti meu mau humor aumentar ao perceber o quanto sua mãe havia ferrado com ela ao longo dos anos. Ela era uma garota bonita e de bom coração, mas a mãe literalmente enfiou em sua cabeça que ela era um lixo e uma perda de tempo.

Deixei de lado meus pensamentos quando ouvi uma batida na porta. Olhei com cautela, para ter certeza de que não era Kadi tentando entrar. Adam estava ali, impaciente. Destranquei a porta e me afastei enquanto ele e Jade subiam no ônibus.

— Essa foi demais, porra! — gritou ele, se jogando em um dos bancos.

Jade revirou os olhos e pegou roupas limpas de seu beliche para se trocar no banheiro.

— Cadê o Eric? — perguntei.

— Pegando nosso cachê. Eu queria ficar por ali um tempo e ver se me dava bem, mas Eric ameaçou me bater porque aquela vaca maluca está lá. Ele queria ir embora logo, para ela não tentar nos seguir. Você sabe mesmo escolher mulher, né?

Joguei nele a palheta que tinha tirado do bolso.

— Cala a boca, babaca. Isso já faz muito tempo. Eu aprendi com meus erros.

Ele riu ao pegar a palheta e colocá-la no próprio bolso.

— Claro que sim. Chloe é muito mais gata do que aquela coisa lá. Eu posso garantir depois de ver aquela foto mais cedo.

Dei um soco no ombro dele.

— Para de lembrar que você a viu nua ou vai ter que aprender a tocar guitarra com os dedos dos pés.

Ele riu enquanto Eric entrava no ônibus, parecendo exausto.
– Mas o que houve com você? – perguntei.
– Ser o único integrante da banda num bar cheio de mulheres não é tão excitante quanto parece. Quase fiquei seriamente mutilado. Meu Deus! – Ele balançou a cabeça.
– Filhodaputa sortudo – resmungou Adam enquanto Jade saía do banheiro e se sentava ao meu lado.

Eric pegou um maço de notas do bolso e dividiu em quatro pilhas. Não havia muito ali, mas pagaria a gasolina e a comida por alguns dias.

– Estão prontos para a nossa próxima parada? Falei com o gerente mais cedo e ele disse que não tem problema a gente ficar no estacionamento dele – disse Eric ao assumir o banco do motorista.

– Por mim, tudo bem. Vou ligar para Chloe e depois encerrar a noite. – Fui para os beliches.

O beliche não era grande coisa, especialmente considerando que passei as últimas duas noites dormindo em uma cama king-size ao lado de Chloe. Fazia muitas semanas que eu não dormia sem ela ao meu lado e já sentia sua falta. *Meu Deus, às vezes eu pareço uma mulherzinha!*, pensei. Fiquei de cueca e dobrei o corpo no beliche pequeno demais. Depois de alguns minutos me remexendo para achar uma posição, desisti, sabendo que não havia como ficar confortável.

Teclei o número de Chloe e esperei que chamasse, mas caiu direto na caixa postal.

"Oi! Você está ligando para Chloe. Não posso atender agora, mas, se me deixar seu número, eu ligo de volta. Um dia. Se eu me lembrar."

Sorri para sua mensagem idiota enquanto o telefone bipava.

– Oi, gata, terminei meu show agora. Acho que você já está dormindo, então me ligue de manhã. Te amo.

Fiquei decepcionado por não poder falar com ela antes de dormir, mas tinha certeza de que ela deve ter ficado acordada até tarde, o máximo que conseguiu, esperando por mim. Ela andava exausta e precisava descansar para lidar com a mãe.

Abri o telefone e dei uma última olhada na foto que ela me mandou mais cedo, antes de fechar os olhos e dormir com um sorriso no rosto.

CAPÍTULO OITO

CHLOE

A primeira semana sem Drake foi a pior. Eu sabia que tinha me transformado numa daquelas garotas grudentas que eu desprezava, mas sentia tanta falta dele que doía. Além disso, minha tia piorava a cada dia. Eu ia vê-la uma ou duas vezes por dia, dependendo de como ela estivesse se sentindo, e literalmente a via murchando bem diante dos meus olhos. A cada dia ela comia menos, bebia menos e dormia mais. As enfermeiras nos disseram para nos preparar, pois ela poderia falecer a qualquer minuto.

Eu detestava a sensação de impotência, vendo tudo se desenrolar diante dos meus olhos. Danny tentava ficar forte por ela, mas eu sabia que a morte da sua mãe o estava devorando vivo por dentro. Mais de uma vez eu o peguei sentado na frente da porta dela com lágrimas escorrendo silenciosamente pelo seu rosto e isso partiu meu coração.

Jordan e eu tentávamos mantê-lo ocupado o máximo possível, mas era difícil, porque ele se recusava a sair de casa. Ele tinha medo de que ela morresse no minuto em que saísse e não estivesse ali com ela. A sensação geral na casa toda era de depressão, para dizer o mínimo, e Drake parecia entender isso sempre que a gente se falava ao telefone. Ele estava preocupado comigo, mas eu garantia que estava bem. Acho que ele se sentia tão impotente quanto eu por ter que ficar tão longe enquanto tudo isso acontecia na minha vida.

A banda estava fazendo um sucesso imenso em cada parada da turnê e eu estava feliz por todos eles. Eles trabalharam muito para construir tudo isso e mereciam ser recompensados.

Jordan cumpriu sua palavra e ficou de olho em mim, passando quase o tempo todo comigo, especialmente quando minha mãe estava por perto. Felizmente, ele parou de tentar dar em cima de mim e voltamos a ser amigos como antes. Minha mãe enfim deve ter percebido que estava prestes a perder a irmã e começou a ficar na casa por mais tempo.

Às vezes eu me sentia infeliz, mas isso também me dava esperanças de que talvez ela realmente tivesse uma alma em algum lugar, de que talvez ela gostasse de alguém no mundo além dela mesma. Mesmo que essa pessoa não fosse eu, por mim, tudo bem. Há muito tempo aceitei que não teríamos relação, mas meu lado como filha não queria que ela fosse a pessoa horrível que demonstrava ser na maior parte do tempo.

Eu tinha acabado de desligar o telefone com Drake e descia a escada até a sala de estar quando fui surpreendida por uma menina bonita sentada ao lado de Danny no sofá. Ele nunca recebia visitas além de Jordan, que praticamente morava ali, e fiquei surpresa com a proximidade entre eles. Os dois pareciam se conhecer muito bem, quem sabe até tiveram alguma coisa.

Pensei bem, tentando me lembrar se ele mencionou alguma namorada desde que cheguei aqui. Não me veio nada à mente enquanto eu me sentava na cadeira ao lado de Jordan e olhava para ele. Pela sua expressão, ele não estava nada empolgado com a chegada da nova visita. Jordan era o tipo de cara que gostava de quase todo mundo, mas ele não disfarçava o incômodo.

Voltei minha atenção à garota e notei que ela me observava atentamente. Eu me remexi na cadeira, pouco à vontade com seu olhar.

– Quem é a sua amiga, Danny? – perguntou ela.

Danny levantou a cabeça, meio confuso.

– O quê? Ah, desculpe, não vi você chegar, Chloe. Esta é minha prima Chloe. Chloe, esta é minha amiga Kadi.

– É um prazer conhecê-la, Chloe. Gostaria de dizer que ouvi coisas maravilhosas sobre você, mas eu estaria mentindo já que até agora eu não sabia que você existia – disse ela com um sorrisinho.

Sua voz me surpreendeu, mas não deveria. A menina era muito pequena e a voz combinava perfeitamente com ela. Tinha um tom musical que soava como uma criança pequena e logo senti afinidade por ela, quase como se precisasse protegê-la.

– É um prazer conhecê-la também. Danny não me disse que a gente ia ter uma visita hoje. – Sorri para ela.

– Ah, bom, ele não sabia que eu ia vir. Somos amigos de muito tempo e soube da mãe dele quando voltei à cidade, e quis ver se havia algo que eu pudesse fazer.

– É muita gentileza sua. Danny precisa de todo apoio possível – eu disse.

Danny se levantou do sofá e puxou Kadi com ele.

– Vamos dar uma volta. Eu não vou longe, então, me liga se precisar de alguma coisa.

– Claro, não precisa ter pressa, Danny. Você precisa sair um pouco desta casa – eu disse.

Esperei até que a porta se fechasse atrás deles e me virei para Jordan.

– Tá legal, por que essa cara amarrada?

Ele olhou feio para a porta atrás de mim.

– Não suporto essa garota. Ela usou Danny mais vezes do que posso contar e ainda assim aí está ele, a recebendo de volta de braços abertos no minuto em que ela decide aparecer.

– A garota que estava aqui? Tem certeza? Ela não me parece exatamente desse tipo. Na verdade me pareceu um amor.

– Acredite em mim, ela é manipuladora como uma puta. Estava algumas séries na nossa frente no colégio, mas perseguiu Danny assim que ouviu falar dele. Ela o usa pelo dinheiro e depois o larga quando está entediada. Guarda o que vou te dizer, ela está aqui para ver o que pode tirar dele enquanto a mãe está sofrendo – disse ele.

Eu não consegui imaginá-la fazendo uma coisa dessas. A menina me pareceu muito meiga. Mas eu sabia que Jordan tinha muito mais experiência com ela do que eu e, se ele dizia que não confiava nela, eu acreditaria nele. Pensei na minha tia dizendo que os tubarões começariam a rondar e parece que um deles já chegou.

– O que vamos fazer com ela? Talvez a gente deva conversar com Danny.

– Danny sempre teve um fraco por essa garota. Ele vai ignorar qualquer coisa que a gente disser sobre ela, ainda mais do jeito que as coisas estão com a mãe. Só precisamos cuidar para que eles não fiquem sozinhos por muito tempo.

– E como vamos fazer isso? Você já fica totalmente ocupado como minha babá quando minha mãe aparece aqui.

— Ainda pretendo ficar colado em você, mas você precisa fazer amizade com a Kadi. É só falar com ela sobre roupas, sapatos ou coisa assim — disse ele, sorrindo.

— Jordan, fala sério! Eu pareço o tipo de garota que entende alguma coisa de roupas e sapatos? Se eu não tivesse Amber tão perto de mim na maior parte do tempo, só teria duas calças jeans e tênis. Sou péssima com coisas de mulher.

— Você não tem problema para ser mulher, confie em mim. É só mantê-la ocupada... Não ligo sobre o que vocês vão falar.

— Ai! Isso vai ser um saco! — gemi.

— Ah, deixa disso, não vai ser assim tão ruim. Com sorte, a gente consegue se livrar dela logo e, assim, você não vai precisar ficar muito com ela.

— Tenho a pior sorte do mundo. Se a gente não tirá-la daqui logo, ela vai acabar sendo dama de honra quando Drake e eu nos casarmos!

Os olhos dele se estreitaram.

— Está mesmo falando que vai se casar com Drake? Por favor, me diga que vocês não estão tão comprometidos assim.

Eu me remexi no sofá. Drake e eu não falamos em casamento, mas isso passou pela minha cabeça. Eu sabia que era idiotice pensar em casamento, porque eu sequer tinha idade para beber, mas não podia evitar quando estava perto dele. Mas não esperava que ele se ajoelhasse ou algo assim. Eu sabia que se passaria muito tempo antes que um de nós estivesse preparado para esse passo. A gente ainda estava na fase da lua de mel do nosso namoro.

— É claro que não. Só estou tentando explicar a pouca sorte que tenho. Peraí... Pensei que você gostasse do Drake, depois que vocês dois fizeram toda aquela coisa de companheirismo de homem.

— Não tem nada de companheirismo. Só concordamos que você é mais importante do que nós dois brigando por você. Ele parece um cara legal de verdade, mas não vejo vocês juntos daqui a um ano — disse ele rapidamente.

Meu coração doeu. Será que ele via alguma coisa em Drake que eu não enxergava?

— Por que você diz isso?

— Sem essa, Chloe, você é mais inteligente do que isso. Caras como ele nunca se prendem por muito tempo e só o que eles fazem é magoar as pessoas. — Ele me olhou com pena.

— Drake não é assim. É, ele aprontou antes de a gente ficar junto, mas não olhou para outra garota desde que decidimos tentar namorar. Não vou julgá-lo pelos erros do passado. Deus sabe que eu mesma cometi os meus.

— Eu não queria chatear você, Chloe, só me preocupo. Sei que ele realmente gosta de você, mas a ideia de ter uma banda, ser cheio de tatuagens e piercings... Ele tem todo o tipinho de um galinha. Ele pode não ter a intenção de te trair, mas as garotas se sentem atraídas por ele e um cara não consegue aguentar tanto tempo.

— Eu preciso confiar nele — sussurrei —, senão vou enlouquecer de preocupação querendo saber onde ele está a cada segundo do dia.

Jordan se levantou e me puxou da cadeira para um abraço.

— Desculpe, Ursinha Chloe, eu não queria te deixar preocupada. Sei que você tem razão sobre ele. Drake não desistiria de alguém como você por uma daquelas garotas.

— Ah, desculpe. Estou interrompendo? — perguntou uma voz atrás de mim.

Eu me afastei e vi Kadi parada na soleira, segurando o telefone.

– Não, está tudo bem. Eu estava indo para a piscina me bronzear um pouco. Quer ir comigo? – falei.

– Claro, bem que preciso de um tempo de mulherzinha. Vou pegar meu biquíni no carro e encontro você lá atrás – disse ela ao se virar para sair.

Assim que ela chegou lá fora, Jordan sorriu com malícia para mim.

– Tempo de mulherzinha, hein? Isso deve ser bom.

– Para com isso. Você vai ficar com a gente, sem sair do meu lado. – Dei-lhe uma cotovelada.

– Não, sua mãe saiu mais cedo, enquanto você estava lá em cima. Vou ver um pouco de televisão e dar uma relaxada enquanto vocês duas se conhecem.

Mostrei o dedo médio a ele ao ir para a porta.

– Babaca!

– Divirta-se!

Suspirei enquanto ia à piscina e tirava o short e a blusa. Eu não estava a fim de ficar de papo com alguém que só estava aqui para usar meu primo. Além disso, eu não era a pessoa mais sociável.

Entrei na parte rasa da piscina enquanto Kadi se aproximava de mim, já de biquíni. Ela se sentou em uma das cadeiras, enquanto me observava nadar pela piscina.

– E então, Chloe, me fala de você – disse Kadi quando passei perto dela.

– Não há muito que dizer. Eu sou muito chata – eu disse enquanto segurava a borda da piscina para sair da água.

Ela gesticulou para eu me sentar ao seu lado.

— Duvido disso... Você anda com Jordan e Danny. Isso é muito mais empolgante do que muita coisa por aí.

Ri e me sentei ao seu lado.

— É, passei o verão com eles alguns anos atrás. Eles podem ser loucos, mas não agora, com tudo o que está acontecendo.

— Eu vim assim que soube. Danny sempre foi um bom amigo e não queria que ele lidasse com isso sozinho — disse ela, olhando para a água.

— Ele não está sozinho. Tem Jordan para cuidar dele e eu estou aqui também.

— Bom, agora eu sei disso, boba. Eu não tinha ideia de que ele tinha uma prima. Ele nunca falou de você. Você mora aqui perto?

Balancei a cabeça.

— Não, moro na Virgínia Ocidental. Fui criada em Charleston, mas estou em Morgantown, estudando na Universidade de Virgínia Ocidental.

Seu sorriso se iluminou.

— Que mundo pequeno! Eu estudei lá alguns anos antes de pedir transferência para cá. Não queria ir embora de lá, mas minha mãe precisava de mim aqui.

— Sério? Você ainda está na faculdade?

— Não, eu me formei no início desse ano, mas estou tirando um ano de folga antes de começar a procurar emprego.

— Sei. — Fui incapaz de pensar em mais alguma coisa para dizer.

Ficamos em silêncio por vários minutos e ela voltou a falar.

— Espero que não se importe de eu perguntar, mas você e Jordan estão juntos?

Meus olhos se arregalaram.

– Não, por que você acharia isso?
– Pensei que estava me intrometendo entre vocês mais cedo. Só fiquei curiosa.
– Não, Jordan e eu somos só amigos. Eu tenho namorado – eu disse enquanto pensava em Drake e sorria.
– Ah, você está com aquele ar de apaixonada estampada no rosto. Ele deve ser alguém especial! Me fala dele – disse ela, animada.

Eu me sentia uma menina de 14 anos contando à amiga sobre seu primeiro namorado de verdade, mas não consegui me conter. Era incrivelmente fácil conversar com Kadi e era bom falar de Drake.

– Nem sei por onde começar. Drake é simplesmente... Drake. Às vezes é mal-humorado e mandão, e tenta bancar o agressivo, mas não é nada assim. Ele é um amor quando estamos juntos e tenta ao máximo cuidar de mim. Ele faz com que me sinta... Sei lá, acho que ele faz com que me sinta viva. E ele é o cara mais gato que vi em toda a minha vida. Cabelo preto, olhos escuros, tatuagens, piercings... Meu Deus, eu posso falar dele para sempre. – Sorri timidamente ao terminar meu discurso. – Desculpe, acho que exagerei um pouco.

Ela riu.

– De jeito nenhum... Acho que posso me apaixonar por ele depois dessa descrição. Ele parece um cara perfeito.

– E é mesmo. – Soltei um suspiro profundo.

– Então, por que ele não está aqui com você? – perguntou ela.

– Ele tem uma banda e eles têm shows programados para os próximos meses. Eu não podia deixar que ele desistisse disso por mim. Depois que tudo se acalmar por aqui, vou me encontrar com ele na cidade onde ele estiver.

— Entendo você, mas você não fica nervosa de deixá-lo solto por aí, sozinho?

— Não, eu confio nele. Ele não me trairia — eu disse.

— Que bom que vocês são tão unidos. Aposto que fica muito mais fácil ter Jordan por perto o dia todo.

Eu não sabia o que ela queria dizer com esse comentário, mas ele me incomodou.

— O que você quer dizer com isso? — perguntei.

— Ah, sem essa, Jordan é incrível. Ficar presa numa casa sozinha com ele dia após dia deve ser uma grande tentação, por melhor que seja esse seu Drake. Você é humana.

— Não é nada disso — eu disse calmamente, embora eu começasse a ficar mais irritada. — Jordan é só meu amigo. Está me perguntando isso porque acha que estou traindo meu namorado com ele, ou porque está interessada em Jordan e quer saber se está solteiro?

Ela mordeu o lábio.

— Eu dou tão na cara assim?

— Depende da opção que você escolher.

— Eu estou meio a fim do Jordan, mas acho que ele não está interessado. Fiquei um tempo com Danny e acho que ele se sentiu rejeitado — disse ela, sorrindo timidamente.

— Eu não falo sobre garotas com o Jordan, então, não posso te ajudar nisso. Só posso dizer é que não está rolando nada entre a gente.

Eu realmente lamentava por ela. Eu sabia que ela não tinha chances com Jordan. Ele não a suportava, mas ela estava ali, tentando arrancar de mim informações sobre ele. Talvez ele estivesse exagerando quando disse que ela perseguia o Danny. Talvez ela realmente estivesse aqui só para ajudá-lo. Decidi não criticá-la até conhecê-la melhor.

– É bom saber disso. Desculpe se fui meio grosseira. Não foi minha intenção.

Sorri enquanto me levantava.

– Não tem problema, agora eu entendi. Vou voltar para dentro e ver minha tia. Vai ficar para o jantar?

– Não, mas quero me despedir do Danny antes de sair. Venho amanhã ficar um tempinho com ele, se não tiver problema para você.

– Por mim, está tudo bem. Danny precisa mesmo de companhia... Ele nunca sai de casa. – Andei para as portas do pátio e as abri. Ainda não tinha chegado à escada quando Jordan desceu correndo e quase me derrubou.

– Nossa! O que foi? – gritei enquanto o segurava para evitar cair.

– Chloe! Eu estava procurando você. É sobre a Jen – disse ele quase em pânico.

Nesse momento, eu entendi. Vendo Jordan assim, entendi tudo. A tia Jen tinha acabado de morrer, mas eu precisava perguntar.

– O quê? O que tem ela? – perguntei com as lágrimas enchendo meus olhos.

– Ela morreu. A enfermeira veio nos chamar, mas era tarde demais quando chegamos no quarto dela – sussurrou ele.

Senti minhas pernas ficarem bambas enquanto ele me segurava. Eu sabia que isso ia acontecer, mas, agora que era realidade, percebi que não estava preparada. Eu não conhecia minha tia assim tão bem, mas sabia o suficiente para perceber que o mundo tinha acabado de perder alguém muito especial. Deixei que minhas lágrimas caíssem enquanto ele me abraçava e tentava me reconfortar.

— Está tudo bem, Ursinha Chloe, não chore. Ela não está mais sofrendo — sussurrou ele no meu ouvido, sentando-se na escada e me puxando para seu colo.

— Preciso ir. Sei que vocês querem ficar sozinhos agora. Digam ao Danny que estou aqui se ele precisar de mim — disse Kadi da porta.

Em estado de choque, eu tinha esquecido completamente que ela estava ali. Eu me senti péssima por ela gostar do Jordan e me ver com ele desse jeito. Eu me afastei um pouco, mas ele continuou com os braços em volta de mim.

— Obrigada, vou dizer a ele — resmungou ele, concentrando sua atenção em mim.

Ouvi a porta estalar e sabia que estávamos sozinhos de novo.

— Eu estou bem, mas preciso ver Danny. Onde ele está?

— Ainda estava com ela quando vim procurar você. Dê um tempo a ele. Danny precisa de tempo para processar isso.

Eu me afastei dele e me levantei.

— Vou esperar no quarto dele. Eu não... — respirei fundo. — Não posso chegar perto dela. Simplesmente não posso.

Nunca precisei lidar com a morte antes e não sabia como ia me sentir. Nunca tive experiência com o luto e aqui estava eu, tentando encontrar um jeito de aceitar a morte de uma pessoa da família.

Minha mãe decidiu entrar neste momento. Deu uma olhada no meu rosto coberto de lágrimas e largou a bolsa no chão, correndo na minha direção. Ela me segurou pelos ombros e me puxou para mais perto.

– Que foi?! Qual é o problema? É a Jen? – perguntou ela, me sacudindo de leve.

Incapaz de falar, eu simplesmente assenti.

Ela me soltou e passou correndo por Jordan, subindo a escada.

Olhei para Jordan, sem saber o que fazer.

– Será que a gente deve tentar impedi-la? Não quero que Danny precise falar com ela agora.

Ele balançou a cabeça.

– Não tem sentido. É a irmã dela e sua mãe vai atrás dela, independente do que a gente faça. Não quero brigar com ela perto dele agora.

Assenti ao subir a escada.

– Agora eu só quero ficar sozinha.

– Tudo bem. Venha me procurar, se precisar de alguém.

Entrei no meu quarto para trocar o biquíni antes de continuar pelo corredor até o quarto de Danny. Eu sabia que ele não estaria ali, mas eu queria estar esperando lá quando ele entrasse. A porta se abriu facilmente quando empurrei e olhei em volta. Tudo era arrumado no seu quarto – sem roupas no chão nem nada fora do lugar, o que me surpreendeu, porque quase todos os garotos faziam bagunça. Até Drake podia ser bagunceiro, se eu não o lembrasse de catar suas coisas.

Eu me sentei na cama arrumada e trouxe as pernas até o peito. Eu não sabia como reconfortar Danny quando ele entrasse ali ou sequer sabia como lidar com a morte da minha tia. Só o que eu podia fazer era cumprir minha promessa a ela e estar presente quando ele precisasse de mim.

Eu me perguntei se deveria ligar para Drake, mas decidi que não. Ele saberia o quanto eu estava perturbada e ia querer voltar para ficar aqui comigo. Eu precisava me acalmar antes de falar com ele para não deixá-lo culpado. Ele sempre sabia o que fazer e eu me sentia perdida sem seu conforto.

Ergui a cabeça enquanto a porta se abria e Danny entrava. Seu rosto estava vermelho e inchado de chorar e ele parecia completamente destruído. Simplesmente nos olhamos, sem saber exatamente o que dizer. Enfim, ele se aproximou e me abraçou. Eu o abracei com força enquanto ele caía aos prantos nos meus braços. Não sei quanto tempo ficamos sentados ali, um tentando reconfortar o outro.

CAPÍTULO NOVE

CHLOE

Os dias que se seguiram se passaram num borrão enquanto gente que nunca vi entrava e saía da casa, várias trazendo toneladas de comida que jamais comeríamos e oferecendo suas condolências. Danny ainda lutava para lidar com tudo aquilo, mas se fazia de forte ao receber cada visita, sempre educado e controlado, combinando com a imagem que demonstrava na comunidade. Eu, por outro lado, fiquei escondida no meu quarto como uma criança de seis anos até todos irem embora à noite.

Jordan se dividia entre mim e Danny, tentando cuidar para que nós dois ficássemos bem. Claro que ele também sofria. Foi praticamente criado com Danny, e Jen era como uma segunda mãe para ele. Mas ele colocou a própria dor em segundo plano para cuidar bem da gente. Minha mãe ficou aqui na maior parte do tempo, mas se manteve distante de mim. Eu podia ver que ela estava sofrendo, mas sabia muito bem que não devia tentar reconfortá-la.

Finalmente me senti pronta para ligar para Drake um dia depois que minha tia morreu. Minha voz tremia ao explicar o que aconteceu, mas consegui não desabar completamente. Drake logo se ofereceu para voltar, dizendo que a turnê podia esperar se eu precisasse dele. Recusei, explicando que Jordan estava ajudando e que não havia necessidade de ele cancelar os shows e fazer a banda ter prejuízos. Ele não ficou feliz com a situação, mas finalmente concordou.

Kadi me surpreendeu aparecendo no dia seguinte, como disse que faria. Voltou todo dia desde então e fazia o máximo para ajudar Danny. Ele parecia verdadeiramente feliz pela presença dela ali e fiquei agradecida por ela estar por perto. Ela até veio com Jordan algumas vezes, quando ele me procurava no quarto. Talvez ele a tivesse interpretado mal, porque ela parecia querer ajudar ao máximo todos nós.

O dia do enterro foi o mais difícil. Anestesiada, nem mesmo pensei no que ia vestir e percebi que não tinha nada adequado para um funeral. Assim, Jordan e eu fomos ao shopping procurar uma roupa e um par de sapatos. Finalmente encontrei um vestido preto simples e sapatos na terceira loja que entramos. Paguei e Jordan se apressou a me tirar da loja e me levar para casa, cuidando para que a gente não se atrasasse.

Estávamos de volta minutos antes de a limusine chegar a casa. Fui até a capela funerária ao lado de Jordan enquanto Kadi se sentava com Danny e tentava reconfortá-lo. Minha mãe também veio com a gente, mas ficou sentada no banco do outro lado, afastada. Quando chegamos, nos deram alguns minutos para nos despedir da minha tia antes de começarem a permitir a entrada das outras pessoas.

Essa foi a primeira vez que vi minha tia desde que ela morreu e eu não sabia o que esperar. Eu só sabia o que as pessoas falam, que quem morreu não ficava nada parecido com quem era em vida. Seguindo Jordan até a frente do caixão, percebi que tinham razão.

Aquela mulher magra e pálida não era minha tia e eu me recusava a me lembrar dela desse jeito. Eu a imaginava como era naquele verão, muito tempo atrás. O cabelo brilhando ao sol, os olhos cintilando de alegria, a pele saudável e bronzeada das horas que passou sob o sol – era assim que queria me lembrar dela.

Senti minha respiração ficar difícil e corri até a saída mais próxima para evitar uma crise de pânico. Inspirei o ar fresco, um alívio bem-vindo ao ar estagnado e com cheiro de flores do interior da capela. Meu corpo começou a relaxar e finalmente conseguir respirar normalmente.

Dei um pulo quando mãos quentes envolveram meus ombros.

– Está tudo bem, Ursinha Chloe? – perguntou Jordan.

– Está, só precisei sair por um minuto.

– Entendo. Sei que isso é difícil para você – disse ele, massageando meus ombros.

– É, mas é mais difícil para você e Danny. Agradeço por vocês cuidarem de mim, mas vocês também precisam desabafar. Você mal disse alguma coisa desde que tudo aconteceu – eu disse, me virando para ele.

As mãos dele caíram ao lado do corpo e ele se virou para olhar a rua.

– Eu vou ficar bem... Não se preocupe comigo. Eu lido com as coisas do meu jeito.

– Sofrendo em silêncio? Acho que não, Jordan. Você precisa falar sobre isso. Sabe que estou aqui se precisar de mim.

– Sei disso, Chloe, e agradeço, de verdade, mas não falo de coisas assim.

Estendi a mão e toquei seu rosto.

– Bom, se mudar de ideia, pode me procurar.

Ele se afastou, pouco à vontade, e baixei a mão ao lado do corpo.

– É melhor a gente entrar antes que alguém venha nos procurar – disse ele, dando um pigarro.

Assenti enquanto ele pegava minha mão e me levava para dentro.

O serviço fúnebre foi lindo. Tantas pessoas apareceram que não havia cadeiras suficientes e várias foram obrigadas a ficar de pé no fundo da sala. Chorei quando uma pessoa depois da outra pedia para falar sobre minha tia. Ela tocou muitas vidas enquanto estava viva e eu me orgulhei de ser parente de uma mulher tão especial.

Encerrado o funeral, nossa limusine seguiu diretamente atrás do carro funerário até o cemitério. Danny perdeu o controle quando desceram o caixão da sua mãe e Jordan teve que ajudá-lo a voltar ao carro. A maioria das pessoas quis oferecer um banquete em homenagem à falecida, mas Danny pediu que nenhum evento fosse marcado para ela. Eu sabia que ele estava exausto e eu respeitava isso. Nunca vi sentido em dar uma festa pela morte de alguém.

Quando voltamos para casa, Kadi e Jordan levaram Danny para o quarto enquanto eu vestia roupas confortáveis. Assim que tirei o vestido, eu o joguei na lata de lixo. Sei que isso parece infantil, mas jamais queria olhá-lo de novo. Ele só me faria lembrar deste dia.

Minha mãe não voltou com a gente depois do enterro e desejei que ela ficasse longe, pelo menos por mais algumas horas. Eu não tinha condições de lidar com ela, e sabia que Danny também não seria capaz de cuidar de mim. A função de babá sobraria para Jordan bancar e eu não queria ser mais um estresse. Ele já tinha muita coisa para lidar hoje.

Passei o resto do dia sentada perto da piscina com Jordan e Kadi, Jordan contando histórias da infância ao lado da tia Jen. Ri enquanto ele contava sobre quando ele e Danny arrumavam confusão por qualquer coisa, das brincadeiras mais bobas até chegar em casa bêbados uma noite e tia Jen colocar os dois de castigo. Danny apareceu algumas horas depois e contou suas próprias histórias. Ainda estava arrasado, mas era bom vê-lo sorrir com as lembranças da sua infância.

Dei boa-noite a todos e fui para o meu quarto. O dia foi cansativo e o advogado da tia Jen ia aparecer no dia seguinte para discutir o testamento. Eu precisava de todo o sono possível para estar pronta, porque minha mãe estaria lá e descobriria exatamente o que minha tia deixou para ela: nada. Fiquei pensando se deveria comprar uma armadura para me proteger durante a leitura do testamento. Provavelmente seria uma boa ideia, quando minha mãe partisse para cima de mim.

Era tarde, mas decidi ligar para Drake. Eu sabia que ele ainda estaria trabalhando e, é claro, caiu direto na caixa postal. Deixei um recado contando que estava tudo bem e que falaria com ele no dia seguinte, para ele não se preocupar comigo. Este foi o primeiro dia que não nos falamos. Isso me preocupou, mas deixei a ideia de lado. Era só um dia, e não uma semana, e estávamos ocupados.

Fechei os olhos e imaginei Drake comigo, me deixando aquecida e confortada como eu precisava desesperadamente depois do dia de hoje. Isso me fez sorrir.

Acordei na manhã seguinte com Jordan me tocando gentilmente.

— O que você quer? — murmurei, tentando esconder a cabeça com as cobertas enquanto ele as puxava.

Ele riu ao pegá-las novamente e levá-las para o pé da cama.

— Acorde, raio de sol. O almoço está pronto e o advogado chega daqui a uma hora.

— Ai, que horas são? — perguntei.

— Pouco depois de uma hora, então levanta sua bunda daí e vá se vestir.

Eu me sentei apoiada em um cotovelo e o olhei feio.

— Sabe de uma coisa, eu podia estar nua embaixo das cobertas. Pensa nisso da próxima vez.

— Você tem o hábito de dormir nua? — perguntou ele com um sorriso malicioso.

— Só quando estou com Drake — respondi, depois mostrei a língua.

— Bom, um cara pode sonhar. Agora, se levanta antes que eu a obrigue a isso. — Ele foi até a porta do meu quarto. — Se não descer em vinte minutos, vou voltar. Esteja você nua ou não.

Ele fechou a porta enquanto eu me levantava e atravessava o quarto até a cômoda. Não sabia o que deveria vestir para uma leitura de testamento, assim me conformei com uma saia simples na altura dos joelhos e uma das poucas blusas elegantes que trouxe. Passei um pouco de maquiagem e consegui puxar o cabelo em um coque meio arrumado para tirá-lo do rosto.

Apesar das mechas roxas que eu tinha no cabelo, eu me sentia bem apresentável. Mas isso não importava. O advogado da minha tia não estava preocupado com a minha aparência, desde que eu estivesse lá para ele fazer seu trabalho.

Assim que estava prestes a sair, meu telefone tocou. Sorri quando vi o rosto de Drake aparecendo na tela.

– Alô?

– Oi, gata, estou ligando para saber se está tudo bem. Recebi seu recado ontem à noite, mas era tarde demais para te ligar.

– Está tudo bem, sei que você estava ocupado. Estamos todos indo como dá. Danny está muito arrasado, mas tentando se controlar.

– É, imagino que sim. Diga a ele que estou pensando nele.

– Digo sim. Onde vocês estão agora? – Ele me deu sua programação antes de cair na estrada, mas eu não sabia onde a tinha colocado.

– Voltamos para a Virgínia Ocidental e estamos em Huntington. Quando acabar aqui, temos um show em Fairmont, depois na Pensilvânia.

– É uma merda você estar tão longe. Sinto sua falta.

– Eu sei, gata, eu também. Tomara que você esteja comigo logo.

– Devo ficar por aqui por mais uma semana, depois vou encontrar com você, a não ser que aconteça alguma coisa. Hoje vamos fazer a leitura do testamento. Tenho certeza de que vai terminar tudo bem. – Eu sabia que ele podia perceber o sarcasmo nessa observação.

– Fique perto de Jordan e Danny. Ela não vai mexer com você com os dois por perto. Se acontecer alguma coisa, me liga. Chego aí em horas para te buscar.

Suspirei.

– Sei que você viria, mas tenho certeza de que vai ficar tudo bem. Ainda vou ficar grudada neles até ir embora.

– Mas tenha cuidado, gata. Não quero que aconteça nada com você.

— Pode deixar. É melhor descer antes que Jordan suba atrás de mim. Ligo para você depois.

— Tudo bem, só mais uma coisa — disse ele quando eu começava a desligar.

— O que é?

— Sabe, eu não recebi mais nenhuma foto sua desde aquela que você me mandou no dia em que saí daí. Estou me sentindo meio esquecido. Acha que pode resolver isso?

Eu podia ouvir o riso em sua voz enquanto meu rosto esquentava. Mandei aquela foto para ele quando pensei em todas as piranhas de bar que ficariam por perto. Eu queria lhe dar algo para se lembrar de mim enquanto estivesse longe.

— Não sei de que foto você está falando. — Decidi bancar a boba só para torturá-lo.

Ele riu.

— Você sabe muito bem do que estou falando. Adoraria ver um pouco mais de pele.

Jordan decidiu abrir a porta naquele momento.

— Vamos! Vou jogar você no ombro e carregá-la para baixo, se não correr! — gritou ele.

— Espera um minuto, estou falando com Drake! — Voltei minha atenção a Drake. — Vou ver o que posso fazer, mas agora preciso mesmo ir.

— Tá legal, me liga quando puder. Vou ficar de olho nas minhas mensagens.

Desliguei assim que Jordan se aproximou e me jogou no seu ombro. Gritei e esperneei enquanto ele começava a me carregar pela escada, entrando na sala de jantar.

— Me coloca no chão, idiota! — gritei.

Ele me sentou em uma das cadeiras, rindo.

— Eu te *disse* para ir mais rápido.

Eu o fuzilei com os olhos e peguei um sanduíche de queijo quente na travessa diante de mim e comecei a comer.

— Eu *andei* rápido. Você não precisava me forçar.

Notei que Kadi e Danny estavam sentados à mesa na nossa frente. Kadi me abriu um leve sorriso, mas Danny parecia não ter dormido nada e logo me senti mal por brincar com Jordan na frente dele.

— Está tudo bem com você, Danny? — perguntei em voz baixa.

Ele deu de ombros e olhou para mim.

— Na verdade, não, mas vou sobreviver. Só quero que esse dia acabe logo.

Assenti, sem saber o que dizer.

Minha mãe entrou na sala e se sentou do outro lado da mesa, longe da gente. Também parecia cansada, mas ninguém perguntou se ela estava bem. A gente sabia que era melhor não falar com ela. A conversa parou e tudo ficou estranhamente quieto enquanto eu terminava o sanduíche.

A campainha tocou e cortou o silêncio. Dei um pulo ao ouvir o barulho. Danny foi abrir a porta. Alguns minutos depois, voltou à sala de jantar com um homem alto de cabelos pretos.

— Este é o sr. Evans, o advogado da minha mãe... Quer dizer, meu advogado. Kadi, se não se importa, pode esperar aqui? Os outros venham comigo. Vamos discutir tudo no escritório da minha mãe.

— É claro que não me importo. Estarei na piscina quando vocês acabarem — disse Kadi enquanto Jordan, minha mãe e eu seguimos Danny, saindo da sala.

O escritório da minha tia ficava no terceiro andar, ou, para ser mais específica, ocupava todo o terceiro andar. A escada que levava a ele passava pelo quarto da minha tia e não pude deixar de olhar a porta fechada ao andarmos por ali. Parecia que eu podia me aproximar, abri-la e ela ainda estaria lá. Era difícil entender que ela tinha morrido e minha mente não estava preparada para saber que ela nunca mais estaria lá, que eu nunca mais poderia entrar e vê-la.

Senti uma lágrima escorrer pelo rosto ao subirmos a escada que levava ao seu escritório.

Jordan percebeu e me abraçou.

— Está tudo bem, Ursinha Chloe, aguenta firme pelo Danny — sussurrou ele enquanto entrávamos no escritório.

O sr. Evans sentou-se à mesa da minha tia e sentamos nas cadeiras de frente para ele. Acabei entre Danny e Jordan, com minha mãe do outro lado de Jordan. Soltei um suspiro de alívio por Danny não sentar entre nós duas. Eu não sabia se ele tinha condições de brigar com ela.

— Para os que não me conhecem, meu nome é Jim Evans, advogado de Jennifer e seu amigo íntimo. Estou muito triste com a notícia de sua morte. Poucas pessoas no mundo eram boas como Jennifer e muitos sentirão sua falta. Antes de ela adoecer demais para cuidar dos negócios, me deixou instruções específicas sobre como queria que seus bens fossem compartilhados. Estou aqui hoje, em nome dela, para fazer a partilha de seus ativos.

Eu me mexia nervosa na cadeira, e ele puxou um envelope da pasta e colocou na mesa diante dele. Jordan apertou minha perna agitada e me olhou enquanto o sr. Evans tirava documentos do envelope. Sorri, me desculpando, e tentei acalmar o corpo, mas foi inútil. Eu estava nervosa demais com o que minha mãe faria quando descobrisse o que minha tia deixou planejado.

– Vamos começar. Primeiro ao sr. Jordan Wiles. Jennifer abriu uma conta para você com 600 mil dólares.

A boca de Jordan se abriu enquanto ele olhava para mim e para Danny.

– Você sabia disso?

Danny baixou os olhos para as mãos ao falar.

– Ela pode ter tocado no assunto – murmurou ele.

Jordan afundou na cadeira, chocado.

– Nem sei o que dizer.

O sr. Evans sorriu para ele.

– Não precisa dizer nada. Aqui estão as informações sobre a conta, bem como uma carta que Jennifer deixou para você. – Ele entregou a papelada a Jordan antes de continuar. – Se tiver alguma pergunta, por favor, me diga, ficarei feliz em ajudá-lo.

Em seguida, Chloe Richards. Jennifer deixou a mesma quantia para você, 600 mil dólares, em uma conta em seu nome.

Peguei os papéis que ele estendia a mim com um leve sorriso. Não parecia certo aceitar o dinheiro, mas eu prometi a ela que o faria. Mas eu não tinha a intenção de gastá-lo. Doaria às várias instituições de caridade e o resto ficaria na conta. Posso dizer que será meu fundo para os dias difíceis.

– Em seguida, sra. Andrea Richards – disse ele, enquanto eu prendia a respiração. Este era o momento que eu temia.

Ele tirou um envelope da pasta e entregou a ela.

– Jennifer solicitou que lhe entregasse isto.

Ela o olhou inquisitivamente, pegou o envelope e o abriu.

O sr. Evans não perdeu tempo e continuou.

– E, por fim, Danny. Sua mãe lhe deixou todos os bens restantes, assim como o controle completo das ações e quaisquer empresas que ela possua. Quando estiver preparado, telefone para mim e explicarei tudo a você. Até lá, cuidarei de tudo. Entendo que você precisa de tempo para o luto.

Antes que Danny pudesse responder, minha mãe estava de pé e tentava me atacar.

– Sua vadiazinha estúpida! Você fez isso, não fez? Você vai me pagar, eu juro que vai, porra! – Ela gritava enquanto Jordan a segurava e a afastava de mim.

Eu me encolhi quando ela jogou o envelope em cima de mim.

– Espere para ver, Chloe. Você não fez nada além de foder minha vida desde que nasceu! Você vai me pagar.

Ela se soltou das mãos de Jordan e saiu intempestivamente pela porta. Eu a ouvi gritando meu nome e uma série de xingamentos enquanto se afastava.

O sr. Evans me olhava com choque. Teria sido cômico se a situação não fosse tão terrível.

Danny deu um pigarro e todos nos viramos para ele.

– Obrigado por sua ajuda, Jim. Entrarei em contato com você em breve. Mas agora acho que você deve ir antes que Andrea faça alguma besteira.

Ele assentiu enquanto colocava os papéis de volta na pasta e se levantava.

– Sim, vou embora agora. – Ele olhou para a porta que minha mãe acabara de sair e me olhou. – Se você tiver algum... problema, por favor, não hesite em me procurar. Eu a ajudarei como puder.

Agradecemos e ele saiu da sala. Eu me recostei na cadeira e procurei entre os papéis o envelope que minha mãe tinha jogado em mim. Havia vários folhetos de clínicas de reabilitação por ali que tratavam do vício em álcool e drogas, junto com uma carta manuscrita endereçada a ela. Abri lentamente e li.

Minha querida Andrea,
   Sei que já terei morrido quando você ler esta carta, mas preciso fazer uma última tentativa de chamar sua atenção. Eu te amo demais, minha irmã caçula, e não suporto ver como você se destrói. Incluí vários folhetos de clínicas de reabilitação nesta região com esta carta e imploro que você considere procurar uma delas. Já falei com meu advogado e, se você estiver disposta, ele cuidará para que seu tratamento seja pago.
   Acompanhei você desperdiçar sua vida por anos e não suporto mais fazer isso. É doloroso agir desta maneira, mas não tenho alternativa. Você não receberá nada dos meus bens até que dê entrada em um desses programas e o complete inteiramente. Pelo ano seguinte depois do término, você deverá fazer um exame de drogas semanalmente. Mais uma vez, entre em contato com Jim e ele resolverá tudo para você. Se conseguir passar em todos os testes, uma conta de 10 mil dólares será aberta em seu nome. Lamento levá-la a isto, mas não suporto a ideia de você usar qualquer dinheiro que eu lhe dê com drogas.
   Por favor, não culpe a Chloe por nada. Ela não tem ideia dos meus planos para você. Sei que será a primeira coisa que você vai pensar, mas tomei esta decisão muito antes de falar com ela. Você já fez essa pobre menina passar pelo suficiente. Deixe Chloe seguir a própria vida até que você se recomponha

e, se depois quiser se retratar com ela, faça isso. Ela precisa de uma mãe, Andrea, e você é a única que pode dar isso a ela.

Mais uma vez, peço desculpas por chegar a esse ponto, mas sei que faço isso por amor a você.

Com amor, sempre,
Jennifer

Enxuguei uma lágrima ao terminar de ler o último pedido da minha tia para que minha mãe procurasse ajuda.

Olhei para Danny, que colocava a mão no meu ombro.

– Você está bem?

– É, vou ficar. Só espero que ela escute a sua mãe – eu disse ao entregar a carta para ele.

Ele a leu rapidamente e a colocou junto com os folhetos no envelope.

– Vou deixar isso no quarto dela. Vamos torcer para que ela aceite o conselho da minha mãe e vá se tratar. Até lá, não quero você longe de mim ou de Jordan.

– Caramba, ela é totalmente louca – grunhiu Jordan.

Sorri ao me levantar e fui à porta atrás deles.

– Obrigada.

Descemos a escada em silêncio até o segundo andar. Danny parou no quarto da minha mãe e deixou a carta em sua cômoda, indo para o seu quarto.

– Vejo vocês daqui a pouco. Quero ficar um pouco sozinho.

– Tem certeza, cara? Detesto que você fique sozinho agora – perguntou Jordan.

– É, eu tenho certeza. Vocês podem sair ou fazer o que quiserem. Encontro vocês depois – disse Danny ao fechar a porta.

Olhei para Jordan enquanto a gente entrava no meu quarto.

– O que você quer fazer? Como você terá que ser minha babá, vou deixar que escolha.

– Kadi disse que ia para a piscina e eu ainda não confio nela. Vamos descer para ficar de olho nela até que Danny decida sair.

– Por mim, tudo bem. Só preciso me trocar e encontro você lá embaixo. – Comecei a fechar a porta, mas Jordan a segurou e sorriu.

– Não vou deixar você sozinha esse tempo todo. Vou esperar aqui até que você esteja pronta.

CAPÍTULO DEZ

CHLOE

Troquei de roupa, sem querer fazer Jordan esperar, e voltei ao corredor em tempo recorde. Jordan e eu descemos e fomos para a porta do pátio, onde notei Allison parada à porta da cozinha.

— Sua mãe acabou de sair daqui como se fugisse de um incêndio.

— Melhor assim... Dê tempo a ela para esfriar — disse Jordan enquanto passávamos por Allison.

Ela me abriu um sorriso solidário.

— Foi tão ruim assim?

— Muito.

Sorri enquanto Jordan e eu íamos à piscina. Kadi estava sentada em uma das cadeiras, dormindo profundamente. Fui rapidinho até uma cadeira ao lado dela, com medo de acordá-la. Jordan riu quando tropecei no pé de Kadi e quase caí em cima dela. Eu me virei e o fuzilei com os olhos, levando um dedo aos lábios. Voltei a olhá-la e vi que ela ainda dormia, apesar do meu tropeço.

— Você é uma pateta, Chloe — zombou Jordan aos sussurros.

— Cala a boca! Ela está tranquila e não quero incomodar.

– Tanto faz – murmurou ele ao se sentar na cadeira ao meu lado. Soltei um suspiro para o rangido que ela fez e ele me abriu um sorriso.

Ele tentou falar comigo várias vezes, mas eu o interrompi com um olhar enquanto relaxava e deixava o sol aquecer minha pele. Minutos depois, eu mesma estava sonolenta. Enfim parei de lutar e deixei que o sono me dominasse.

Alguém tocou meu rosto. Gemi e soquei a pessoa, me recusando a abrir os olhos. Ouvi alguém dando risadas.

– Cara, ela está mesmo apagada.

– Derrube Chloe da cadeira.

Era Jordan. Eu não tinha dúvida de que ele ia mesmo me empurrar da cadeira. Abri os olhos e vi Jordan e Kadi de pé perto de mim.

– Ela está viva! – exclamou Kadi.

– Não se pode nem tirar um cochilo por aqui! – resmunguei.

– Bom, você está apagada há mais de duas horas. Se não se virar, vai ficar queimada – observou Kadi.

Baixei os olhos e vi que eu *começava* a me queimar e estava suada.

– Ai, estou toda suada e nojenta.

Jordan me abriu um sorriso malicioso.

– Posso dar um jeito nisso.

Meus olhos se arregalaram enquanto ele se abaixava e me tirava da cadeira.

– Espera! O que você está fazendo? – gritei, e ele me jogou na piscina.

A água fria foi um choque no meu corpo quente demais. Vim à superfície, tossindo e meio fora de mim.

– Seu babaca!

Ele estava sentado ao lado da piscina, rindo feito um idiota. Nadei até a beira e fingi tentar sair antes de cair na água de novo.

– Precisa de ajuda? – perguntou ele.

– De você, não!

Ele se levantou e estendeu a mão para mim.

– Ah, por favor, me desculpe.

– Melhor se desculpar mesmo – eu disse ao pegar sua mão.

Quando ele começou a me tirar da água, eu o puxei com toda minha força e o trouxe para mim, de roupa e tudo. Sua expressão de choque antes de cair na água foi impagável e precisei me segurar na borda da piscina porque ri demais para continuar boiando. Ele veio à superfície ao meu lado e me puxou para me afundar.

Kadi ria histericamente e pegou o celular para nos filmar. Passamos os vários minutos seguintes nos revezando numa perseguição pela piscina, um afundando o outro. Ou, mais provavelmente, eu passei os minutos seguintes tentando me livrar dele enquanto ele me afundava sem parar. Quando cheguei no meu limite, me atirei nele quando ele se afastou por uma fração de segundo. Foi o tempo que eu precisava. Eu me joguei em suas costas e ele afundou.

Jordan voltou à superfície comigo ainda agarrada a suas costas e andou até a beira da piscina. Saí de cima dele e fiquei ao lado de Kadi enquanto ele saía. Ela desligou o vídeo no celular e voltou a se sentar, rindo.

– Vocês dois juntos parecem duas crianças, sabem disso, né? – perguntou ela.

– É, e ela é muito boa bancando a irmã caçula irritante – disse Jordan, tirando a camisa ensopada.

Mostrei a língua para ele e me sentei ao lado de Kadi.
– Viu o que eu quero dizer? – perguntou ele.
– Ah, tanto faz. Você me ama e sabe disso – eu disse ao olhar seu peito nu. Uma ideia me ocorreu e sorri. – Ei, Jordan, pode me fazer um favor?
Ele me olhou com desconfiança.
– Depende do que for.
– Não é nada de mais. Drake me pediu para mandar uma foto para ele que mostrasse um pouco de pele. Não especificou se tinha que ser a *minha* pele.
Ele baixou os olhos para o próprio corpo antes de sorrir.
– Você sabe que isso vai deixar o cara irritado.
– Não, ele vai rir. Bom, espero. – Peguei o telefone e o ergui para tirar uma foto.
– Eu não deveria fazer uma pose ou coisa assim?
– Você está tirando uma foto, e não bancando o modelo – eu disse ao tirar algumas fotografias.
– Você estraga toda a diversão.
Mandei algumas fotos e sorri comigo mesma. Drake estava na estrada agora, então eu sabia que ele as veria logo. E ele me mandou um torpedo logo em seguida.

Drake: Não. Tem. Graça.

Eu: Ei, você disse que queria ver um pouco de pele. Só estou fazendo o que você me pediu.

Drake: Não sei o que mais me incomoda – você estar tirando fotos de Jordan sem camisa e molhado ou você ter pensado que eu ia gostar.

Eu: KKK. Desculpe, não resisti.

Drake: Sei que não. Pelo menos Jade pode curtir. O que está fazendo?

Eu: Sentada na piscina. Foi tudo bem na leitura hoje, minha mãe foi embora furiosa.

Decidi que seria melhor deixar de fora a parte em que ela me ameaçou. Ele entraria em pânico e não queria aumentar ainda mais o estresse em sua vida.

Drake: Que bom. Estamos quase parando para comer, então falo com você depois.

Eu: Tudo bem, te amo.

Drake: Também te amo.

Guardei o telefone e sorri da própria piada. Olhei para Jordan e Kadi, que me observavam atentamente.

– Que foi?

– Ele ficou chateado? – perguntou Kadi.

– Não. Não gostou, mas Jade sim, sem dúvida.

Jordan me abriu um sorriso presunçoso.

– Quem não vai gostar? Quer dizer, olha para mim. Meu abdômen é de tanquinho.

Kadi e eu começamos a rir como idiotas.

– Ainda não acho que isso seja suficiente para fazer Drake mudar de time. Lamento por você – ofeguei entre as gargalhadas.

— Tanto faz — murmurou Jordan. — Preciso entrar rápido e dar uma ligada para o meu treinador. Você vai ficar bem, sozinha por alguns minutos? Sua mãe ainda não está em casa.

Acenei para ele sair.

— Vou ficar bem... Vá fazer o que precisa.

Ele foi às portas do pátio e as abriu.

— Só vou demorar alguns minutos.

Revirei os olhos enquanto ele fechava as portas.

— Ele se preocupa demais. Acho que posso sobreviver, sentada na piscina, por cinco minutos.

— Ele só se preocupa com você — disse Kadi ao se levantar.

— Preciso ir para casa, então, te vejo depois.

— Tá legal, tchau. — Acenei uma despedida enquanto ela pegava suas roupas e saía.

Decidi dar uma nadada rápida enquanto eu tinha algum tempo sozinha. Era bom ter Jordan por perto, mas eu não era muito sociável e gostava de ficar sozinha quase sempre. Subi a escada até a prancha e dei um mergulho em parafuso na água. Depois de vir à tona, nadei sem parar de um lado para outro da piscina. Sentia os músculos dos meus braços e pernas começarem a arder enquanto eu gastava parte do nervosismo acumulado.

Dei mais algumas voltas até que meus braços parecessem pesados demais para que eu os mexesse. Decidindo que já havia ido até o limite, nadei à escada e saí da piscina. A natação teve o efeito desejado. Eu estava cansada, mas minha mente estava mais calma.

Fui pegar o telefone, mas, antes de alcançá-lo, senti um par de mãos envolvendo meu pescoço. Gritei enquanto era jogada no chão e alguém me chutava nas costelas. Gemi ao tentar rolar, a dor cortando o meu corpo.

Minha mãe estava em cima de mim com uma expressão de fúria profunda.

– Sua vadiazinha, você vai me pagar.

Antes que eu pudesse pronunciar uma palavra que fosse, ela me chutou de novo nas costelas e se abaixou para me agarrar pelo cabelo. Tentei me soltar, mas ela devia estar sob influência de alguma substância porque minha força não era nada comparada à dela. Ela levantou minha cabeça e a bateu no chão repetidas vezes. Senti o sangue escorrer do nariz e provei o seu gosto. Só o gosto me deu náuseas.

Ela me puxou para a beira da piscina e segurou minha cabeça a centímetros da superfície da água.

– Talvez, da próxima vez, você vá pensar antes de me atormentar. Isso *se* houver uma próxima vez.

Com essa, ela empurrou minha cabeça para dentro da água. Lutei para me libertar enquanto ela me mantinha ali. Não sei quanto tempo fiquei submersa, mas eu sabia que estava prendendo a respiração por mais do que era capaz. Sem pensar, abri a boca para tomar fôlego e a água me inundou. Meus pulmões começaram a arder enquanto a água os enchia.

Comecei a perder a consciência, quando de repente me senti livre. Mãos fortes me seguraram e me tiraram da água. Rolei de bruços e tossi, tentando tirar toda a água dos pulmões. Sentia que a água saía da minha boca e pelo nariz aos jatos e entrei em pânico porque ainda não conseguia respirar.

– Meu Deus, respire, Chloe! Respire! – gritou Jordan, batendo nas minhas costas.

Deitei a cabeça no chão quando finalmente consegui puxar o ar. Meus pulmões e a garganta pareciam queimar.

– Jordan – grasnei –, minha mãe.

– Shhhh, você está a salvo. Ela fugiu quando a empurrei para longe de você – disse ele enquanto me pegava nos braços e me aninhava ali. O movimento provocou uma dor nas minhas costelas e eu gritei.

– O que é, Chloe? – perguntou ele, frenético.

– Minhas costelas.

– Puta merda! – gritou ele enquanto finalmente dava uma boa olhada em mim. Eu sabia, a surra deve ter me deixado péssima. – Seu rosto está completamente sangrando! Precisamos levar você ao médico!

Ele começou a gritar a plenos pulmões, tentando fazer alguém ouvir e ajudar. Segundos depois, Allison saiu correndo da casa com Danny bem atrás dela.

– Ah, meu Deus! – Allison deu um grito quando me viu.

– O que houve? – perguntou Danny.

– Eu deixei Chloe sozinha por uns minutos, porque achei que a mãe dela não estivesse em casa. Chama uma ambulância... Parece que ela vai precisar de uma ambulância e também da polícia.

Allison saiu correndo enquanto Danny se abaixava para me examinar melhor.

– Onde está doendo, Chloe?

Meu corpo tremia, provocando uma dor ainda pior nas costelas, sem me permitir falar de tanta dor.

– Ela gritou e disse que as costelas doíam quando eu a peguei. Parece que a vaca deu uma surra nela antes de tentar afogá-la.

Senti dedos frios e gentis pressionando minhas costelas e gritei de novo.

— Devem estar fraturadas, ou pelo menos fissuradas. Meu Deus! — resmungou Danny.

— Isso tudo é minha culpa, merda! — gritou Jordan. — Eu não devia ter deixado Chloe sozinha.

— Não se torture... Você disse que só saiu por alguns minutos. Mesmo com a reação de Andrea mais cedo, eu nunca teria pensado que ela faria uma coisa dessas — disse Danny em voz baixa.

— Como não me torturar? Olha para ela! Se eu estivesse aqui, isso não teria acontecido. Ela quase matou a Chloe, e tudo porque eu precisava dar uma merda de telefonema!

— Não foi sua culpa — ofeguei.

— Não tente falar, Ursinha Chloe... Não se mexa.

Ouvi a porta do pátio se abrir e passos se aproximarem. Fiquei tensa, com medo de que minha mãe estivesse vindo atrás de mim de novo.

— Chamei a ambulância. Disseram para não movê-la até que cheguem aqui, porque ela pode ter uma lesão nas costas — disse Allison ao chegar mais perto.

Danny e Allison sentaram-se com a gente enquanto Jordan ainda me abraçava até que ouvimos sirenes ao longe. Sentia que a dor me fazia sair e voltar à consciência. Meus olhos se abriram quando alguém começou a me tirar dos braços de Jordan.

— Não! — consegui dizer, me agarrando a ele como se minha vida dependesse disso.

— Está tudo bem... Meu nome é Aaron e sou paramédico. Não vou machucar você, mas preciso examinar seus ferimentos mais de perto.

Levantei a cabeça e vi um homem de meia-idade agachado à nossa frente. Ele me abriu um leve sorriso enquanto seus olhos analisaram meu corpo, procurando ferimentos.

– Está tudo bem, Chloe. Você precisa deixar que ele examine você – disse Jordan, me olhando de cima.

Fui erguida dos braços de Jordan e colocada numa maca. Meu corpo gritou, protestando da dor, enquanto tudo escureceu.

CAPÍTULO ONZE

CHLOE

Acordei com um bipe irritante. Tentei abrir os olhos para ver de onde vinha, mas não consegui. Parecia que estavam colados. Fiquei deitada ali, ouvindo os bipes intermináveis por vários minutos antes de tentar abrir os olhos mais uma vez. Desta vez fiz algum progresso, conseguindo abri-los o bastante para ver ao redor. Eu estava em um quarto branco e simples com luzes fortes em cima de mim. A luz machucava meus olhos e pisquei várias vezes, tentando me adaptar à luminosidade do quarto.

Depois que meus olhos se adaptaram, olhei pelo quarto e percebi que estava em um leito de hospital. O bipe irritante vinha de alguma máquina colocada ao meu lado. Olhei em volta, confusa, tentando entender o que eu fazia aqui. Eu me mexi um pouco e uma dor desesperadora disparou pelas minhas costelas. A dor e as lembranças que começaram a tomar minha mente me fizeram respirar fundo. *Minha mãe.* Ela me espancou o suficiente para eu estar num quarto de hospital.

Meus olhos arderam das lágrimas quando me lembrei de cada golpe que ela me deu. Eu sabia que ela me odiava, mas por que isso? *Se houvesse* uma *próxima vez.* Ela não queria só me machucar. Ela tentou me afogar. Em todos esses anos de maus-tratos que sofri nas mãos dela, nunca tive medo de perder a vida como na piscina.

Vi algum movimento pelo canto do olho e virei a cabeça. Jordan estava sentado em uma cadeira perto da janela, dormindo. Ele parecia tão mal quanto eu. Mesmo dormindo, sua expressão estava marcada pela preocupação e o rosto normalmente bem barbeado estava com barba por fazer.

Danny entrou no quarto com um copo de café fumegante em cada mão. Sorriu para mim quando notou que eu o olhava.

– Vejo que você finalmente acordou.

Assenti, sem confiar na minha voz naquela hora.

– Você nos matou de susto quando desmaiou. Pensamos que tivesse sofrido algum dano interno – disse ele enquanto meus olhos se arregalaram. – Não se preocupe... Eles examinaram você toda quando os paramédicos a trouxeram para cá. Você está com algumas costelas fissuradas e foi espancada, mas é isso.

– Há quanto tempo estou aqui? – grasnei. Minha garganta parecia em carne viva, mas pelo menos eu conseguia falar.

– Quase 24 horas. Jordan não saiu do seu lado desde que a colocaram neste quarto. Precisei trazer alguma coisa para comer porque ele não saiu nem para isso. Ele está se torturando, pensa que é o responsável.

Balancei a cabeça.

– Ele não é.

– Eu sei, mas ele acha que você vai odiá-lo. Estou surpreso de ele ter dormido. Acho que ele não conseguiu segurar o sono.

– Ele baixou os copos na mesa ao lado de Jordan. – Preciso falar com uma das enfermeiras... Sei que elas vão querer saber que você acordou.

– Espera! Onde está Drake? – chamei quando ele se virava para sair.

– Não liguei para ele. Não sabia o que você queria contar e quis esperar até que você estivesse consciente, para ele não entrar em pânico.

– Obrigada.

Ele assentiu ao sair do quarto. Alguns minutos depois, Danny voltou com uma enfermeira.

– É bom ver que está acordada, Chloe! Meu nome é Audrey e sou a enfermeira de hoje. Como está se sentindo? – perguntou ela em voz alta.

Ao ouvir a voz dela, Jordan acordou assustado. Seus olhos de imediato encontraram os meus e ele deu um salto, correndo para mim.

– Você acordou! Ah, graças a Deus, eu estava morrendo de medo! Você está bem?

– Estou – eu disse para ele e para a enfermeira.

Nenhum dos dois parecia se convencer enquanto Audrey tirava Jordan do caminho e começava a me examinar. Ela tocou as costelas e reprimi um grito com a dor que provocou.

– Sensível?

Ah, não brinca.

– Um pouco.

– Vou chamar o médico e ele pode conversar com você sobre tudo. Preciso entrar em contato com a polícia e informar que você está consciente. Sei que eles vão querer seu depoimento.

Eu me virei para Jordan e Danny enquanto ela saía do quarto.

— Polícia?

— É, eles vieram um pouco antes dos paramédicos. Sua mãe tinha ido embora nessa hora, é claro, mas estão procurando por ela. Jordan e eu já prestamos depoimentos, mas eu perdi tudo o que aconteceu e só peguei o final, então, você vai precisar completar o resto.

Embora eu soubesse que não devia, me senti culpada pela polícia estar envolvida.

— Eu tenho que prestar queixa contra ela?

Quase me encolhi com a fúria que cruzou o rosto de Jordan.

— Vou fingir que você não fez essa pergunta, Chloe! Ela quase te matou!

— Eu sei, é só que me sinto culpada. Ela ainda é a minha mãe.

— Chloe, pense no seguinte. É óbvio que ela não está preocupada consigo mesma, então você não deve se preocupar com ela. Mesmo que você se recuse, eu ainda prestaria queixa. Aconteceu na minha propriedade — disse Danny.

Baixei os olhos para as mãos e vi a tatuagem no meu pulso, que fiz com Drake. Agora mais do que nunca as palavras *Nunquam Amavit* pareciam a decisão perfeita.

— Tudo bem. Ela merece ser presa por isso. Não vou deixar que ela me machuque de novo.

Jordan concordou com a cabeça, parecendo satisfeito.

— Essa é minha garota.

Alguns minutos depois, um médico e dois policiais entraram no quarto. O médico deu uma olhada no prontuário que tinha na mão antes de sorrir para mim.

— Boa noite, srta. Richards. Eu sou o dr. Browing. Como está se sentindo?

– Estou bem, só meio dolorida.
Ele assentiu.
– Sim, com certeza, sim. Você apanhou muito, mas a boa notícia é que não há nenhuma sequela. Tratamos dos cortes no seu rosto e imobilizamos suas costelas. Quero que você fique mais uma noite em observação, mas, se tudo continuar bem, você terá alta amanhã de manhã.
Sorri.
– Isso parece ótimo. Obrigada.
– Excelente. Vou receitar alguma coisa para a dor, para ajudar a curar suas costelas e na sensibilidade. Se precisar de mais, entre em contato comigo e prescrevo outra receita para você.
Ele acenou ao sair e os dois policiais vieram até mim. Nenhum deles parecia satisfeito ao olhar para o meu corpo espancado e cheio de hematomas.
O mais novo dos dois avançou mais um passo e apertou minha mão.
– Olá, Chloe, sou o policial Daniels e este é o policial Bradley. Se estiver disposta, temos algumas perguntas para fazer sobre ontem à noite.
– Claro, podem falar – respondi.
Ele pegou um bloco pequeno e o abriu.
– Muito bem, temos o final da história, mas pode nos contar o que aconteceu desde o início?
Concordei com a cabeça.
– Claro. Eu decidi nadar um pouco. Quando saí da água e fui pegar meu telefone, minha mãe apareceu por trás e me pegou pelo pescoço. Ela me jogou no chão e começou a me chutar, depois me agarrou pelo cabelo e bateu minha cabeça no chão.

Olhei para Jordan enquanto falava e o vi ficar cada vez mais tenso a cada palavra que eu dizia. Logo me senti culpada por contar tudo isso aos policiais na presença dele.

O policial notou que eu olhava para Jordan.

– Prefere que a gente faça isso sem mais ninguém no quarto?

Assenti, mas Jordan negou com a cabeça.

– Não, Chloe, eu quero ouvir também.

O policial ergueu uma sobrancelha, mas não disse nada.

– Não quero aborrecer você, Jordan.

– Já estou aborrecido. Nada do que você disser vai piorar as coisas.

Suspirei antes de voltar minha atenção ao policial.

– Está tudo bem. Onde eu estava mesmo? Ah, sim, depois disso ela me empurrou para a piscina e segurou meu rosto acima da água. Disse alguma coisa como, "talvez da próxima vez você vá pensar antes de me atormentar, *se* houver uma próxima vez". E então ela me empurrou para baixo da água.

Minha garganta se fechou quando pensei em quanto veneno ela colocou nessas palavras.

– E depois, o que aconteceu? – perguntou o policial.

– Não sei muito bem. Acho que Jordan a puxou para longe de mim e me tirou da água. Danny e Allison vieram correndo logo depois disso, depois Allison chamou vocês.

Ele assentiu, ainda tomando notas no bloco.

– Entendi, só uma pergunta. Do que ela estava falando quando disse que você a atormentava?

Danny falou do canto do quarto.

– Minha mãe acabou de falecer e deixou uma quantia substancial para Chloe. Minha tia pensava que receberia parte desse dinheiro também, mas estava enganada. Ela é muito viciada em drogas e minha mãe se recusou a deixar qualquer coisa para ela, a não ser que procure tratamento. Andrea acredita que Chloe é culpada pela decisão da minha mãe, mas não é verdade. Minha tia maltratou Chloe por anos.

O policial me olhou com solidariedade.

– Isso é verdade?

Um simples sim foi só o que consegui pronunciar.

– Muito bem, então, temos tudo de que precisamos. Já estamos procurando por ela, mas até agora ela está desaparecida, sem deixar rastros. Assim que a gente souber de alguma coisa, entramos em contato, mas, nesse meio-tempo, se você se lembrar de mais alguma coisa, me liga. – Ele me entregou seu cartão e eu sorri.

– Vou ligar, obrigada.

Depois que os policiais saíram, Audrey trouxe uma bandeja com uma sopa e gelatina.

– Aqui está, querida. Se precisar de algo mais, é só apertar o botão de chamada e eu venho logo.

A sopa parecia arranhar minha garganta inflamada, mas me obriguei a tomar toda. Não queria dar a eles nenhum motivo para me manter aqui por mais tempo do que o necessário. Jordan me ajudou a comer e eu não pude deixar de rir.

Ele ergueu uma sobrancelha.

– Que foi?

– Nada, é só que tem um jogador de futebol grandalhão me dando sopa de colher na boca. Se isto vazar, vai arruinar sua reputação de machão do futebol.

Ele bufou.

– Até parece que ligo para minha reputação. Eu largaria o futebol agora mesmo se isto significasse você longe deste leito de hospital, espancada quase até a morte. É por causa da merda do meu futebol que você está aqui.

— Não diga isso, Jordan... Ela estava atrás de mim e isso teria acontecido a qualquer hora. Não pode se culpar pelos atos de outra pessoa.

— A culpa foi minha. Drake confiou em mim para cuidar de você e eu decepcionei vocês dois.

Suspirei, desistindo de argumentar com ele. Ele não ia mudar de ideia e eu estava cansada demais para brigar por isso. Quando queria, Jordan podia ser tão teimoso quanto Drake.

Obriguei Danny e Jordan a passarem a noite em casa. Achei que teria de literalmente me levantar e empurrar Jordan pela porta, mesmo não sendo capaz de fazer isso, nem num dia bom.

Ele finalmente cedeu quando eu disse que ele estava um trapo e começava a cheirar mal. Quando os dois caminhavam para a porta, ele me disse que voltaria de manhã bem cedo. Eu não tinha dúvidas de que ele estava falando a verdade.

Depois que eles finalmente foram embora e a enfermeira da noite voltou para me ver, peguei o celular no carrinho ao meu lado e o abri. Danny foi precavido o bastante para trazê-lo na noite anterior.

Meu estômago doeu quando vi as várias ligações e mensagens de texto perdidas de Drake. Li todas as mensagens rapidamente, cada uma delas me deixando cada vez mais preocupada. A última foi enviada apenas uma hora antes.

Drake: **Chloe, estou entrando em parafuso aqui. Não consigo falar com você, Danny, NEM Jordan. Se você não atender logo, vou voltar para ver como está!**

Eu: Eu estou bem, só dormi o dia todo. Peguei alguma infecção no estômago.

Quando apertei enviar, de imediato me senti culpada por mentir para ele mais uma vez. Mas, se eu contasse o que aconteceu, ele cancelaria todos os shows e voltaria correndo para mim. Recebi uma resposta quase de imediato.

Drake: Meu Deus, Chloe, você me matou de susto. Por que Danny e Jordan não atenderam ao telefone?

Eu: Não sei. Não falei muito com eles hoje. Estou bem, então pode parar de se preocupar. Estou cansada e vou voltar a dormir.

Drake: OK. Desculpe por eu ter lotado seu telefone, só fiquei preocupado com você, ainda mais com a sua mãe por aí. Falo com você mais tarde. Te amo.

...

Recebi alta na manhã seguinte, como o médico havia dito. Depois de uma parada rápida na farmácia para comprar o analgésico, Jordan me levou diretamente para a casa de Danny e me ajudou a subir para o meu quarto. Concluí que ele seria um excelente enfermeiro se sua carreira no futebol um dia terminasse. Ele ficava preocupado com cada coisinha, perguntando o tempo todo se eu estava confortável.

Depois que ele afofou meus travesseiros pela quarta vez, apontei para a porta.

– Chega! Você está me deixando louca, Jordan. Vai afofar o travesseiro do Danny ou coisa assim!

Ele abriu um sorriso tímido.

— Desculpe, Ursinha Chloe, eu só quero ter certeza de que você está confortável. Precisa de outro analgésico? Ou posso pedir para Allison para te preparar uma sopa. Gemi e cobri o rosto com um travesseiro.

— É só me asfixiar com a droga do travesseiro... Vai nos poupar algum tempo.

Ele puxou o travesseiro e me olhou feio.

— Não tem graça.

— Desculpe, mas, é sério, eu estou bem. É só pegar meu iPod na cômoda e me entregar. Vou ficar deitada aqui, ouvindo música, e você pode ir fazer outra coisa.

Ele foi até minha cômoda e pegou o iPod.

— Não vou deixar você sozinha de novo, então trate de se acostumar comigo.

— Ela não vai voltar aqui, Jordan... Não é tão burra. Estou liberando você dos seus deveres de babá.

— Não vou correr nenhum risco, então você terá de me aguentar.

Arranquei o iPod das mãos dele.

— Alguma hora você vai ter que dormir.

— Eu vou, mas vou dormir aqui. Se você não me deixar dormir na cama com você, vou dormir no chão.

— Você vai me deixar maluca... Espero que saiba disso.

Ele se afastou e se acomodou na cama ao meu lado enquanto pegava um dos fones de ouvido da minha mão.

— É o que pretendo. Agora escolha uma música para a gente.

Passamos as duas horas seguintes ouvindo um pouco dos meus cantores e bandas preferidos, inclusive Three Days Grace, Seether, Disturbed, Papa Roach e Avenged Sevenfold. Jordan não conhecia metade das músicas e passei a maior parte do tempo apresentando cada uma das bandas enquanto tocava o que eu considerava obrigatório.

Quando a noite chegou, eu o tinha viciado em várias bandas novas e senti orgulho de mim mesma. Se havia uma coisa que eu valorizava acima de todas as outras, era a música. Quando toquei umas músicas de Drake, ele ficou tão impressionado quanto eu.

Houve uma leve batida na porta e Kadi meteu a cabeça para dentro.

– Posso entrar?

Tirei os fones dos nossos ouvidos e gesticulei para que ela entrasse.

– Claro, eu só estava ensinando Jordan o que é música de verdade.

Ela sorriu ao entrar no quarto e fechar a porta.

– Soube do que aconteceu. Como você está?

– Estou bem, só meio dolorida.

Seu telefone tocou e ela leu a mensagem de texto. Respondeu e ergueu o telefone no ar.

– Ai, não tem sinal nesse quarto! – finalmente ela conseguiu enviar a mensagem e colocou o telefone no bolso. – Mas, então, eu me sinto péssima. Se não tivesse deixado você sozinha, ela nunca teria tido a chance de te machucar.

– Não se preocupe com isso... Você não sabia que ela podia aparecer. – Olhei para Jordan. – Ninguém sabia.

Ele franziu a testa, mas ficou de boca fechada.

Kadi me abriu um leve sorriso.

– Isso ainda não me deixa melhor.

— Todo mundo precisa parar de se torturar por isso. Minha mãe é a única culpada, ninguém mais.

Eu estava ficando enjoada de todo mundo se culpando por algo que estava inteiramente fora do controle deles.

— Tudo bem, bom, eu só queria ver como você estava. Vou sair da cidade por umas duas semanas, então devo sumir por um tempo — disse ela ao ir para a porta.

— Tudo bem. Aonde você vai? — perguntei.

Ela parou por um momento e respondeu.

— Ah, vou ficar com meu primo.

Ela pareceu pouco à vontade com minha pergunta, mas não consegui entender por quê. Decidi deixar passar enquanto a gente se despedia.

Jordan pulou da cama e pegou umas roupas na cadeira ao lado da minha cômoda.

— Vou tomar um banho.

— Divirta-se. Tentarei ficar longe de problemas enquanto você estiver fora — eu disse, depois mostrei a língua para as costas dele.

Ele riu e entrou no banheiro.

— Eu vi essa.

...

Passei a semana seguinte entocada no quarto, tendo Jordan como única companhia. Danny passava lá de vez em quando, mas eu sabia que ele estava atarefado com Jim, cuidando das empresas da mãe. Passamos a maior parte do tempo vendo televisão, e eu ligava para Drake quando ele não estava ocupado. Prometi que tentaria me encontrar com ele na semana seguinte. Jordan não pareceu satisfeito em me ver indo embora, mas não toquei no assunto. Eu também estava preocupada. Quando Drake visse meus hematomas, eu sabia que ele surtaria.

No final da semana, consegui me levantar e andar um pouco pela casa. Ainda sentia dor, mas o exercício ajudava a relaxar o corpo. Até convenci Jordan a me levar pelo Ocean Gateway para darmos uma caminhada pelo calçadão. Tentei ignorar os olhares que as pessoas nos davam quando viam os hematomas no meu rosto. Eles estavam com um tom amarelo bizarro e eu sabia que estava horrível.

Ri alto quando Jordan me obrigou a parar em um lugar chamado The Fractured Plune.

– Está falando sério? – perguntei.

– Acredite em mim, eles têm os melhores donuts do mundo! – disse ele ao pedir dois donuts para a gente.

Depois da primeira mordida, tive de concordar. Eles colocavam no chinelo todos os donuts que comi na vida, e fiz Jordan pedir outro para mim antes de a gente ir embora.

Quando voltávamos pelo calçadão até o carro, meu telefone tocou. Tirei do bolso e olhei a tela. Fiquei surpresa ao ver que era Jade ligando para mim.

– Alô?

– Chloe? É a Jade. Desculpe te incomodar, mas queria saber se você falou com Drake ultimamente.

Eu sabia que ela estava preocupada.

– Não, já faz uns dois dias. Por quê?

– Não quero que você fique nervosa, mas não consigo encontrá-lo.

– Como assim, não consegue encontrá-lo? – perguntei freneticamente.

— Ele saiu depois de um show outra noite e ninguém sabe dele desde então. Ele me mandou um torpedo dizendo que ia a uma festa e agora não atende ao telefone.

— Ah, meu Deus, e se ele estiver machucado? Onde vocês estão? Chegarei aí assim que puder.

Ela me deu o endereço do bar onde tocaram pela última vez.

— Tivemos que cancelar dois shows, Chloe... Isso não é o normal dele.

— Estou a caminho... Me ligue se encontrá-lo.

Desliguei e me virei para Jordan.

— Precisamos ir para a Pensilvânia. Drake sumiu!

— Tudo bem, calma. Vamos voltar à casa de Danny e pegar umas coisas, depois sairemos.

Cada coisa ruim possível passou pela minha cabeça enquanto eu corria até o carro de Jordan. Eu não podia perder Drake, simplesmente não podia.

CAPÍTULO DOZE

DRAKE

Sorri com a multidão gritando nosso nome, me alimentando com aquela energia. Estávamos indo bem em todo show até agora, mas essa plateia ficou totalmente louca pela banda. Eu não tinha dúvida de que ganhamos novos fãs, em especial algumas mulheres que estavam na frente do palco. Enquanto eu cantava os últimos versos da nossa última música e dava boa-noite a todos, os gritos se transformaram num rugido.

Adam me deu um tapa nas costas enquanto guardávamos os instrumentos e ele ia encontrar o dono do bar para pegar nosso pagamento.

– Você estava demais essa noite, amigo.

– Valeu. Acho que estou animado porque Chloe vai estar comigo daqui a um ou dois dias.

– Alguém vai se dar bem – disse ele numa voz cantarolada, mexendo as sobrancelhas para mim.

Dei um soco no braço dele enquanto pegava minha guitarra e ia para a porta dos fundos. De jeito nenhum eu ia passar pela multidão para chegar à saída da frente. Saí no ar quente da noite e acendi um cigarro, puxando fundo para me acalmar depois do show.

A quietude do lado de fora do bar era um alívio bem-vindo depois da loucura que eu tinha acabado de deixar para trás. Andei sem pressa pelo estacionamento até o ônibus, me dando tempo para terminar o cigarro antes de entrar. Assim que cheguei à porta do ônibus, uma figura saiu do escuro e a bloqueou.

– Oi, Drake, sentiu minha falta?

Gemi ao perceber que era Kadi parada diante de mim.

– O que você quer? Como me encontrou?

Ela ergueu um dos folhetos que distribuíamos em cada bar onde tocávamos. Tinha toda nossa programação. Mentalmente me detestei quando percebi que eu tinha dado a ela o passo a passo de como me encontrar.

– Pensei que você ficaria feliz em me ver – ela gemeu.

– Se não fiquei animado em Maryland, o que faz você pensar que eu ficaria animado na Pensilvânia?

– Ah, sem essa, gato, você sabe que sentiu a minha falta. Sempre fomos ótimos juntos.

– Não posso concordar. E, como eu te disse antes, agora estou com alguém, então você precisa cair fora. Você está começando a parecer uma perseguidora. – Tentei passar por ela, mas ela fincou pé.

– Quer dizer alguém que está traindo você quando você não está por perto.

Revirei os olhos.

– Do que está falando? Você nem conhece a Chloe.

Ela me abriu um sorriso presunçoso.

– Ah, eu conheço sim. Passei um tempo legal com ela e Jordan desde a última vez que te vi.

Senti uma fúria quente me dominar.

– Fique longe dela, Kadi, porra... Falo sério.

– Não se preocupe, normalmente eu não ando com traidores, mas eu precisava de provas.

– Provas do quê, exatamente?

Ela bufou ao me entregar um envelope.

– Não ouviu nada do que eu disse? Eu precisava provar que ela não era boa para você e consegui. Ela traiu você enquanto você estava longe.

Arranquei o envelope de sua mão e o abri. Havia várias fotos lá dentro e perdi o fôlego ao olhá-las. Uma foto depois de outra mostrava Jordan e Chloe juntos: abraçando-se na sala de estar, Chloe com a mão no rosto de Jordan e olhando em seus olhos, andando por uma rua de mãos dadas, Jordan com Chloe jogada no ombro dele, Jordan carregando Chloe nos braços para a piscina, Chloe sentada nos ombros dele dentro da piscina. Mas a pior era a última. Era uma foto dos dois aconchegados na cama de Chloe.

Eu não tinha ideia de como Kadi conseguiu tirar todas as fotos e não queria saber. Eu as joguei no chão e empurrei Kadi de lado para entrar no ônibus.

Ela me seguiu pelos degraus, mas parou no alto deles.

– Agora você entendeu? Ninguém será tão boa para você quanto eu.

Mal contive minha irritação quando apontei para fora.

– *Sai. Daqui.*

Ela me olhou, chocada.

– Não pode estar falando sério! Eu só estava vigiando a Chloe para você. Drake, eu te amo!

Balancei a cabeça, enojado.

– Você não me ama, você é obcecada por mim. Não quero nada com você, mesmo que Chloe *esteja* me traindo. Agora dá o fora daqui ou vou expulsá-la eu mesmo.

Ela me olhou feio.
— Vai se arrepender disso, Drake Allen!
— Tá, tá, tanto faz. Agora sai! — gritei.

Ela se virou e desceu do ônibus pisando duro enquanto eu me jogava em um dos bancos. Como Chloe pôde fazer isso comigo? Ela nem parecia interessada em Jordan e aquele babaca prometeu que só ia cuidar dela, que nunca ficaria com ela. Eu fui um idiota, exatamente como Logan. Só que era muito pior ficar deste lado da história.

Era óbvio que eu não significava nada para ela, ou ela não estaria transando com outro cara enquanto eu estava longe, e fazendo isso na casa da tia que tinha acabado de morrer. Procurei uma coisa para jogar longe antes de dar um soco na janela. Sem ver nada por perto, saí do ônibus e voltei para a entrada dos fundos do bar. Eu ia tomar um porre. Ficar sóbrio doía demais.

Quando cheguei à entrada, notei um cara nas sombras parado a pouca distância. Senti cheiro de maconha quando o vento soprou para o meu lado. Sem pensar duas vezes, eu me aproximei dele. Ele pareceu surpreso, mas não disse nada quando parei na sua frente.

— Tem mais algum desses? — perguntei.
Ele assentiu.
— Tenho, tenho isso e muito mais, se estiver interessado.
— Eu estou.

Eu precisava de um alívio e sabia como encontrá-lo. Consegui ficar limpo por anos, mas aqui estava eu, jogando tudo fora pela Chloe. Acho que isso mostrava o quanto eu era verdadeiramente imbecil.

Ele gesticulou para que eu o seguisse.
— Não tenho nada aqui comigo, mas, se quiser, podemos ir à minha casa. Não fica longe daqui e eu posso te fornecer tudo.

Assenti enquanto enviava um torpedo rápido para Jade, dizendo a ela que ia a uma festa e que voltaria ao ônibus de manhã, e depois desliguei o telefone. Eu sabia que atrasaria nossa programação se a gente não caísse na estrada esta noite, mas não me importava.

Fomos a um carro amassado no canto do estacionamento e o cara o destrancou.

– Aliás, meu nome é Jack.
– Drake.
– Você não é de falar muito, né?
– Não.

Ele morava a alguns minutos dali, na parte barra-pesada da cidade. Saí do carro e o segui escada acima até um apartamento pequeno e sujo. O ar era denso de fumaça, e várias pessoas levantaram a cabeça quando entramos. Jack ergueu a mão a todos, mas continuou pelo apartamento até que chegamos ao quarto. Havia duas meninas e um cara transando na cama quando entramos, mas ele os enxotou rapidamente, ainda pelados, para o corredor, depois fechou a porta.

– Tenho tudo que você quiser.
– Coca?

Ele sorriu ao pegar um cofre embaixo da cama.

– Vou cuidar do que você precisa.

Ele destrancou a caixa e pegou um saquinho de cocaína. Estendi a mão, mas ele balançou a cabeça.

– Primeiro a grana, amigo, ou não tem negócio.

Tirei a carteira da calça e peguei algumas notas.

– Eu só tenho isso comigo. Me dê o que você tiver.
– Gosto de você, garoto. Aqui está.

Peguei o saco com ele e um pequeno espelho na mesa de cabeceira. Era evidente que havia sido usado há pouco. Estava manchado do resto de pó que cobria a superfície. Joguei uma pequena quantidade e bati uma carreira com um dos cartões de crédito da minha carteira. Depois peguei uma nota de um dólar na carteira também, enrolei e cheirei a carreira.

Minutos depois, comecei a sentir os efeitos. Sorri para Jack enquanto meu corpo relaxava e eu caía de costas na cama, sorridente. Por que desisti disso? Não havia sensação no mundo como esta euforia. Todas as minhas preocupações desapareceram e parecia que eu podia conquistar qualquer coisa.

Não sei por que fiquei tão louco pela Chloe. Que merda ela importava, aliás? Não precisava ficar todo louco por uma garota que nem se importava comigo. Eu podia ter a mulher que quisesse e sempre havia várias fazendo fila, esperando, sem ter que me prender a elas. Eu tinha minha música, dinheiro, minha banda e um saco cheio de coca. O que mais um cara podia pedir?

Eu me levantei e fui com Jack à sala de estar, ainda segurando a cocaína e o espelho. Passei as horas seguintes sentado ali, brincando com meus novos amigos, cheirando mais uma carreira, enquanto sentia que o pico começava a diminuir. Quando a manhã chegou, eu estava sem pó e sem dinheiro. Jack me levou ao caixa eletrônico mais próximo e saquei duzentos dólares para garantir que tivesse o suficiente.

Quando voltamos à sua casa, paguei pelo dobro da quantidade de cocaína que comprei na noite anterior, assim como hidrocodona suficiente para derrubar um cavalo. Passei o resto do dia voando como uma pipa solta, tanto de cocaína como de analgésicos. Eu não me sentia tão bem assim há muito tempo e curti cada momento. Fiquei na casa dele naquela noite e até o final da tarde do dia seguinte. Finalmente decidi que precisava voltar ao ônibus antes que Jade ou um dos caras me desse uma surra.

Jack me levou de volta ao estacionamento do bar e fiquei aliviado ao ver que o ônibus ainda estava na vaga da outra noite. Antes de sair, comprei o bastante para me manter até que encontrasse outro fornecedor.

– Se um dia você voltar a essa região e precisar de mais, é só me procurar, garoto.

– Valeu, amigo.

Saí do carro e acenei enquanto ele arrancava. Atravessei o estacionamento até o ônibus e subi a escada. Eric e Adam estavam sentados à mesinha e os dois ergueram a cabeça no momento em que me viram.

– Mas que merda é essa? – gritou Adam.

– Graças a Deus... Por onde você andou? – perguntou Eric com preocupação.

– Desculpe, conheci um cara depois do nosso show outra noite e perdi a hora – eu disse ao me sentar ao lado de Adam.

– Você perdeu a hora? Você ficou fora dois dias, e não duas horas – disse ele ao se curvar e me cheirar –, e você está fedendo, merda. Esqueceu de tomar banho?

Sorri.

– Desculpe, vou para o chuveiro.

Dei um tapa na nuca dele enquanto ia ao meu beliche e pegava roupas limpas, entrando no banheiro pequeno em seguida. O efeito da cocaína que cheirei antes de sair da casa de Jack começava a passar, então peguei um dos espelhos de Jade, bati duas carreiras e entrei no banho.

Depois que terminei, eu me enxuguei e me vesti, para me juntar aos caras. Jade subiu a escada exatamente quando me sentei e se jogou em mim.

— Seu babaca! Sabe o quanto eu fiquei preocupada?

Eu a segurei pelos pulsos e a afastei de mim.

— Desculpe, como eu disse a eles, eu perdi a hora.

Ela me encarou, boquiaberta.

— Perdeu a hora? *Perdeu a hora?* Recebi um torpedo seu dizendo que ia a uma festa, depois ninguém teve notícias suas por dois dias! Achei que você estava morto, Drake!

— Já pedi desculpas, o que mais você quer? — gritei para ela.

— Não quero que você diga nada! Tivemos que cancelar dois shows por causa da sua idiotice!

Eric saiu do seu lugar e se colocou entre nós.

— Os dois, tratem de se acalmar. Trocar gritos não vai ajudar em nada, tá legal?

— Diga isso a *ela*! — rosnei.

— Ah, cala a boca. Quero respostas, Drake. Onde você estava?

Jade era uma coisinha mínima e eu quase ri ao vê-la tão nervosa. Ela raras vezes gritava com a gente, com exceção de Adam, e era cômico. Era como ouvir gritos de um filhotinho de gato.

— Já te falei, fui a uma festa. Fiz novos amigos e decidi ficar um tempo.

Ela ergueu os olhos para o teto e resmungou alguma coisa sobre precisar de paciência.

— Drake, desde que conheço você, você nunca fez uma coisa dessas. Por que não atendeu ao telefone para nos dizer que estava bem?

Tirei o telefone do bolso e o ergui para ela ver.

— Eu desliguei, depois me esqueci disso.

— Drake, podemos conversar lá fora um minuto? — perguntou Eric, levantando-se.

Assenti e o segui para fora do ônibus. Ele andou pela metade do estacionamento, parou e se virou para mim.

– Por que você não me fala o que realmente está acontecendo? Eu já tenho uma ideia.

Ergui uma sobrancelha, mas não disse nada. Ele suspirou enquanto pegava o envelope que Kadi me dera do seu bolso e o erguia.

– Vi Kadi dentro do bar, depois encontrei isso no chão perto do ônibus, então somei dois e dois. Você falou com Chloe?

Meus olhos ficaram grudados nas fotos enquanto eu balançava a cabeça.

– Não tenho nada para falar com ela. Uma foto vale mais do que mil palavras, e tem várias delas aí.

– Eu posso estar passando dos limites, mas acho que você precisa falar com ela antes de tirar alguma conclusão. Kadi é uma figurinha escrota e pode ter pegado momentos inocentes e transformado em alguma coisa feia.

– Não vejo como Chloe e Jordan na cama possa ser inocente.

– É claro que ela estava no quarto com eles e eles nem estavam nus. Quer dizer, Chloe está olhando diretamente para a câmera.

Passei as mãos no cabelo ao pensar no que ele estava dizendo. Ele tinha certa razão, eu precisava concordar, mas isso ainda não explicava tudo. Ultimamente, eu mal conseguia fazer com que Chloe atendesse meus telefonemas, enquanto ela não parecia ter qualquer problema para ficar com Jordan.

– Não sei que merda pensar.

– Por isso você precisa falar com ela antes de fazer alguma idiotice. – Ele me olhou atentamente. – Você já andou fazendo alguma idiotice, não é?

Não, nada, a não ser comprar cocaína para abrir um pequeno buraco na minha conta bancária.

– Se está falando de mulheres, então, não, não fiz.

Ele ficou aliviado.

– É bom saber disso. Chloe é uma garota legal, Drake, e passei a gostar dela nos últimos meses. Vi como Chloe olha para você. De jeito nenhum ela está traindo você.

Gesticulei para o ônibus.

– Você mostrou isso para Jade ou Adam?

– Não, imaginei que eles eram o motivo para você fugir. Eu queria te dar um tempo para esfriar a cabeça.

– Valeu, cara. Não quero os dois envolvidos nisso, se não for necessário.

Vimos um carro vermelho e conhecido parar no estacionamento. Minha boca se abriu enquanto Eric xingava em voz baixa.

– Acho que me esqueci de contar que Jade ligou em pânico para Chloe hoje de manhã, e Chloe saiu para procurar você.

Eu o fuzilei com os olhos.

– Acha que isso podia ser importante?

O carro parou ao lado do ônibus e Chloe veio correndo na minha direção. Fiquei puto quando Jordan saiu do lado do motorista. Antes mesmo que me desse conta do que fazia, atravessei o estacionamento. Eu me desviei de Chloe e fui direto até Jordan. Quando o alcancei, recuei o braço e lhe dei um soco na cara com força suficiente para fazê-lo voar para trás.

CAPÍTULO TREZE

CHLOE

O êxtase que senti ao ver Drake no estacionamento logo se transformou em confusão quando ele passou direto por mim e partiu para Jordan. Vi com horror enquanto ele recuava o braço e esmurrava Jordan com força suficiente para quebrar seu nariz. Jordan, pego completamente de surpresa, voou para trás e caiu no chão com a mão no nariz.

– Mas o que é isso? – gritou ele ao tentar se levantar.

Drake estava em cima dele de repente e começou a socar cada parte de Jordan que conseguia alcançar. Jordan, que tinha quase duas vezes o tamanho de Drake, começou a revidar. Ele rolou e prendeu Drake embaixo de si. Depois de receber alguns socos, ele conseguiu segurar os braços de Drake e prendê-lo no chão.

Jade e Adam saíram correndo do ônibus justo quando Eric os alcançava e tentava puxar Jordan, sem sorte alguma. Eric era menor do que Drake e não havia dúvida de que Jordan daria conta dos dois, se fosse necessário.

Corri até eles e comecei a socar o braço de Jordan.

– Jordan, solte o Drake.

Ele balançou a cabeça.

— Só quando ele me disser por que fez isso.

Drake lutou embaixo dele com os olhos cheios de fúria.

— Sai de cima de mim!

— Para você tentar me dar uma surra de novo? Acho que não — grunhiu Jordan com o sangue escorrendo pelo nariz.

— Puta merda, Chloe! O que houve com *você*? — perguntou Adam.

Todos os olhos de imediato se voltaram para mim e deixei meu cabelo cair e cobrir a maior parte dos hematomas.

— Isso não é importante agora.

Eric se aproximou e estendeu um envelope na minha frente.

— Acho que tem alguma coisa a ver com isso.

Peguei o envelope dele e abri. Minha boca se escancarou enquanto eu observava as fotos.

— Mas onde foi que ele conseguiu isso? — perguntei.

— De uma perseguidora chamada Kadi que anda atrás dele. Ela apareceu aqui outra noite e deu a ele.

— Kadi? Kadi *amiga de Danny*? — perguntei, totalmente confusa. — Como Kadi sabe quem é Drake e por que ela tirou essas fotos e deu a ele?

Eric olhou para Drake, que ainda lutava no chão.

— Acho que é uma coisa que você precisa perguntar a ele.

— Jordan, deixa o Drake se levantar.

Ele me olhou como se eu fosse louca.

— Está falando sério? Ele vai bater em mim de novo!

— Não, ele não vai, não é, Drake? — perguntei calmamente.

— Desde que ele fique longe de mim, merda, não.

Jordan soltou Drake e saiu de seu alcance enquanto eu me aproximava e examinava seu rosto. Seu nariz ainda sangrava e o olho esquerdo começava a inchar, mas, tirando isso, ele estava bem.

– Você está legal? Seu nariz está quebrado?

Ele enxugou o sangue e me abriu um leve sorriso.

– Não, estou bem. Já apanhei mais do que isso no campo.

Concordei enquanto Drake se levantava e nos olhava feio.

– Anda logo, veja se não machuquei o seu namoradinho.

Jordan o fuzilou com os olhos, mas coloquei a mão em seu peito para que ele recuasse.

– Não. Ele tem um bom motivo para pensar assim.

Estendi as fotos e Jordan as pegou, folheando a pilha rapidamente.

– Só pode ser sacanagem comigo! Eu sabia que aquela vaca estava aprontando alguma.

– É, e você tinha razão. Só que ela não estava atrás do Danny, como você pensava, ela estava atrás da gente – eu disse enquanto ele me devolvia as fotografias.

Olhei para Drake e o vi nos observando atentamente.

– Por que vocês não ficam no ônibus por um tempo? Acho que Drake e eu precisamos conversar.

Jordan não gostou da ideia de nos deixar sozinhos e deixou isso evidente ao se afastar.

– Se encostar um dedo nela, eu quebro seu pescoço. No que me diz respeito, você acabou com nossa trégua no minuto em que sumiu e quase matou Chloe de susto. Você ter me batido só piora as coisas.

Drake lhe mostrou o dedo médio enquanto ele se afastava.

– Babaca.

– Muito maduro, Drake. É sério. Ele só estava cuidando de mim.

— O problema é esse. Ele cuida de você demais.

Olhei o ônibus e vi Adam e Jordan nos olhando pela janela. De jeito nenhum podíamos ter uma conversa particular com esses dois por perto.

— Quer dar uma volta? — perguntei.

Ele deu de ombros.

— Claro, só preciso pegar meu telefone no ônibus primeiro.

— Até parece que você estava preocupado com isso antes — resmunguei enquanto ele se afastava.

Eu não tinha ideia do que deveria dizer para melhorar a história daquelas fotos. Kadi pegou os momentos mais inocentes e os transformou em algo feio e obsceno. Tenho que admitir que ela me enganou totalmente. A garota que eu começava a considerar uma amiga nunca faria uma coisa dessas.

Ela ter usado meu primo de luto para me atingir me enfureceu mais do que tudo. Só uma doente de verdade faria uma coisa dessas. Eu torcia para que Drake ou Jordan estivessem comigo da próxima vez que eu a visse ou seria um tremendo banho de sangue. Sendo criada com a minha mãe, eu era fortemente contra a violência, mas Kadi ultrapassou muitos limites, segundo o que penso: usando Danny, tirando essas fotos e perseguindo Drake. A menina tinha que ser completamente maluca.

Eu começava a me perguntar se Drake tinha decidido se esconder no ônibus quando ele finalmente apareceu. Ainda estava irritado, mas parecia ter se acalmado um pouco.

— Está pronta? — perguntou ele ao se aproximar de mim.

— Estou. Você conhece essa região melhor do que eu, então, você me guia.

Andamos lado a lado pela rua, mas ele mantinha pelo menos trinta centímetros de distância entre nós o tempo todo. Percebi que ele não parava de enxugar o nariz enquanto andávamos.

– Está ficando resfriado? – perguntei.

Ele me olhou.

– O quê?

– Você fica enxugando o nariz... Pensei que talvez estivesse ficando doente.

Ele meneou a cabeça.

– Não, é só uma alergia ou coisa assim.

Andamos em silêncio até que o ônibus saiu de vista. Eu estava pouco à vontade com o silêncio e a estranheza de toda a situação. Com a exceção de quando fiquei com Logan, sempre tivemos uma relação tranquila, mesmo quando éramos só amigos. Com um mero envelope pequeno, parecia que tudo isso tinha desaparecido bem diante de meus olhos.

Viramos uma esquina e entramos em um pequeno parque. Havia várias crianças brincando nos balanços, mas passei por elas até um local mais isolado. O que a gente precisava dizer não era para os ouvidos de crianças pequenas.

– Nem sei por onde começar – eu disse ao me sentar a uma mesa de piquenique.

Drake ficou a pouca distância de mim. Ele se recostou em uma viga de madeira que escorava o teto de um abrigo enquanto me olhava de cima.

– Nem eu. Nunca pensei que você faria isso comigo.

– Eu não fiz nada, Drake. Você me conhece muito bem!

– Eu vi as fotos, Chloe... Não pode negá-las.

Segurei o rosto, irritada, e estremeci ao apertar meus hematomas.

– Ela tirou essas fotos em momentos inocentes e os distorceu, Drake. Eu nunca traí você... Eu te amo demais.

– Como amava o Logan?

Isso doeu. Ele estava jogando nosso passado na minha cara e eu queria bater nele. Eu amava Logan, mas agora sabia que não era o mesmo amor que sentia por Drake. Se eu tivesse entendido isso um pouco mais cedo, teria poupado os três de muita dor.

– Você é um babaca.

– Não, eu sou sincero. É um saco ficar deste lado da história. Eu sempre me senti culpado por causa do Logan, mas agora que estou na pele dele, tenho pena do cara. Ser chifrado por você dói pra caralho.

– Sei que ferrei tudo com Logan e já esclareci as coisas. Mas você tem que acreditar em mim, eu nunca faria nada que magoasse você. Jordan é meu amigo, só isso. – Tirei as fotos do envelope e as levantei. – Cada uma dessas fotos pode ser explicada.

– Pois, então, explica para mim. – Seu tom era sarcástico, mas ignorei ao pegar a primeira foto.

– Nesta, ele estava me abraçando por que eu estava chateada. Não houve nada de romântico nisso, só dois amigos lidando com um monte de merda. Essas duas foram tiradas no enterro da minha tia. Ele se aproximou e eu tentava conseguir que ele falasse comigo. Ele segurou minha mão porque eu precisava de conforto. Esta aqui, onde eu estou jogada em seu ombro, foi no dia em que eu estava falando com você quando ele ameaçou me arrastar escada abaixo se eu não me apressasse. Essa na piscina foi tirada pouco antes de ele me jogar na água... Só estávamos brincando. Aquela na piscina foi quando eu tentava dar um caldo nele. Todas são totalmente inocentes.

— Mas você se esqueceu da minha preferida: aquela com os dois juntos na sua cama.

Eu não queria explicar que eu estava presa na cama porque minha mãe tinha me espancado, mas não via como o faria acreditar em mim se não contasse a completa verdade. Baixei os olhos para a foto por vários segundos, tentando pensar por onde começar com essa história de terror.

— Seu silêncio diz tudo, Chloe. — Ele se virou e ia se afastar.

— Minha mãe me bateu — soltei.

Ele parou de repente e se virou para me olhar feio.

— Isso já faz muito tempo e agora não dá certo como desculpa.

Balancei a cabeça.

— Não, quero dizer que é por isso que estamos na minha cama. Minha mãe me bateu alguns dias antes de a foto ser tirada e eu estava na cama com algumas costelas quebradas e o corpo cheio de hematomas. Jordan se recusou a sair do meu lado... Tinha medo de que ela voltasse para acabar o serviço.

Coloquei o cabelo para trás para que ele visse meu rosto com mais clareza. Eu sabia que os hematomas cobriam meu rosto todo e seriam muito mais significativos do que palavras. Eu me senti um pouco vulnerável mostrando meus ferimentos, mas eu não podia perder Drake.

Ele veio até mim e ergueu a mão para traçar um hematoma mais escuro na maçã do meu rosto. Estremeci com o toque e ele se afastou, magoado.

— Meu Deus, Chloe, eu nem tinha notado, merda — sussurrou ele.

— Está tudo bem, eu estava tentando cobrir tudo. Não queria te contar desse jeito.

— Seu lábio está inchado e seu rosto está praticamente verde de tão machucada. Como é que não percebi isso? Eu sou mesmo um babaca. Fiquei tão preocupado comigo mesmo que nem olhei para você. Por que não me ligou quando isso aconteceu?

— Eu não queria que você se preocupasse e eu sabia que você voltaria direto para mim. Eu não faria isso com a banda... Eles dependem demais de você para que eu o afaste deles.

Ele passou as mãos no cabelo e se sentou ao meu lado.

— Eu ferrei tudo mesmo, não foi? Eu devia saber que não podia acreditar em nada que viesse da Kadi.

Inclinei a cabeça.

— Não, eu teria acreditado também. Mas agora você tem que acreditar em mim, Drake... Não aconteceu nada com Jordan, eu juro.

— Acredito em você. Sou o maior imbecil que já viveu por duvidar de você. Eu simplesmente vi essas fotos e pensei que tinha te perdido. — Ele segurou meu rosto gentilmente com as mãos em concha, tentando não tocar em nenhum hematoma. — Pensei que tivesse perdido a única pessoa que verdadeiramente amei e não consegui lidar com isso.

Ele se curvou e me beijou. Senti meu corpo relaxar de alívio ao perceber que ele acreditava mesmo em mim e eu não ia perdê-lo.

— Eu também te amo, Drake. Quando Jade me ligou e disse que você tinha sumido, perdi a cabeça. Mergulhei tão fundo com você que acho que nunca vou subir à superfície. Mas, por mim, está tudo bem. Se é para eu me afogar, quero que seja com você.

Ele sorriu.

— Tem ideia do quanto isso é brega? Acho que vou até ali vomitar.

Dei uma cotovelada nas costelas dele.

— Não ligo. Não quero que você duvide do que eu sinto por você.

— Não vou, prometo. Se houver uma coisa que me incomoda, vou perguntar antes de concluir alguma coisa.

— Ótimo, que bom que esclarecemos tudo. Mas ainda tem uma coisa me incomodando — eu disse, nervosa.

Ele ergueu uma sobrancelha.

— O quê?

— Quando você não atendeu ao telefone, onde estava? Você... estava com alguém?

De imediato ele pareceu culpado e meu coração quase parou. Ele pensou que eu o tivesse traído e foi procurar outra mulher para se esquecer de mim. Virei o rosto enquanto as lágrimas ardiam nos meus olhos.

Ele me segurou pelo braço e me virou para ele.

— Eu não traí você, se é o que está pensando. Conheci um cara na frente do bar e fiquei de farra com ele e os amigos por dois dias.

Ergui os olhos para encontrar os dele. Ele parecia sincero, mas a culpa ainda estava presente em sua expressão.

— Se você fez, é só me dizer.

— Não fiz, eu juro. Eu estava... bêbado demais para fazer alguma coisa. Passei a maior parte do tempo deitado no sofá dele.

Seus olhos me suplicavam para que eu acreditasse nele, mas senti que ele escondia alguma coisa de mim. Se não era outra mulher, havia algo mais que ele me omitia. Eu só não conseguia saber o quê. Torcia para que ele fosse totalmente sincero comigo. Eu não queria nada nos separando.

– Tá legal. Se você diz que não fez, acredito em você.

Ele pareceu aliviado ao me puxar e me abraçar com cuidado.

– Obrigado. Eu não mereço isso depois de como reagi às fotos.

– É claro que merece. Sei que você nunca esconderia nada de mim. – Tentei avaliar sua reação.

E lá estava: um pequeno raio de culpa atravessou seu rosto. Ele o escondeu rapidamente, mas confirmou que havia algo que ele não estava me contando.

Ele se afastou e estremeci enquanto ele esfregava minhas costelas. Seus olhos foram até a minha blusa e ele a levantou lentamente, revelando a atadura.

– Você ficou muito machucada?

Dei de ombros.

– Estou bem, só dói um pouco.

– Com costelas fissuradas, eu diria que "dói um pouco" é uma meia verdade. Vai me contar o que aconteceu?

Puxei a blusa para baixo. Não queria falar da minha mãe agora, depois de ter estresse suficiente por um dia. Reviver que minha própria mãe tentou me afogar não ia ajudar em nada.

– Na verdade, não. Não é grande coisa. A polícia está procurando por ela, então espero não ter mais problemas.

– Para mim, é grande coisa. Por favor? – perguntou ele enquanto tirava do meu rosto o cabelo que havia caído de novo.

Suspirei.

– Ela ficou totalmente maluca e me ameaçou quando descobriu que não ia receber nada da tia Jen. Jordan não saiu do meu lado, mas ela foi embora e ele precisou dar um telefonema. Eu estava com Kadi, mas ela saiu também, então fiquei sozinha na piscina. – Parei ao perceber o que tinha acabado de dizer. – Sabe de uma coisa? Kadi saiu pouco antes de a minha mãe aparecer. Posso apostar cada centavo que minha tia me deixou que ela passou pela minha mãe quando estava saindo e nem mesmo me avisou!

Ao perceber a cretina manipuladora que Kadi realmente era, perdi o controle de novo. De jeito nenhum eu ia deixar que ela se safasse de tudo isso. E ela teve a coragem de entrar no meu quarto e fingir se sentir culpada, enquanto tirava fotos de Jordan comigo na cama para mostrar a Drake. Ela só continuou cavando mais fundo o próprio buraco.

– Isso não me surpreende. Kadi é ardilosa e sempre foi. Eu era novo e idiota quando a conheci e me arrependo até de ter me envolvido com ela. Eu ainda estava no colégio e me interessava em pegar uma universitária. No começo, ela escondeu muito bem seu lado maluco, devo dizer em minha defesa.

Eu me encolhi à ideia de Drake com Kadi. Ela era o exemplo perfeito da garota com quem eu sempre me preocupava quando Drake estava fazendo shows sem mim por perto. Saber que ele esteve com alguém igual a ela não ajudava em nada minha autoestima.

– Por que você ficou tão calada? O que eu disse? – perguntou ele com uma expressão confusa.

Não pude deixar de sorrir de sua distração.

– Saber que você ficou com garotas iguais a ela me magoa um pouco, não vou mentir. Você teve todas essas garotas no show brigando pela sua atenção, e eu sempre me senti de fora.

Ele me olhou como se eu tivesse enlouquecido.

– Está brincando? Eu notei você no minuto em que entrou na sala naquele primeiro dia. Nunca vi uma mulher tão linda. Não posso mudar meu passado, nem as coisas que fiz, mas não quero que isso nos atrapalhe. – Ele franziu o cenho. – Sabia que você sabe muito bem me distrair?

– Hein?

– Você não me contou o que aconteceu com sua mãe. Não pense que não notei, então, comece a falar.

Gemi.

– Pensei já ter falado. Ela me pegou quando eu saía da piscina. Veio de mansinho atrás de mim e me jogou no chão. Me deu uma surra aos pontapés, bateu minha cabeça no chão, depois tentou me afogar. Jordan apareceu e a afastou de mim. Allison chamou a polícia e os paramédicos, e eu passei alguns dias no hospital. Ninguém viu minha mãe desde então.

Pensei que foi um bom resumo do que aconteceu. Eu não queria entrar nos detalhes com ele, porque sabia que isso só o deixaria mais furioso e eu não precisava dele perseguindo minha mãe. Se eu tivesse alguma sorte, ela simplesmente desapareceria e me deixaria em paz.

– Eu não devia ter deixado você lá sozinha. Coloquei minha banda idiota à frente de você.

Balancei a cabeça.

– Não é culpa sua. Jordan estava me vigiando feito um falcão e ainda assim aconteceu. Mesmo que você estivesse lá, ela teria encontrado um jeito de chegar até mim. Sua banda é importante para você. Eu jamais esperaria que você desistisse dela por mim.

– Nada é mais importante do que você.

– É sério, pare de se torturar. O arrependimento não vai levar você a lugar algum. Agora estamos juntos e isso é tudo que importa.

Ele me beijou de novo e estremeci com as sensações que o beijo provocava.

– Senti sua falta.

– Também senti sua falta. Parece que temos muito tempo para compensar isso. – Abri um sorriso diabólico para ele.

Ele riu, inclinando a cabeça.

– Nada disso. Pelo menos, não até que você esteja curada. Além do mais, é meio difícil fazer com você algumas das coisas que quero em um beliche pequeno num ônibus cheio de gente.

– Eu não sou feita de vidro e sei que eles não se importariam se a gente passasse a noite em um hotel.

Ele roçou a mão nas minhas costelas e fiz uma careta.

– Não é feita de vidro, hein? Embora eu não me oponha a pegar um quarto de hotel com você, vamos ter que voltar para a estrada. Jade já teve de cancelar dois shows por causa da minha idiotice. Se perdermos mais algum, ela vai ficar uma fera.

– Tudo bem – fiz beicinho –, então, a gente deve voltar. Preciso levar Jordan para casa, depois vou me encontrar com você.

Ele franziu o cenho.

– Passe a noite comigo, depois você pode levá-lo para casa. Eu acabei de voltar. Não estou preparado para deixar você ir embora de novo.

– Me parece uma boa ideia, desde que esteja tudo bem para ele.

Drake me colocou de pé e começou a me levar pelo parque, mas parou em um dos buracos que eram usados para acender uma fogueira.

— Me dê aquelas fotos.

Entreguei o envelope e vi enquanto ele o colocava no buraco e pegava o isqueiro. Sem pensar nem por um segundo, ele incendiou o envelope e o viu queimar, com as fotos dentro. Quando não restava nada além de cinzas, ele se virou para mim.

— Pronto. Agora estou preparado.

Sorri enquanto ele pegava minha mão e me levava pelo parque de volta ao ônibus. Jordan saiu assim que nos viu, com a preocupação estampada em seu rosto.

— Está tudo bem? — Ele olhou para Drake com desconfiança.

— Está, estamos bem. Está disposto a pegar um pouco de estrada? — perguntei enquanto voltava ao meu carro.

— Hmmm, claro? — Saiu mais como uma interrogação do que uma afirmativa.

— Só mais uma noite, depois te levo para casa.

— Tudo bem. Quer que eu dirija? — perguntou ele.

Peguei a chave e entreguei a ele.

— Claro.

Drake me puxou para ele, com o cuidado de não tocar minhas costelas.

— Ela vai no ônibus comigo ou eu vou no carro com ela. Você escolhe.

Jordan revirou os olhos e jogou a chave para Drake.

— Certamente, princesa. Eu vou no ônibus.

Abri um sorriso sem jeito enquanto ele balançava a cabeça e subia no ônibus.

Drake me ajudou a entrar no carro antes de se sentar ao volante.

– Ele já teve você por tempo suficiente. É a minha vez.

Logo depois que Jade saiu e Drake explicou a situação, pegamos a estrada. Sorri ao abrir a janela e deixar o ar quente do verão soprar em meu cabelo. Drake estava a salvo e íamos ficar bem. As coisas finalmente começavam a ficar animadoras para a gente.

CAPÍTULO QUATORZE

DRAKE

Ri vendo Chloe colocar a cabeça para fora da janela do carro.
– O que está fazendo?
– Fingindo ser um cachorro – respondeu ela calmamente. – O que você acha? Estou deixando o vento soprar no meu cabelo!
– A desculpa do cachorro era melhor – eu disse enquanto ela me dava um tapa.
– Para com isso! É a primeira vez que me sinto livre em muito tempo.
– Vá em frente, mas, quando comer um inseto, não venha chorando para mim.

Ela mostrou a língua enquanto eu acelerava e voava pela interestadual, passando pelo ônibus da turnê. Ela caiu para trás no banco, xingando e segurando a lateral do corpo.
– Droga, cuidado com as costelas!

Na mesma hora me senti culpado.
– Desculpe, gata.

Ela sorriu e colocou o rosto para fora da janela de novo.
– É brincadeira!

Franzi o cenho.

— Não tem graça.

Peguei a saída seguinte para colocar gasolina e fazer uma parada. Enquanto pegava a rampa de saída, ela colocou o corpo mais para fora da janela. Eu só conseguia ver sua bunda e sorri antes de dar um tapa nela. Ela deu um gritinho e voltou a se sentar.

— Para com isso!

— Que foi? Você estava ali, bem na minha frente... O que esperava que eu fizesse?

Ela revirou os olhos e paramos junto das bombas de combustível. Mandei um torpedo rápido para Jade, avisando que estaríamos logo atrás deles depois de abastecer. Enquanto colocava meu cartão na máquina, Chloe saiu e entrou na loja. Eu a vi andar e sorri. Era bom tê-la comigo de novo, em especial agora que sabia que tudo que Kadi tinha me dito era mentira.

Terminei de abastecer e entrei na loja para procurar o banheiro. Chloe estava na fila do caixa e apontei para o banheiro no fundo da loja, para ela saber que eu só levaria um minuto. Enquanto entrava e trancava a porta, fiquei aliviado ao ver que só havia um reservado, então eu sabia que não seria interrompido.

O saco no meu bolso parecia pesar como chumbo quando o tirei e olhei o pó branco dentro dele. Mas o que eu estava fazendo? Agora estava tudo bem entre a gente e eu não precisava fazer isso. Eu não sabia se devia jogá-lo pela privada, mas afastei a ideia. Não havia motivo para jogar meu dinheiro fora. Eu podia terminar esse saco e tudo ficaria bem.

Peguei o espelho e uma nota de um dólar do bolso e os coloquei na pia. Despejei uma pequena quantidade e bati uma carreira, cheirando rapidamente. Assim que terminei, alguém bateu na porta do banheiro.

— Espere! — gritei, guardando tudo no bolso. Meu coração batia acelerado enquanto eu olhava em volta, para saber se não tinha deixado nenhuma prova para trás. Abri a porta e vi Chloe parada ali, esperando por mim.

Ela abriu um sorriso luminoso e me entregou um refrigerante.

— Você demora mais do que uma mulher. Rápido, ou não vamos alcançar o ônibus nunca!

Enxuguei o nariz para que não houvesse vestígios de pó enquanto a seguia para fora da loja. Comecei a sentir os efeitos no caminho para o carro; já fazia umas duas horas desde a última vez e logo comecei a relaxar, sentindo a onda correr pelas minhas veias. Parei Chloe quando ela começava a abrir a porta e a beijei na boca com vontade. Ela suspirou e seus lábios se separaram enquanto eu corria a língua pelo seu lábio inferior.

Eu me afastei e ela me olhou, sem fôlego.

— Mas para que isso?

— Porque tive vontade. Preciso ter motivo?

— Não, você pode me beijar assim sempre que quiser — disse ela ao deslizar para o seu banco.

Fechei sua porta e dei a volta no carro para entrar. Ao me sentar, notei que ela mexia no saco imenso que chamava de bolsa. Eu me recusava a colocar a mão naquela coisa. Eu a vi tirar a mão da bolsa tantas vezes reclamando de ter se machucado, que não achava seguro colocar a mão ali dentro. Como eu tocaria guitarra se perdesse a mão para alguma bolsa-fera desconhecida?

— O que está fazendo? — perguntei enquanto ela ainda vasculhava.

— Ha! Achei! — Ela tirou um frasco de comprimidos com um olhar triunfante. — Minhas costelas estão começando a doer, então eu estava procurando meus analgésicos.

Olhei com cautela e a vi abrir a tampa e pegar um pequeno comprimido branco. Eu não queria essa tentação perto de mim também.

— Você precisa mesmo disso?

— Hmm, preciso. Se não tomar um a cada poucas horas, minhas costelas e o rosto começam a latejar. Qual é o problema?

— Nenhum, só não quero você doidona, tentando me seduzir enquanto estou dirigindo — brinquei, na esperança de que ela não notasse meu desconforto.

— Com toda certeza preciso tomar mais do que um para fazer algo assim enquanto você está na interestadual. — Ela sorriu para mim, brincando. — Mas ainda não estamos na interestadual.

Ela estendeu a mão pelo console e passou pela minha perna. Reprimi um gemido e afastei sua mão. Eu estava tentando ser um bom sujeito e ela não me ajudava em nada.

— Nem pense nisso — eu disse ao sair do estacionamento e pegar a rampa, voltando ao trânsito de três pistas.

Ela empurrou minha mão de lado e segurou meu pau por cima da calça. Mordi o lábio ao tentar me concentrar na estrada a minha frente. Eu não estava lidando bem com isso.

— Se continuar assim, vai se arrepender — gemi.

— A ideia é essa.

— Não vai acontecer. Eu não quero te machucar, Chloe.

Ela fez beicinho.

— Você não vai me machucar. Estou começando a sentir que não sou desejada.

Segurei sua mão e a apertei na minha ereção.

— Agora me diz se não era isso que você queria. É só você me segurar por cima da calça que estou quase explodindo o zíper. Querer você não é problema.

— Bom, então não sei qual é a questão. Aposto que posso fazer você mudar de ideia esta noite.

Suspirei e pisei mais fundo no acelerador, vendo o ônibus de longe.

— Você não vai facilitar em nada, vai?

— Não. Sei que você vai acabar cedendo.

Passamos as duas horas seguintes contando sobre nossas vidas, falando do que sentimos separados e brigando pelo que ouvir no som do carro. À medida que os quilômetros passavam lentamente, comecei a ficar inquieto e pensei em parar de novo, mas não consegui pensar numa boa desculpa. Bati no volante, irritado, me sentindo fraco.

Chloe me olhou, surpresa.

— Mas o que foi?

Respirei fundo para controlar meu mau humor.

— Nada, só estou cansado de dirigir.

— Podemos trocar, se você quiser.

Balancei a cabeça.

— Não, eu só quero sair deste carro.

Eu não ia deixar que isso fosse mais forte do que eu. Passei anos longe das drogas e não ia ter uma recaída depois de usar só por alguns dias. Eu controlava meus próprios atos, não era controlado por uma merda de pó.

Chloe ajudou a me distrair cantando junto com as músicas que colocava aos berros no som. Eu ria enquanto ela fazia uma dança do jeito que suas costelas permitiam. Meu riso logo morreu quando percebi dois caras dirigindo ao nosso lado, olhando para ela. Chloe não percebeu que era observada e eu lhes mostrei o dedo médio e acelerei. Nunca fui do tipo ciumento – e jamais gostei de alguém para ter ciúmes –, só que, com Chloe, sempre que um cara olhava para o lado dela, eu queria arrancar a cabeça dele. Isso dificultava a vida quando ela não estava comigo, porque ela sempre parecia chamar a atenção dos homens, mesmo sem tentar. Sua inocência com o sexo oposto era uma gracinha, mas às vezes irritava quando ela agia como se eu estivesse exagerando.

Antes que me desse conta, estávamos seguindo o ônibus e pegando uma rampa de saída. Dirigimos por uma cidade pequena e paramos em um bar nos arredores da cidade. O bar, por fora, parecia pequeno, mas tinha uma aparência muito melhor do que alguns em que tocamos recentemente. O estacionamento não tinha lixo algum e o bar parecia ter sido pintado recentemente. Torci para que seu interior fosse igualmente bom. Seria ótimo dar um show sem precisar tomar um banho logo depois de terminar.

Estacionei o carro ao lado do ônibus e saí para esticar as pernas. A longa viagem deixou Chloe com os músculos tensos e precisei ajudá-la a sair do carro. Ao tirá-la e fechar a porta, Jordan e a banda saíram do ônibus e se aproximaram da gente.

Jordan logo foi para o lado dela.

– Você está bem? Tomou seu comprimido?

Fiquei irritado de novo quando o vi olhando para ela. Chloe não precisava mais que ele cuidasse dela. Eu estava de volta para fazer isso.

– Estou ótima e, sim, tomei meu comprimido. Para de agir como se fosse minha mãe.

Ele bufou.

– Cara, valeu... Era ela mesmo que eu tentava ser.

– Ah, você entendeu o que eu quis dizer.

Passei o braço pelos ombros dela e fechei a cara para Jordan.

– Agora você pode voltar. A partir daqui, eu posso cuidar dela.

Eu sabia que estava sendo um babaca, mas não consegui evitar. Qualquer trégua que eu tivesse com Jordan terminou quando olhei aquelas fotos. Agora eu sabia que eram inocentes, mas não gostei de vê-lo enroscado na cama com Chloe enquanto eu estava longe. Isso era demais para apenas um amigo.

– Drake, não – pediu Chloe.

Eu a ignorei e continuei olhando feio para Jordan.

– Chloe me explicou sobre as fotos, mas ainda não gostei de você ter colocado as mãos nela mais de uma vez enquanto eu estava fora. Ela é minha e vou deixar isso claro agora. Se você não gostar, será ótimo brigar de novo com você.

Jordan riu, o que me enfureceu ainda mais.

– Isso não tem nada a ver com nós dois, ela ainda *é* minha amiga e vou cuidar dela, se for necessário. Você precisa parar de bancar o namorado ciumento e está fazendo papel de idiota.

Avancei um passo e o empurrei. Meu corpo estava rígido de ansiedade enquanto eu esperava que ele revidasse. Era só o que precisava para começar a socá-lo de novo. Eu queria que ele me batesse, mas ele balançou a cabeça e se afastou.

– Você precisa resolver suas merdas, ou Chloe vai acabar te largando – grunhiu ele.

Chloe se meteu entre a gente e estendeu as mãos.

— Chega! Mas qual é o seu problema, Drake?
— Nada — respondi rispidamente, me afastando deles e indo até a banda. — Vamos levar nossas coisas para dentro e começar a montar tudo.

Eric me olhava atentamente enquanto a gente descarregava os instrumentos e os levávamos para dentro do bar. Tentei ignorá-lo, mas podia sentir que ele me observava enquanto eu ajudava Jade a montar a bateria. De todos, Eric era quem mais me preocupava. Ele era sempre muito calado, mas passava esse tempo observando as pessoas. Tinha uma capacidade misteriosa de ver coisas que os outros deixavam passar e, se alguém me pegasse, eu sabia que seria ele.

Terminamos de montar tudo e voltamos para o ônibus. Jade nos obrigou a parar em duas cidades para comprar comida de verdade no mercado porque os lanches diários estavam começando a irritá-la. Eu sabia que devia haver um micro-ondas ali e sonhava com um macarrão com queijo quando entramos no ônibus. Perdi todo e qualquer pensamento com comida quando vi Chloe sentada à mesa com Jordan, recostada nele, com a cabeça em seu ombro, enquanto ele passava as mãos em seu cabelo.

Perdi o rumo e corri para ficar de frente para eles.

— Mas que merda é essa? — gritei.

Jordan ergueu o dedo aos lábios e apontou para Chloe. Baixei os olhos e notei que ela dormia. Eu me senti um idiota ao vê-la se mexer dormindo antes de abrir lentamente os olhos. Ela me olhou e sorriu, até que ela notou minha expressão.

— Qual é o problema?

Gesticulei entre ela e Jordan.

– Desculpe, é que eu entrei agora e vi vocês dois juntinhos. De novo.

Ela deve ter percebido que ainda estava recostada nele e se afastou de imediato.

– Eu devo ter dormido. Não queria te chatear, Drake.

Passei as mãos no cabelo e me virei para vasculhar os armários, procurando comida.

– Está tudo bem, eu tirei conclusões precipitadas mais uma vez.

Incapaz de encontrar macarrão com queijo, eu me conformei com a única opção: biscoitos. Peguei um pacote na caixa e abri. Chloe se levantou e se aproximou de mim, passando as mãos pela minha cintura.

– Me desculpe, é sério. Mas você prometeu que sempre ia perguntar antes de tirar conclusões precipitadas, lembra?

Concordei com a cabeça e enfiei comida na boca para não ter de responder.

Ela suspirou e se voltou para o beliche. Ou ela era boa em adivinhação ou viu a foto de nós dois colada na parede, porque ela se deitou na minha cama.

– Vou dormir até que esteja na hora de você tocar. Me acorda quando estiver pronto.

Eu me afastei da pequena bancada e entrei no banheiro. Depois de verificar bem se a porta estava trancada, tirei o saquinho do bolso. Se eu não fizesse alguma coisa, ia partir Jordan em dois. Ou, pelo menos, tentaria. Eu não me enxergava saindo vencedor numa briga dessas.

Depois de cheirar duas carreiras, guardei tudo e me sentei na privada com a cabeça entre as mãos. Não sabia o que estava fazendo, mas sabia que Chloe ia ficar decepcionada se descobrisse e provavelmente me abandonaria. Fiquei sentado, dei um soco na parede ao lado da minha cabeça, tentando liberar parte da raiva que irradiava de mim. Dei um salto quando alguém bateu à porta.

– Cara, rápido, ou vou entrar aí e mijar em você! – gritou Adam.

Sorri e me levantei. Era bom que Adam aliviasse o clima. Abri a porta, ainda sorrindo.

– Não quero ver esse seu pauzinho pequeno, então, é todo seu.

Adam começou a desabotoar a calça enquanto bloqueava minha saída.

– Quer comparar? Tenho certeza de que o meu é maior.

Dei uma gargalhada e o empurrei para fora do caminho.

– Acho que essa eu passo. Não tenho uma lente de aumento comigo.

Ele me deu um soco na barriga enquanto passava e grunhi.

– Tanto faz. Não é minha culpa se você não pode lidar com tudo isso.

Com essa, ele fechou a porta na minha cara. Eu ainda estava rindo quando fui à frente do ônibus, e Eric ergueu uma sobrancelha para mim.

– Preciso perguntar?

Balancei a cabeça.

– Adam tentou ficar pelado comigo no banheiro. Ele ficou meio irritado quando eu o rejeitei – eu disse isso alto o suficiente para ser ouvido no banheiro, na esperança de que Adam me escutasse.

Ouvi um "vai se foder" abafado e recomecei a rir.

Eric meneou a cabeça e gesticulou para a porta.

– Tem um minuto?

Eu estava inquieto, mas concordei e saí com ele do ônibus. Se ele queria conversar comigo a sós, não podia ser nada bom. Eu me recostei na lateral do ônibus e esperei que ele falasse. Em vez disso, ele só ficou parado ali, me olhando, enquanto eu me mexia nervosamente diante do seu olhar atento.

– Você quer falar comigo? – perguntei quando não suportei mais.

– É. Só não sei como dizer isso sem ser um babaca.

Bufei.

– O babaca aqui é o Adam, não você.

– Tá legal, vou falar. Não sei o que está acontecendo, mas você não tem sido você o dia todo. Entendi quando você ficou zangado com a Chloe, mas, como vocês estão viajando juntos, estou supondo que já se acertaram. Tem mais alguma coisa te incomodando?

Eu sabia que Eric seria um problema. Às vezes ele era inteligente demais para o próprio bem. Olhei pelo estacionamento, tentando pensar no que dizer. Meus olhos caíram em Jordan, que estava do outro lado do estacionamento, falando ao telefone.

– Não gosto do Jordan perto da Chloe. Sei que fui um babaca o dia todo, mas, depois que ele for embora, vou me acalmar.

Eric assentiu.

– Imaginei algo assim. Mas, olha só: eu não acho que você tenha motivo para se preocupar com ele, então, para de se estressar. Você vai acabar deixando a Chloe maluca e irritada. Ela vai para casa com ele amanhã, não vai?

– Vai, e também não estou muito feliz com isso.

– Não se preocupe. Ela vai deixá-lo lá e voltar direto para você. Problema resolvido.

— É, eu sei. Vou tentar me controlar.

Ele me deu um tapa nas costas e passou por mim.

— Sei que você vai.

Passamos a hora seguinte matando tempo, jogando cartas. Eu ri enquanto Jade repetidamente nos vencia. A mulher blefava com o baralho e todo mundo sabia disso, ainda assim a gente jogava com ela como os idiotas que éramos. Depois que só faltei embrulhar cem pratas para presente e entregar a ela, fui para o meu beliche e cutuquei o ombro de Chloe, tentando acordá-la.

Ela gemeu dormindo e rolou para longe de mim. Sorri ao estender a mão e pegá-la no colo, com o cuidado de não tocar em suas costelas. O movimento a despertou e ela deu um salto nos meus braços quando abriu os olhos.

— O que você está fazendo? — perguntou ela, ainda grogue.

— Acordando você. — Eu a sentei e me aproximei, pontilhando seu rosto de beijos.

Ela sorriu e tentou se esquivar, mas eu a segurava firme contra mim.

— Você não vai a lugar algum.

— Para com isso... Eu devo ter baba pelo rosto todo!

— Gosto de baba. É sexy — eu disse ao me afastar.

— Baba não é sexy em ninguém, nem em você. Que horas são? — Ela se espreguiçou e estremeceu.

— Vamos entrar às oito horas. Vai lavar a baba para a gente ir.

Esperei no meu beliche enquanto ela entrava no banheiro para ajeitar o cabelo e lavar o rosto. Eu adorava que ela não levava uma hora para se arrumar, como a maioria das mulheres. Chloe era exatamente aquilo que você via e eu achava isso renovador. É claro que ela se produzia de vez quando, mas, na maior parte do tempo, estava de jeans e camiseta. Isso não me incomodava, eu achava incrivelmente sensual.

Ela saiu do banheiro e se aproximou, jogando os braços em mim, puxando minha boca para encontrar a dela em um beijo ansioso. Enquanto sua língua entrava em minha boca, gemi e agarrei sua bunda. Se ela continuasse com isso, de jeito nenhum eu poderia manter meu juramento de esperar até que ela ficasse boa. Ficamos separados por semanas e há um limite para o que um cara pode suportar.

– Você vai me matar, sabia disso? – perguntei e ela se afastou. Respirei fundo, tentando me distrair da ereção furiosa que ela tinha acabado de me provocar.

– Estou tentando. Vamos pegar um quarto no hotel hoje à noite? – perguntou ela sem fôlego.

Lá se foi qualquer esperança de me acalmar antes de entrar no palco.

Eu me curvei e rocei os lábios no canto da sua boca.

– É, vamos, mas, se você tentar alguma coisa comigo, vou te amarrar na cama.

Seus olhos se iluminaram e ela sorriu para mim.

– Isso é para me convencer a ficar comportada? Se é assim, precisa pensar numa ameaça melhor.

Eu não era do tipo que gostava de bondage, mas que merda! Imaginar Chloe nua, amarrada na minha cama, era o bastante para eu gozar nas calças. Gemi ao segurar sua mão e tirá-la do ônibus.

– Preciso subir ao palco daqui a dez minutos... Por favor, não faça isso comigo.

Ela riu e caminhamos pelo estacionamento agora cheio, entrando no bar. Jade e os caras já estavam sentados à mesa perto do palco, e atravessei a multidão até eles. Mantive Chloe bem perto de mim, tentando protegê-la de qualquer um que pudesse esbarrar nela. Pegamos as duas cadeiras vazias que restavam à mesa, com Chloe se sentando entre mim e Jordan. Isso me deu nos nervos, mas respirei fundo e deixei passar. Eric tinha razão. Se eu continuasse agindo como um maluco ciumento, só conseguiria afastá-la.

Relaxei na cadeira enquanto a garçonete me trazia uma cerveja e esperei que o dono do bar nos apresentasse. A multidão em volta já estava animada e deixei que a empolgação fluísse por mim. Eu não tinha dúvida de que eles nos incentivariam a tocar a noite toda sem problema algum. Não havia nada que eu desprezasse mais do que uma plateia sem energia. Era duas vezes mais difícil tocar e cantar bem, e não éramos tão bons quando isso acontecia. Podíamos cantar e tocar, mas era a plateia que estabelecia o clima do show inteiro.

Dei um beijo rápido em Chloe antes de subir ao palco com o resto da banda e a garçonete que me trouxe a cerveja nos apresentou. Várias pessoas se amontoaram em volta do palco quando falei ao microfone.

– Boa noite, pessoal. Meu nome é Drake e somos a Breaking the Hunger!

Com essa, Jade começou nossa primeira música e a plateia gritou em aprovação. Enquanto eu cantava no microfone, vi Chloe e Jordan pelo canto do olho. Jordan cochichava alguma coisa no ouvido dela, mas ela o ignorava, encarando a multidão na minha frente. Baixei os olhos e vi várias mulheres, todas tentando chamar minha atenção.

Foi aí que as coisas se complicaram para mim. Se eu as ignorasse e as irritasse, perderia fãs. Se eu sorrisse e desse mole para elas, Chloe ficaria irritada comigo. Até onde eu podia ver, era uma situação em que eu não podia vencer. Eu estava irritado com Chloe por dar atenção a Jordan, enquanto eu estava ali, cercado de mulheres com olhares cheios de desejo. Às vezes o carma é uma merda.

Olhei de lado para Chloe e sorri, tendo uma ideia. Pelo resto da música, sorri e pisquei para as mulheres. Peguei Chloe me lançando olhares mortais e torci para que meu plano não desse errado.

Quando a música terminou, esperei que a plateia se acalmasse antes de falar ao microfone.

– Obrigado a todos que vieram aqui esta noite. Vocês são demais! – A multidão recomeçou a gritar e tive de esperar que se acalmassem para me ouvirem. – O show desta noite é meio especial para mim. Tem uma garota aqui por quem eu sou louco e este é o primeiro show que ela assiste. Hoje mais cedo ela me disse que podia beijá-la sempre que eu quisesse, e estou com vontade de beijá-la agora. Por que não sobe aqui comigo, Chloe?

Eu a olhei com expectativa, mas ela escondia o rosto com as mãos. Apontei para ela por cima da plateia. Eu sabia que ela ia me matar por isso depois.

– Parece que ela não quer subir. Será que vocês podem convencê-la?

Jordan ria enquanto a multidão começava a entoar o nome de Chloe e ela deu um tapa nele. Não consegui tirar o sorriso idiota do rosto quando ela se levantou lentamente e subiu a escada, chegando ao palco. Ela parou ao meu lado e tentou me olhar feio, mas o leve sorriso que tentava esconder a entregava.

Coloquei o microfone no suporte e a puxei contra mim.

– Estou deixando você sem graça? – cochichei em seu ouvido.

– Só um pouco.

Ri quando seu rosto ficou vermelho e voltei minha atenção para a plateia que nos olhava.

– Vocês acham que devo beijá-la agora? – perguntei a eles.

Os uivos e gritos da multidão me deram a resposta que eu precisava. Eu me virei para Chloe com um enorme sorriso.

– Não podemos decepcioná-los, podemos?

– Eu vou amarrar *você* na cama esta noite por isso, Drake Allen! – gritou ela enquanto eu a puxava para mais perto e colava minha boca na sua.

Assim que nossos lábios se tocaram, a irritação nela evaporou e Chloe passou os braços pelo meu pescoço. Talvez porque ela estivesse no palco, na frente de tanta gente, e meu corpo estivesse se alimentando da energia que fluía em ondas, ou talvez porque eu tivesse o bônus da cocaína no meu organismo. O beijo foi incrivelmente quente. Foi para mim, mas eu tinha certeza de que Chloe sentia o mesmo, pelo jeito que estava grudada em mim.

Eu me deixei ser levado pelo beijo. Enquanto ela movia os lábios contra os meus, os gritos da multidão e da banda atrás de nós desapareceriam. Lambi seus lábios até que ela os abriu para me deixar entrar. Ela deu um gemido profundo enquanto brincava com a língua no meu piercing. Eu me afastei antes de fazer algo de que nós dois íamos nos arrepender depois. Chloe abriu os olhos e minha determinação quase foi para o ralo quando vi o desejo neles.

Eu me obriguei a voltar à plateia com um sorriso tranquilo estampado no rosto.

– Agora que já resolvemos isso, quem está pronto para mais música? – gritei.

Assim que Chloe saiu do palco, começamos a tocar a música seguinte e notei várias mulheres na frente olhando feio para ela. Fiquei feliz quando percebi que Jordan também as olhava. Eu sabia que ele a manteria a salvo até que eu terminasse. Fiquei de olho nela enquanto a gente tocava mais algumas músicas, só para ter certeza.

Parece que desviei os olhos da mesa dela só por um minuto durante a última música, mas, quando os ergui, os dois não estavam em lugar algum. Terminamos a música e antes que a última nota parasse, eu estava fora do palco, procurando pela Chloe.

CAPÍTULO QUINZE

CHLOE

Ao sair do palco e me sentar ao lado de Jordan, senti os olhos de várias pessoas da plateia em mim. Segui o olhar de Jordan e notei que a maioria era de várias mulheres de pé na frente do palco, me olhando feio. Sorri com malícia para elas e voltei minha atenção a Jordan, que me observava com curiosidade.

– Você está bem? – perguntou ele.

– Estou, por quê?

– Achei que ele tivesse te matado de vergonha ali.

– Ah, ele matou, mas os olhares mortais que estou recebendo de lá – apontei para as mulheres junto do palco – fizeram isso valer a pena.

Ele balançou a cabeça.

– Às vezes eu me preocupo com sua capacidade de autopreservação.

Dei um tapa no ombro dele e sorri. Ninguém seria idiota de se aproximar de mim com Drake a pouca distância no palco e, se não tivessem medo dele, Jordan, o Hulk, estava sentado do meu lado.

Dei um salto quando o meu bolso de trás começou a vibrar. Precisei de um minuto para perceber que era meu celular. Quando o peguei, ele tinha parado de vibrar. Eu tinha ligado algumas vezes para Amber desde o acidente, mas não contei o que aconteceu e usei a desculpa da infecção de estômago com ela também. Ela me ligava diariamente para ver como eu estava, e eu imaginava que seria ela.

Fiquei surpresa ao ver um número desconhecido de Maryland aparecer na tela. Antes que eu tivesse tempo de pensar em quem seria, o telefone voltou a vibrar. Passei pela multidão, tentando sair. Estava barulhento demais dentro do bar para ouvir alguma coisa. Finalmente cheguei à porta e corri para fora, preocupada de ser alguém ligando atrás do Danny.

– Alô? – perguntei, sem fôlego.

– Chloe?

Fiquei petrificada ao ouvir a voz da minha mãe. Não pensei na possibilidade de que poderia ser ela. Simplesmente imaginei que, com a polícia atrás dela, ela não faria a burrice de entrar em contato comigo.

– É, mãe, sou eu. O que você quer?

– Você sabe que estragou tudo para mim, não é? – Ela balbuciava.

Que ótimo. Eu teria que lidar com ela, e bêbada.

Suspirei.

– Eu não tenho nada a ver com o que a tia Jen fez, mas, se você quer saber a verdade, fui até lá para convencê-la a mudar de ideia. Mas não precisei dizer nada. Ela me falou que você não receberia nada assim que conversamos. Você fez isso com você mesma, mãe, não tenta me culpar.

— É mentira sua. Você sempre mente para mim, Chloe. Estou cansada de ter que aturar você. Você é uma desgraça.

— Se telefonou para gritar comigo, estou desligando. Dessa vez você realmente ferrou tudo, sabia? Agora mesmo a polícia está procurando por você, pelo que você fez comigo. Você quase me matou, mãe. Isso não te incomoda nem um pouquinho?

Eu queria que ela me pedisse desculpas, ou que pelo menos dissesse que sentia algum arrependimento pelo que fez comigo. Eu sabia que estava sendo ridícula, mas a garotinha dentro de mim tinha esperanças de que ela me amasse em algum lugar naquele coração de pedra.

— Não, não incomoda. O mundo ficaria melhor sem você. Sem nós duas.

Isso me surpreendeu. Em todos os anos em que fui obrigada a suportar seus ataques verbais, ela nunca disse nada de ruim sobre si mesma.

— Isso não é verdade. Você tomou decisões muito ruins na sua vida, mãe, mas pode mudar tudo isso. Queria que você considerasse um dos programas de tratamento que a tia Jen deixou para você.

Ela começou a responder, mas o apito de um trem ao fundo a interrompeu.

— Mãe, você está numa estação de trem? Está indo embora?

O apito do trem soprou de novo e esperei que ela falasse.

— Esses programas que se fodam e você também — grunhiu ela. — E sim, pode-se dizer que vou pegar o trem. Só queria ligar e dizer exatamente o que penso de você.

O apito do trem agora era alto e tive que afastar o telefone da orelha. O som desapareceu de repente quando minha mãe desligou. Suspirei. Eu devia saber que ela ligaria antes de ir embora só para infernizar minha vida.

— Você está bem, Ursinha Chloe? — perguntou Jordan atrás de mim.

Gritei como uma menina de 12 anos e quase pulei meio metro do chão ao ouvir sua voz. Eu estava sozinha no estacionamento mal iluminado, ou assim eu pensava, e ouvir uma voz tão perto de mim quase me provocou um ataque cardíaco.

— Que merda, Jordan! Não faça isso comigo! — gritei.

Em vez de rir, ele franziu o cenho e olhou o telefone na minha mão.

— Há quanto tempo você estava aqui? — perguntei.

— Eu vim atrás de você. Ouvi tudo, pelo menos o que você disse.

Gemi e coloquei o telefone no bolso.

— Eu nem sei o que mais vou fazer a respeito dela. Ela disse que estava ligando para se despedir de mim e espero que esteja falando sério. Acho que não consigo mais lidar com ela.

Ele se aproximou de mim e me envolveu nos braços.

— Não se preocupe com ela. Se ela ligar de novo, vamos trocar o seu número.

Eu o abracei, feliz por poder contar com alguém que conhecia as loucuras dela.

— Eu nunca agradeci a você de verdade por ter me salvado. Fiquei ocupada demais tentando convencer você de que não foi sua culpa. Então, obrigada, sabe como é, por não me deixar morrer na piscina.

Ele me abraçou mais forte e beijou minha testa.

— Nunca me agradeça por isso. Eu coloco você em primeiro lugar. Não sei o que faria se acontecesse alguma coisa com você.

Levantei a cabeça enquanto alguém dava um pigarro. Drake estava atrás de Jordan com um olhar de irritação. Será que o destino estava tramando contra mim ultimamente ou o quê? Sempre que Jordan tocava em mim, Drake aparecia do nada no pior momento possível.

Eu me afastei de Jordan e abri um sorriso amarelo para Drake. Jordan ficou tenso ao meu lado ao se virar para ele.

— Antes que você fique todo irritado e tire conclusões precipitadas de novo, deixa ela explicar – disse Jordan.

— Não precisa... Eu confio na Chloe.

Ergui as sobrancelhas, surpresa. Pela expressão de Drake, eu imaginei que ele e Jordan iam brigar de novo.

— É bom saber disso. Chloe disse que vocês dois vão passar a noite num hotel, então vou roubar seu beliche hoje, se você não se importar – disse Jordan com frieza.

— Pode ficar com ele. Vou ficar ocupado demais para me preocupar com quem está no meu beliche.

Senti o rosto ficar vermelho com o que ele disse. Eu não era uma puritana, mas ainda era estranho ouvir Drake dizer uma coisa dessas aos meus amigos.

— Será que vocês podem calar a boca? – pedi.

— Desculpe. Por que você não espera no carro enquanto eu ajudo o pessoal a carregar tudo? – perguntou Drake.

— Claro.

Jordan avançou um passo enquanto Drake se virava para voltar para dentro.

— Entre no carro e tranque as portas. Vou ajudá-los depois que souber que você está em segurança.

Revirei os olhos e bati continência para ele, me virando e atravessando o estacionamento até meu carro. Depois de chegar lá e trancar as portas, vi Jordan entrar no bar.

Minutos depois, apareceram a banda e Jordan, carregando seus instrumentos para o ônibus. Com a ajuda de Jordan, eles guardaram tudo em tempo recorde. Fiquei olhando Drake falar com Eric por um minuto, os dois muito próximos. Ele acenou um boa-noite a eles e veio para meu carro. Destranquei a porta para ele, que se sentou ao meu lado, sorrindo.

– Pronto?

Ele assentiu.

– Estou. Vi um lugar que parece decente quando andamos mais cedo. Vamos dar uma olhada, ver se tem alguma coisa disponível.

Saí do estacionamento e voltei para onde viemos mais cedo. Drake se remexia, nervoso, enquanto eu dirigia. Imaginei que fosse da adrenalina do show. Ele sempre ficava agitado depois que se apresentavam e eu sempre era recompensada por isso. Às vezes várias vezes seguidas.

O estacionamento do hotel estava tranquilo quando entramos e estacionamos perto da entrada. Drake saiu do carro e pegou a bolsa que tinha guardado na mala antes, junto com a minha. Entramos na recepção e nos aproximamos do balcão, vendo uma mulher bonita no final dos seus trinta anos sentada atrás dele.

Ela sorriu quando nos aproximamos.

– Boa noite, meu nome é Kayla. Como posso ajudá-los?

– Tem algum quarto vago? – perguntei.

– Certamente. Quantas noites vão ficar?

– Só uma – falou Drake atrás de mim.

Tive vontade de vomitar vendo os olhos dela percorrem lentamente o corpo de Drake.

— Quer para fumante ou não fumante?

Olhei com expectativa para Drake. Para mim não importava, mas ele fumava.

— Fumante está ótimo.

Ela começou a digitar no computador diante dela.

— Tenho três quartos disponíveis, dois com camas de solteiro e um com uma cama de casal. Quer um dos quartos com camas de solteiro?

Ela parecia ter esperanças de que ele pedisse um dos quartos duplos. Revirei os olhos ao tirar o cartão de crédito do bolso e bater no balcão.

— Vamos ficar com a cama de casal.

Drake tossiu para encobrir o riso enquanto ela me olhava com ironia. Sem dizer mais nada, ela fez a cobrança no meu cartão e nos entregou dois cartões magnéticos.

— Sigam as placas para o elevador, segundo andar, primeiro corredor à direita. Se precisar de alguma coisa, basta me falar.

Reprimi uma resposta que provavelmente teria nos expulsado de lá enquanto seguia Drake por um corredor e entrava no elevador. Ele sorria feito um idiota até que "por acaso" pisei no seu pé.

— Ai! Por que isso?

— Você estava gostando demais daquilo — resmunguei.

— Não posso evitar. Você fica linda quando está irritada, tentando me proteger.

Tentei pisar no seu pé de novo, mas ele se afastou quando as portas do elevador se abriram.

— Não fique chateada, é um amor. Só mostra o quanto você se importa.

— É isso mesmo. Vou passar os próximos cinquenta anos tentando enxotar as mulheres com idade suficiente para ser sua mãe.

Ele me deu um beijo na testa enquanto andávamos pelo corredor até nosso quarto.

— Não se preocupe, gata, eu não gosto de coroas.

Não pude deixar de rir ao colocar o cartão no local indicado e abrir a porta. O quarto era pequeno, mas limpo, com uma tevê e um micro-ondas no canto. Atravessei o quarto para olhar pela janela. Não havia muita vista, a não ser que se gostasse de olhar um posto de gasolina e um mercadinho.

Vi, pelo reflexo no vidro, que Drake se aproximava de mim por trás e passava os braços em mim. Eu me aninhei em seu calor enquanto ele beijava o ponto sensível atrás da minha orelha. Eu sempre me sentia segura quando estava nos braços de Drake.

— Minha mãe me ligou esta noite — soltei, efetivamente estragando o clima.

Todo seu corpo ficou rígido atrás de mim.

— Mas que merda ela queria?

— Basicamente se despedir de mim e me dizer que eu não valho nada. Tenho certeza de que ela estava numa estação de trem, então, com sorte, dessa vez ela foi embora para sempre.

— Pelo bem dela, espero que sim. Mesmo sendo mulher, se eu encontrá-la de novo, vou dar umas porradas nela.

— Drake! Não diga isso!

— Nós dois sabemos que ela merece. Nem acredito que uma mãe faz isso com a própria filha.

— Eu sei, mas vamos deixar pra lá, tá legal? Não preciso me preocupar que você vá para a cadeia, preciso?

Ele beijou o alto da minha testa.

— Só se eu for pego.

Ri e me virei para ele.

— É bom saber. Jordan estava me abraçando porque ela me telefonou, só para o caso de você estar imaginando coisas.

— Eu disse a verdade. Confio em você. Não precisa se explicar para mim.

— Eu sei, mas quero. Não quero que você duvide de mim.

— Ele me beijou suavemente enquanto minhas mãos deslizavam por baixo da sua camisa até os músculos definidos da sua barriga. Eles se contraíram com meu toque e ele estremeceu ao se afastar. Sem dúvida estava tão cheio de vontandes quanto eu, se é que ele precisava de algum estímulo a mais. Sorri ao perceber que isso comprovava que ele realmente foi fiel enquanto estávamos separados.

— Vou tomar um banho — disse ele, dando um pigarro —, provavelmente gelado. Fica aqui.

Ergui uma sobrancelha.

— E para onde eu iria? Para o posto de gasolina aqui do lado?

— Você entendeu o que quis dizer... Não entre de mansinho comigo no chuveiro. Vou trancar a porta, se for preciso.

Ri enquanto ele pegava roupas limpas na bolsa e ia ao banheiro. Ele sempre pensava o pior de mim. É claro que desta vez ele tinha razão, eu pretendia atacá-lo no chuveiro. De uma maneira ou de outra, eu ia fazê-lo ceder antes que a noite acabasse.

Esperei até ouvir a água do chuveiro cair por alguns minutos, tirei a roupa e o curativo nas costelas. Entrei rapidamente no banheiro e fui para o lado do boxe. Drake estava de costas para mim e sorri ao deslizar a porta e entrar. Ele deu um salto e se virou enquanto eu passava as mãos nas suas costas.

— Eu disse para você ficar lá – resmungou ele, se enxaguando.
— Não sou um cachorro, e eu não escuto muito bem.
— Isso é evidente.

Entrei na água com ele e comecei a explorar os músculos definidos da sua barriga primeiro com as mãos, depois com a língua. Apesar da água quente correndo pelos nossos corpos, ele estremeceu.

— Chloe, não podemos. Você não está boa e não quero te machucar.

— Você não vai me machucar. Tenho certeza absoluta de que você consegue ser delicado quando quer. – Lambi um piercing do mamilo, depois o outro.

Puxei a argolinha gentilmente e ele gemeu.

— Você está me deixando louco.

Eu o ignorei e lambi toda sua barriga até o fundo do seu abdômen, descendo ainda mais. Eu me ajoelhei na frente dele, envolvendo sua ereção com a mão e apertando. Ele se recostou na parede do boxe quando comecei a acariciá-lo, aumentando a velocidade aos poucos.

Seu corpo enrijeceu quando passei os lábios pelo seu pau e a língua pelo piercing. Eu sabia que ele era extremamente sensível ali e eu ia me aproveitar disso. Ele começou a respirar com dificuldade enquanto eu circulava a língua pela ponta e o chupava o mais fundo que podia. Seus quadris se curvaram para frente, tentando fazer com que eu o engolisse mais fundo, enquanto as mãos agarravam meu cabelo para me manter ali.

Justo quando ele estava prestes a explodir, eu me afastei e ele me olhou feio.

— Isso não é justo.

– Eu nunca disse que seria justa. – Sorri com ironia para ele.

Ele sorriu e começou a se tocar, esfregando rudemente.

– Nem eu.

Meu corpo de imediato reagiu ao vê-lo sentir prazer. Foi o momento mais erótico da minha vida e eu já tinha tido vários desde que ficamos juntos. Ele fechou os olhos e seus lábios se entreabriram enquanto ele ficava pronto para gozar. Segurei sua mão e a afastei, sabendo que, se não o impedisse agora, meu plano estaria arruinado.

– Não, não faça isso. Se você vai gozar, vai ser comigo. – Eu me aproximei dele, nossos corpos deslizando um contra o outro com a água corrente.

Ele me segurou pela bunda e me ergueu, me empurrando contra a parede, sua ereção mal tocando minha entrada.

– Se eu te machucar, me fala e vou parar. Tudo bem?

Assenti enquanto me remexia contra ele, tentando empurrá-lo para dentro de mim.

Ele sorriu, curvou-se e chupou meu pescoço.

– Impaciente? – Sua boca foi até meu mamilo e todo pensamento coerente me abandonou. Eu me curvei e Drake lentamente deslizou para dentro de mim. – Ah, você é tão gostosa. Sempre tão apertada.

Ele começou a dar estocadas, no início lentamente, mas ganhando velocidade ao continuar. Se havia um paraíso, eu o encontrei. Não era possível existir nada melhor do que a sensação dele enterrado fundo em mim, me abrindo por dentro.

A cada estocada, seu piercing roçava meu ponto mais sensível e eu sentia minha excitação aumentando. Suas metidas ficaram mais rudes e mais firmes conforme ele atingia seu auge e senti meu corpo explodir em volta dele. Gritei seu nome ao gozar e arranhei suas costas com o corpo apertado no dele. Foi o que bastou para provocá-lo. Seu corpo enrijeceu ao dar uma última estocada fundo em mim e gozar.

Com o peito arfando do esforço, ele saiu e me colocou no chão. Minhas pernas pareciam gelatina e me agarrei a ele para não escorregar no piso molhado do boxe.

– Pouco importa quantas vezes fazemos isso... Sempre é incrível. Ninguém pode ser comparado a você – sussurrou Drake, me beijando na testa. Ele abriu a porta do boxe e saiu, pegando uma toalha e começando a se enxugar.

Sorri ao pegar seu xampu, já que saí com pressa demais para pegar o meu, e comecei a lavar o cabelo. Respirei fundo o cheiro que me envolvia. Drake sempre tinha um cheiro incrível. Enxaguei o cabelo e terminei o banho com aquele sorriso pateta ainda no rosto. Eu ficava feliz de saber o quanto Drake me desejava e o efeito que eu tinha sobre ele.

Peguei uma toalha no suporte e me enxuguei, voltando ao nosso quarto, ainda completamente nua. Drake estava na cama com o controle remoto, zapeando pelos canais da televisão. Ele levantou os olhos quando entrei e vi seus olhos escurecerem de desejo. Ele se ergueu para frente e pegou minhas mãos, me puxando para a cama com ele. Montei nele enquanto ele me beijava com ferocidade, me deixando sem fôlego.

– Não é possível que você já esteja pronto de novo – sussurrei contra seus lábios.

– Eu tentei me controlar perto de você, mas agora que eu te comi, meu controle sumiu. Quero você nessa cama de dez maneiras diferentes e pretendo cuidar para que isso aconteça antes que a noite acabe.

Senti que ficava molhada ao ouvir suas palavras. Seu pau totalmente duro apertava minha perna e mordi o lábio para não gemer, me posicionando sobre ele e lentamente o deslizando para dentro. Eu ainda estava sensível da nossa transa no banho e a mera sensação dele entrando em mim quase foi o suficiente para me levar novamente ao orgasmo.

Seus quadris se ergueram e gritei com as sensações provocadas pelo movimento. Ele me segurou pela bunda enquanto comecei a me mexer em cima dele. Eu sabia que estava quase gozando e não perdi tempo com lentidão, nem gentileza. Meus movimentos eram rudes e rápidos, seus quadris se erguiam para me encontrar, um dar e receber. Em segundos, senti que eu flutuava em um orgasmo histórico.

Meu corpo parecia um peso morto enquanto ele me colocava de costas e continuava a me comer para encontrar seu próprio alívio. Ele gemeu quando gozou e deixou o corpo cair sobre o meu. Estremeci um pouco com a pressão nas minhas costelas, mas não disse nada, por medo de que ele se afastasse.

– Não consigo me mexer. – Ele gemeu sobre mim.

– Então, não se mexa. Podemos ficar assim a noite toda.

Senti que ele sorria contra meu peito e seu pau pulsava dentro de mim.

– Não me faça começar tudo de novo. Preciso de alguns minutos para me recuperar.

Apertei meus músculos internos e ele gemeu.

– Meu Deus do céu! Não faça isso!

Ri, relaxando e o afastando de mim.

– Tudo bem, vou ser boazinha. Deixa eu me levantar para vestir uma roupa.

Ele me envolveu com os braços e me segurou na cama.

— Você não vai vestir nada por várias horas, se depender de mim.

Meu riso se transformou num gemido enquanto ele começava a beijar meu pescoço. De manhã, ele tinha realizado seu desejo. Tínhamos batizado a cama em bem mais de dez maneiras diferentes.

CAPÍTULO DEZESSEIS

CHLOE

Resmunguei ao abrir os olhos e ver nosso quarto de hotel. Meu corpo doía todo do sexo com Drake. E, por falar em Drake, eu o sentia apertado contra minhas costas e me aconcheguei para mais perto. Ele murmurou alguma coisa dormindo e passou seu braço em volta de mim. Suspirei, feliz. Não queria nunca mais sair desta cama.

Infelizmente, era quase meio-dia e precisávamos voltar ao ônibus para eu buscar Jordan e levá-lo para casa. Rolei na cama e passei a ponta dos dedos pelo maxilar e embaixo do queixo de Drake, tentando acordá-lo com cócegas. Ele tentou afastar minha mão, mas sorri e continuei a provocá-lo.

Ele abriu um olho e me espiou pelas pálpebras.

– Pode parar? Estou tentando dormir.

– E eu estou tentando acordar você. Acho que temos um impasse.

Ele desceu a mão até meu quadril e começou a traçar pequenos círculos com o polegar.

– Há um jeito melhor de você me acordar, sabia?

– Não quando temos que sair em vinte minutos. Então, levante-se e vá se vestir.

– Tá legal – disse ele, rolando para fora da cama.

Eu o vi nu, de costas, indo até a cômoda e pegando uma calça jeans na bolsa que estava no alto. Minha boca se escancarou enquanto ele a vestia sem nada por baixo.

– Não se esqueceu de nada? – perguntei.

Ele sorriu.

– Não, por quê?

– Você não colocou a cueca.

– Não, imaginei que terei que tirar, caso você queira me atacar no ônibus ou coisa assim.

– Por mais divertido que isso pareça, tenho que ir embora assim que a gente chegar lá. Tenho certeza de que Jordan está pronto para ir para casa.

Ele ficou decepcionado ao vestir a camisa.

– Tudo bem, por um segundo esqueci que você vai me abandonar de novo.

– Desculpe, prometi que volto logo. Vou passar a noite lá, depois volto para encontrar vocês amanhã de manhã. Depois que a gente ficou separado por tanto tempo, menos de 24 horas não serão nada.

– Eu sei. Mas ainda assim é uma merda.

Eu me levantei da cama e fui até ele, passando os braços pela sua cintura.

– Você nem vai sentir a minha falta.

– Isso é impossível. Sinto sua falta a cada segundo que você está longe de mim. Parece que não consigo respirar quando você não está por perto.

De imediato me derreti numa poça no chão e Drake precisou pegar um balde e uma toalha para me recolher. Tudo bem, não é verdade, mas foi como me senti.

— Você me dá arrepios quando diz coisas assim — eu disse ao me curvar e beijá-lo.

Passei a língua pela sua boca e ele gemeu ao me afastar dele.

— Vá se vestir ou não vamos sair deste quarto. Não precisa enfaixar as costelas de novo?

— Não, estou bem sem isso. — Peguei as roupas na bolsa e as vesti. Quando terminei, fui ao banheiro escovar os dentes e pentear o cabelo. Quando estava suficientemente apresentável, voltei ao quarto e joguei minhas coisas na bolsa.

Cinco minutos depois, estávamos prontos para sair. Eu me sentei na cama e dei uma olhada no telefone enquanto Drake estava no banheiro. Depois de alguns minutos, pensei em ir ver como ele estava, mas ele saiu assim que me levantei.

— O que estava fazendo? Retocando a maquiagem? — perguntei, brincando.

— Engraçadinha. Vem, vamos embora daqui.

Eu me preparei na descida pelo elevador, só para o caso de a mulher da noite anterior ainda estar na recepção. Por sorte, ela tinha ido embora e um homem mais velho estava em seu lugar. Fui até o balcão e entreguei a chave, enquanto Drake carregava nossas bolsas até o carro.

O homem sorriu para mim ao olhar o relógio.

— Vocês ainda tinham três minutos para liberar o quarto... Esse deve ser um novo recorde.

Ri enquanto ele me entregava o recibo.

— Nem me diga.

Passei pela porta e fui até o carro. Drake tamborilava os dedos no volante com impaciência quando entrei.

— Demorou muito — disse ele enquanto pegava a estrada principal.

Ele parecia irritadiço e o olhei com curiosidade.

– Qual é o seu problema? Estávamos bem cinco segundos atrás.

– Nenhum, só detesto devolver você a ele.

Suspirei e encostei a cabeça no banco. Eu sabia que Drake estava chateado por eu ir embora de novo, mas quanto mais rápido eu levasse Jordan para casa e colocasse limites entre a gente, melhor. Eu sabia que Drake se acalmaria quando Jordan não fosse mais uma presença diária na minha vida.

O resto da viagem foi silenciosa, nós dois perdidos em nossos próprios pensamentos. Drake entrou no estacionamento e parou ao lado do ônibus. Abri a porta para sair, mas ele me segurou pela mão e me puxou para ele.

– Desculpe, sei que estou sendo um idiota. É que fico com muito ciúme quando vejo outros caras com você.

– Drake, não é um cara qualquer, é Jordan. É a mesma coisa de quando Adam e Eric falam comigo.

– Mas eles são meus amigos e eu confio neles. Não, não gosto do Jordan, mas isso não acontece só com ele. Quando você está com Logan, eu também me aborreço. – Ele encarava fixamente o volante ao falar.

Eu não sabia o que dizer. Drake era uma das pessoas mais autoconfiantes que eu conhecia e estava preocupado? Bom, isso só provava o quanto ele gostava de mim.

Joguei os braços nele e o beijei profundamente.

– Você nunca, jamais precisará se preocupar que eu vá querer outro. Você é tudo que quero.

Seus lábios se curvaram em um leve sorriso.

– Espero que sim.

– Você é. – Alguém bateu na minha janela e dei um pulo.

Jordan estava parado ao lado do carro, sorrindo para mim. Ele recuou, me dando espaço para abrir a porta e sair.

– Já não era sem tempo. A banda está calma e tudo, mas quero muito voltar para ver o Danny. Kadi pode estar lá, tentando aprontar com ele enquanto estamos longe.

Essa ideia nem me ocorreu. Imaginei que ela sabia que Drake tinha me contado tudo e já havíamos descoberto o seu plano.

– Merda, você não falou com ele? – perguntei.

Ele balançou a cabeça.

– Eu liguei, mas dizer a ele que sua "suposta" namorada o estava usando para atingir a prima não é exatamente algo que se faça pelo telefone.

– Pega suas coisas e traz para o carro. Podemos ir embora assim que você estiver pronto.

– Já preparei tudo. Só preciso pegar minhas bolsas e volto logo – disse ele, virando-se e voltando para o ônibus.

Drake contornou o carro e me entregou a chave. Seus olhos encontraram os meus enquanto ele tirava uma mecha de cabelo caída no meu rosto. A raiva que vi antes em seus olhos tinha desaparecido, substituída pelo calor enquanto ele passava as costas da mão pelo meu rosto.

– Volta rápido para mim – sussurrou ele.

– Sabe que vou fazer isso. Vejo você amanhã. – Fiquei na ponta dos pés e lhe dei um beijo suave.

Jordan voltava ao carro com a bolsa pendurada no ombro.

– Vamos embora daqui. Preciso da piscina.

Eu me afastei de Drake, dando-lhe um último olhar demorado ao entrar no carro. Eu esperava que Jordan fosse diretamente para dentro do carro, mas, em vez disso, ele se aproximou de Drake. Vi, nervosa, os dois conversando, com medo de que o mau humor de Drake fizesse os dois brigarem de novo.

Fiquei chocada quando Jordan estendeu a mão e Drake a apertou. Depois disso, ele se virou e voltou ao carro. Drake o olhou atentamente, vendo-o se sentar no banco do carona e sorrir para mim.

– Agora você pode fechar a boca.

Percebi que eu estava olhando de um para outro de boca aberta. Eu a fechei com um estalo, dei a partida no carro e arranquei.

– O que foi aquilo tudo? – perguntei.

Jordan deu de ombros.

– Não quero que esta seja a última vez que a gente se veja, e como você pensa nele quase o tempo todo, imaginei que devia fazer as pazes para que ele não afaste você de mim.

Eu o fuzilei com os olhos.

– Não fico pensando nele quase o tempo todo.

Ele bufou e me olhou assombrado.

– Tanto faz, você parece um filhotinho apaixonado. Me dá vontade de vomitar.

Revirei os olhos ao pegar a interestadual e acelerar. Eu queria ir rápido para conseguir voltar no dia seguinte.

– Qual é a pressa? Você está dirigindo como uma louca.

– Só quero voltar para ele.

Ele riu.

– É como eu disse. Você falou que vai dormir na casa do Danny antes de voltar, então acho que não tem importância a hora que vamos chegar lá.

Percebi que ele tinha razão e reduzi um pouco.

– É, foi meio burro da minha parte, não foi?

— Está tudo bem. Você é loura, pode usar isso como desculpa.

Estendi a mão pelo console e lhe dei um beliscão.

— Idiota.

O resto da viagem foi tranquilo. Uma parada para abastecer e, duas Starbucks depois, estávamos entrando no terreno da casa. Saí do carro e me espreguicei, meu corpo dolorido da longa viagem. Mandei um torpedo rápido para Drake avisando que chegamos bem antes de seguir Jordan para dentro da casa. Ele parou de repente na porta da sala e eu esbarrei nele.

— Chloe, volta lá para fora — ordenou ele.

Nunca fui de dar ouvidos a ninguém e me recusei, tentando olhar em volta do seu corpo enorme e ver qual era o problema. Soltei uma série de palavrões quando vi Danny e Kadi enrolados num abraço no sofá. Jordan tentou me segurar enquanto eu escapulia por baixo do seu braço e entrava na sala, mas ele não foi rápido o suficiente. As pontas dos seus dedos roçaram minha blusa quando voei na direção dos dois e peguei Kadi pelo pescoço, afastando-a de Danny.

Eu a joguei na poltrona ao lado e a olhei feio de cima.

— Não acredito que você teve coragem de aparecer depois do que fez! — gritei.

Danny se levantou em um salto.

— Mas o que você está fazendo?

Jordan entrou na sala e pôs a mão no ombro de Danny.

— Ela usou você. Só veio aqui para acabar com o namoro de Chloe e Drake.

Danny olhou para nós dois.

— Vocês dois enlouqueceram? Ela nem conhece o Drake!

Olhei para Kadi, que encarava o chão, provavelmente tramando sua fuga.

— Ah, ela conhece Drake. Ela é uma das mulheres que ele pegou, antes de a gente começar a namorar.

Kadi abriu a boca para falar, mas se conteve no último minuto. Voltou sua atenção a Danny, lançando um olhar suplicante.

— Danny, eles são loucos! Eu nunca faria isso com você!

— Para de mentir... A gente viu as merdas das fotos — rosnou Jordan.

— Que fotos? — perguntou Danny.

— E eu vou saber? Você disse que eles estavam com aquela banda. Provavelmente andaram se drogando ou coisa assim! — gritou Kadi.

Ri na cara dela.

— Até parece que alguém na Breaking the Hunger usa drogas. Se alguém tem a cabeça fodida, é você. — Eu me virei para Danny. — Ela tirou fotos de Jordan comigo e mostrou a Drake, querendo que ele terminasse comigo. Infelizmente para ela, Drake não caiu nessa.

Sorri com malícia ao falar essa última parte e vi a raiva se inflamar nos olhos dela. Eu tinha atingido um ponto importante e observei enquanto ela lutava com o que ia me dizer, se negaria ou se continuaria dizendo que era inocente. Esperei com paciência, até que finalmente ela explodiu.

— Não foi uma merda de ficada! Drake me ama... Ele só não consegue enxergar isso por sua causa! — Ela cuspiu as palavras cruelmente.

Danny empalideceu um pouco enquanto sua boca se abria.

— Então, eles estão dizendo a verdade? Tudo que você me disse era mentira? — perguntou ele.

Ela desdenhou dele.

– Sem querer ofender, Danny, mas você não faz meu tipo. Era para você se tocar disso depois da terceira vez que larguei você, mas não, você continua querendo mais.

Ouvi um estalo alto e fiquei chocada ao perceber que eu tinha dado um tapa nela. Minha mão doía e sua bochecha começava a ficar vermelha.

– Sua vaca! – ela gritou ao partir para cima de mim. O ar foi arrancado dos meus pulmões e grunhi da dor que penetrou minhas costelas quando caí no chão. Ela agarrou meu cabelo, puxou, e rolamos pelo chão.

Minhas costelas protestavam aos gritos enquanto eu a jogava para longe de mim e partia para cima. Eu a prendi no chão e lhe dei um soco na cara. Ela arranhou meu rosto e deu um pulo, tentando se soltar, mas eu estava enfurecida. Isso, combinado com a adrenalina que corria pelo meu corpo, me deu força suficiente para mantê-la presa ali.

– Fique. – *Soco.* – Longe. – *Soco.* – De. – *Soco.* – Drake, Danny e Jordan, merda. – *Soco.*

Sua cabeça batia no carpete e ela gemia. Senti braços me envolvendo e tentando me levantar. Lutei com eles, procurando voltar à Kadi.

– Ursinha Chloe, já chega. Você quase a deixou inconsciente – disse Jordan, esforçando-se para me segurar.

Deixei que ele abraçasse meu corpo rígido enquanto eu observava o rosto ensanguentado de Kadi. Causei um belo estrago nela. O sangue escorria pelo nariz e de um grande corte no rosto provocado por um dos meus anéis. Um olho já começava a inchar e havia vários hematomas se formando na pele normalmente impecável.

Danny gritava com ela, mandando que saísse da casa dele. Ela gemeu, tentando se levantar. Cambaleou de um lado para outro, mas ninguém se ofereceu para ajudá-la.

— Você vai pagar por isso. Você vai ser presa! — vociferou Kadi, segurando um lado do corpo.

— Acho que você não vai fazer isso. Será sua palavra contra a nossa. Além do mais, tenho certeza de que Drake ficará feliz em dar queixa de você por assédio — disse Jordan numa voz assustadoramente calma.

A boca de Kadi se escancarou enquanto ela processava o que ele tinha acabado de dizer. Sua palavra não importaria em nada contra a nossa, e tínhamos várias testemunhas de que ela assediava Drake. Ela estava encurralada e sabia disso. Kadi nos lançou um último olhar duro enquanto mancava para a porta da frente, batendo-a depois de passar.

Danny passou pela gente, se recusando a olhar para qualquer um de nós.

— Danny, espera! — chamei.

— Só... Só me deixa em paz um pouco.

Mordi o lábio e o vi desaparecer.

— Você devia ir falar com ele, Jordan... Ele está muito chateado.

— Dá um tempo para ele esfriar a cabeça — disse ele, virando-se para examinar meu rosto.

Estremeci quando ele passou o dedo pela minha bochecha.

— Calma, ela deu alguns socos também. Que ótimo, agora eu tenho hematomas por cima de hematomas.

Ele riu ao afastar a mão. Eu devia ter um corte na bochecha. Havia um pouco de sangue em seus dedos, que ele os limpou no short.

– Você está muito melhor do que ela, posso garantir.

Tentei rir, mas me doeu as costelas. Puxei o ar e cerrei os dentes para não gritar.

Jordan franziu o cenho.

– O que foi?

– Minhas costelas estão doendo. Acho que preciso de um analgésico.

Ele levantou minha blusa até o sutiã e passou o dedo pelas costelas.

– Você não devia ter feito isso. Ainda está se curando.

– Desculpe, vou tentar não me machucar na próxima vez em que me meter numa briga.

Ele não disse nada e continuou a passar os dedos pelas minhas costelas. Comecei a recuar, de repente pouco à vontade, quando ele me olhou. Meu estômago doeu quando vi a carência em seus olhos. Ele ergueu a mão e pegou meu rosto.

– Não gosto quando você se machuca.

– Eu estou bem. Para de se preocupar comigo – eu disse, nervosa.

– É impossível. Chloe, eu nem sei como dizer isso. Você é tão importante para mim, você fica na minha cabeça e, não importa o que eu faça, não consigo parar de pensar em você. Tentei ficar longe e não consegui. – Enquanto ele falava, baixou a cabeça até que ficamos nariz com nariz. – Você pode ter alguém muito melhor do que ele.

– Jordan, o que está fazendo?

– Quero você e não suporto mais. Preciso te dizer, para que você saiba que eu sou uma opção.

Ele se curvou, acabando com os poucos centímetros que havia entre a gente. Seus lábios roçaram os meus suavemente.

Meus olhos se arregalaram e tentei afastá-lo, mas ele se recusou a se mexer, ainda me beijando. Lutei com ele, me recusando a corresponder ao beijo. Ele ficou mais agressivo, tentando abrir meus lábios, mas não deixei. Derrotado, ele se afastou.

— Nunca mais faça isso! — gritei.

— Você nem me deu uma chance, Chloe! Antes você gostava de mim... O que aconteceu?

— Jordan, a gente podia ter tido alguma chance um tempo atrás, mas não é mais assim. Eu amo Drake. Desculpe se estou magoando você, mas não quero você desse jeito — eu disse em voz baixa.

Sua expressão partiu meu coração, mas me mantive firme. Senti as lágrimas escorrendo pelo rosto enquanto ele me olhava, de cara feia.

— Ele vai acabar com você, Chloe. E quando ele fizer isso, eu vou estar aqui. Por favor, não se esqueça disso.

Vi Jordan sair da sala sem dizer mais nada. Caí sentada na mesma poltrona onde joguei Kadi e cobri o rosto com as mãos. Eu tinha perdido Jordan e sabia disso. Era como se eu estivesse revivendo tudo o que aconteceu com Logan, só que desta vez eu estava fazendo o que era certo.

CAPÍTULO DEZESSETE

CHLOE

Não sei quanto tempo fiquei sentada ali até que meu telefone tocou. Eu o tirei do bolso e gemi para o número desconhecido de Maryland que aparecia na tela. Parecia que minha mãe, afinal, não me deixaria em paz. Respirei fundo diante da briga que certamente se seguiria ao atender.

– Alô?
– É Chloe Richards? – perguntou uma voz desconhecida de homem.
– Sim, quem fala?
– Meu nome é Charles Rogers, sou do Departamento de Polícia de Ocean City. Tem um minuto para conversar?
– Hmm, sim, claro – respondi, nervosa. Eu sabia que esta ligação tinha algo a ver com a minha mãe. Imaginei que eles a tivessem encontrado, mas ainda não sabia como me sentir a respeito disso.
– Srta. Richards, não sei como lhe dizer isso, mas creio que sua mãe morreu numa espécie de acidente outra noite. Desculpe por só entrar em contato com você agora, mas, devido a algumas circunstâncias, só agora a encontramos. Há algum jeito de você vir ao distrito para falar comigo?

Neste momento, o mundo parou de rodar. A Terra ficou imóvel enquanto me dava conta de que minha mãe verdadeiramente tinha saído da minha vida e que a gente nunca mais faria as pazes.

– Claro – sussurrei, ainda em choque. – Chego aí logo.

– Então encontro você e, mais uma vez, lamento pela sua perda.

Ele desligou, mas fiquei sentada ali com o telefone ainda junto da orelha. Ele disse que foi uma espécie de acidente. E se ela estava bêbada e bateu o carro? Por que não me esforcei mais para colocá-la em um dos programas sugeridos pela minha tia? Era como se eu tivesse toda responsabilidade pelo que aconteceu.

Eu me levantei e subi, trôpega, a escada para o quarto de hóspedes onde Jordan estava. Eu estava apavorada de que ele me rejeitasse, mas precisava dele, agora mais do que nunca. Bati levemente na porta. Como não tive resposta, girei a maçaneta e abri. Jordan estava sentado na cama, de costas para mim, olhando pela janela.

– Agora não, Chloe... Me deixa em paz.

– Jordan, é a minha mãe. Ela morreu.

Ele virou a cabeça tão rápido que parecia algo saído de um filme de terror. Teria sido cômico, se a situação não fosse tão horrível.

– O que você disse?

– A polícia acabou de me ligar. Minha mãe morreu numa espécie de acidente.

Eu me senti fraca e meus joelhos se dobraram. Ele saiu da cama correndo e me segurou antes que eu caísse no chão.

— Chloe. Chloe! Olha para mim!

Ergui os olhos aos dele. Seu rosto estava cheio de preocupação enquanto ele me levantava e me deitava na cama.

— Você está bem? — perguntou ele.

— Sim... Não. Não sei. Ela era horrível, mas ainda era a minha mãe.

Minha visão ficou turva e as lágrimas encheram meus olhos. Ele se sentou ao meu lado e me puxou para seu colo. Os soluços sacudiam meu corpo e deixei que a tristeza me dominasse.

— Shhh, desabafe. Estou bem aqui — sussurrou ele no meu ouvido e me abraçou com força.

Fiquei agarrada a ele, as lágrimas ensopando sua camisa, mas ele não reclamou nem uma vez. Chorei até sentir que não restava mais nada dentro de mim. Quando minhas lágrimas perderam a força, eu me afastei dele e enxuguei os olhos.

— Desculpe — solucei.

— Nunca peça desculpas por chorar.

— Preciso ir ao distrito policial. Pode me levar? Acho que não consigo dirigir.

— É claro. Vou falar com Danny e vamos todos juntos.

Ele me deixou na cama enquanto ia ao quarto de Danny. Os dois apareceram alguns minutos depois. Danny veio direto a mim e me puxou num abraço.

— Acho que agora nós dois somos órfãos — sussurrei em seu pescoço.

— Acho que sim. Vem, vamos levar você até o meu carro.

Ele segurou meu braço enquanto andávamos até seu carro, me ajudou a sentar no banco traseiro e fechou a porta, sentando-se depois ao volante. Jordan saiu da casa um minuto depois e se juntou a nós. Olhei pela janela enquanto Danny costurava pelo trânsito congestionado de turistas e estacionava na frente do distrito. Afastei suas mãos quando eles tentaram me ajudar a sair e atravessei o estacionamento até as portas duplas. Eu precisava ser forte e me manter firme.

Uma mulher mais velha de aparência eficiente estava sentada a uma mesa junto da entrada. Ela nos olhou quando entramos.

– Posso ajudar?

– Estamos procurando o policial Rogers. Meu nome é Chloe Richards e ele está esperando por mim.

Ela pegou o telefone e teclou um número. Depois de uma breve conversa, desligou e nos apontou uma fila de cadeiras encostadas na parede mais distante.

– Sentem-se ali, ele vem em um minuto.

Vi, do meu lugar, policiais e outros funcionários entrando e saindo do distrito. Eu nunca tive problemas com a lei, mas a polícia sempre me deixava inquieta. Parecia que eles me encaravam com acusação. Danny estava bem, mas Jordan parecia tão pouco à vontade quanto eu. Batia continuamente o pé no chão enquanto acompanhava o movimento de todos com os olhos.

Um policial jovem e alto de cabelo preto se aproximou da gente. Tinha uma expressão gentil e, se não fosse pela sua altura, eu teria suposto que era descendente de chineses.

Ele sorriu para a gente ao se aproximar.

– Chloe?

Eu me levantei e apertei sua mão.

– Sou eu. – Então, gesticulei para Danny e Jordan. – Este é meu primo Danny e seu amigo Jordan.

Ele apertou a mão dos dois.

– É um prazer conhecê-los. Gostaria que fosse em circunstâncias melhores. Se puderem me acompanhar, por favor, há umas coisas que precisamos discutir.

Ele nos levou por um corredor que parecia ser uma sala de interrogatório. Eu me sentei à mesa no meio da sala com Jordan e Danny atrás de mim, enquanto o policial se sentava à minha frente.

– Me desculpe por ter que usar esta sala. Não tenho uma sala só minha e pensei que seria melhor ter privacidade.

– Não tem problema – respondi.

Ele deu um pigarro, parecendo pouco à vontade.

– Sei que você tem perguntas a fazer.

– Sim, tenho. Primeiro, o que aconteceu? – perguntei, já com medo da resposta.

– A morte dela foi considerada suicídio. Parece que ela estacionou o carro nos trilhos da ferrovia e esperou. Quando o maquinista a viu, era tarde demais.

O apito do trem: quando minha mãe me telefonou, eu o ouvia ao fundo. Ela passou os últimos minutos da sua vida me dizendo o quanto me odiava. Olhei enquanto um torpor se espalhava pelo meu corpo. Jordan colocou a mão no meu ombro, tentando me reconfortar.

– Ela se matou? – consegui perguntar.

Ele assentiu.

– Lamento muito pela sua perda. Sei que deve ser difícil se convencer de uma coisa dessas.

Eu me limitei a concordar, incapaz de encontrar minha voz.

– Teríamos entrado em contato com você mais cedo, mas, infelizmente, ela estava dirigindo um carro que pertence a alguém que atualmente está em nossa cadeia do condado por embriaguez em público. Depois de falar com ele e descobrir o telefone da sua mãe no que restava do carro, conseguimos juntar as peças rapidamente e identificá-la... Em especial porque havia uma ordem de prisão contra ela ligada a isso.

– Eu quero vê-la – eu disse de repente.

– Eu, er, acho que essa não é uma boa ideia.

– E por que não? Ela é a minha mãe... Eu tenho todo o direito.

Eu precisava vê-la, para ter certeza de que era ela. No fundo, já sabia que era, mas queria esta última confirmação.

– Chloe, tenho que concordar com o policial Rogers. O carro dela foi atingido por um trem. Não pode vir nada de bom daí – disse Danny atrás de mim.

Estremeci, sabendo que ele tinha razão, e olhei o policial Rogers.

– É esse o motivo?

Ele assentiu.

– Sinto muito, Chloe, mas eu realmente não acho que seja sensato fazer você passar por isso.

Jordan apertou mais meu ombro.

– Deixa isso pra lá, Chloe. Ela já fez você passar por um inferno. Não tem por que você se magoar mais.

Eu só conseguia imaginar o corpo sem vida da minha mãe, mutilado, impossível de ser reconhecido. O jeito como ela morreu pareceu combinar com sua vida: trágico e rápido. Eu só desejava que ela tivesse tentado transformar sua vida antes que fosse tarde demais.

– Tem razão. Acho que não vou conseguir ver isso. Aonde precisamos ir depois daqui?

— O que quer dizer? — perguntou o policial Rogers.
— Preciso enterrá-la. Não sei o que devo fazer.
— Ah, ela foi levada ao necrotério do hospital do condado. Entre em contato com eles e com a casa funerária.
— Chloe, vou cuidar de tudo para você, então, não se preocupe — disse Danny atrás de mim.
— Obrigada.
— Não precisa agradecer. — Ele olhou para o policial Rogers. — Há mais alguma coisa que a gente precise fazer, ou posso levá-la para casa?
— Já terminamos aqui. Já podem ir.

Agradeci a ele uma última vez — pelo que, não sei — e saí da sala, voltando pelo corredor até a porta da frente. Jordan veio atrás de mim e me abraçou enquanto íamos para o carro. Depois do incidente de hoje, eu sabia que devia afastá-lo, mas não pude. Eu me acostumei a depender dele nas últimas semanas como uma presença permanente na minha vida, e não estava pronta para abandonar isso.

Assim que voltamos para sua casa, Danny me levou até meu quarto e ligou para o hospital e a funerária, tomando todas as decisões sobre a minha mãe. Decidimos no caminho para casa que, diante da situação, a melhor opção era a cremação. Esta ideia me dava arrepios até os ossos e fiquei feliz por Danny cuidar de tudo para mim.

Peguei o telefone e liguei para o número de Drake. Minha sorte era uma merda, é claro, e caiu direto na caixa postal. Deixei um recado pedindo a ele que me telefonasse. De jeito nenhum eu ia explicar tudo pelo recado.

Tentei em seguida Amber e ela atendeu no primeiro toque.

— Alô? — disse toda animada.

Fiquei paralisada, sem saber como contar o que aconteceu.

— Chloe? Você está aí?

— Estou — grasnei. Dei um pigarro e continuei: — Sim, estou aqui.

Ela ficou em alerta máximo.

— O que foi?

— É minha mãe — eu disse sufocada.

— Ah, droga. O que ela fez agora? Juro por Deus que vou esmurrar a cara dessa vaca! Estou enjoada dessa merda! — ela rosnou.

— Não precisa se preocupar com isso. Ela morreu.

As palavras ainda pareciam erradas ao saírem dos meus lábios. Não acho que um dia eu compreenderia essa realidade.

— Ela... o quê? — perguntou Amber.

— Ela se matou.

— Eu... Ah, meu Deus, Chloe! — exclamou ela. — Logan! Logan, vem cá!

Esperei enquanto ela explicava tudo a ele. Segundos depois, ele estava na linha.

— Chloe! Você está bem? — Sua voz estava cheia de preocupação.

— Não, na verdade não — respondi com a verdade.

— Onde você está?

— Na casa da minha tia. Danny e Jordan estão aqui comigo.

— Me dá duas horas para a gente arrumar as malas e pegar a estrada. Qual é o endereço?

Dei a ele o endereço e ele prometeu que ia correr. Fiquei aliviada por ele e Amber estarem a caminho. Eu precisava de todo apoio possível. Tinha esperanças de que Drake me ligasse logo. Eu detestava afastá-lo da banda, mas eu precisava demais dele agora.

Uma batida suave na porta e Danny colocou a cabeça para dentro.

– Está tudo arranjado. Marquei um pequeno serviço fúnebre com o pregador do funeral da minha mãe, ele virá aqui depois que tudo estiver organizado e eles entrarão em contato comigo para recolher... Recolher as cinzas.

– Obrigada por fazer isso. Acho que eu não conseguiria lidar com tudo.

– Somos da família, a única família que a gente tem. Precisamos cuidar um do outro.

– Agora estamos realmente sozinhos, não é? – perguntei.

– Veja por esse ângulo. Antes de tudo, sua mãe não estava aqui para te dar apoio.

– Eu sei. Só queria que a gente pudesse ter se acertado. A última coisa que ela me disse foi o quanto me odiava. O que eu devo fazer com isso? – As lágrimas enchiam meus olhos.

Danny franziu o cenho.

– Não deixe que isso afete você. Você é uma pessoa maravilhosa, Chloe, e se ela era estúpida demais para enxergar isso, então o problema era dela.

– Obrigada, Danny. Não sei o que faria sem você e Jordan. Prometo que vou voltar com a maior frequência que puder para visitar vocês.

– Sei que você vai. Posso te perguntar uma coisa?

– Claro, o que quiser.

Ele se remexia de um pé para outro, nervoso.

– Está acontecendo alguma coisa entre você e Jordan?

Ergui uma sobrancelha, surpresa com sua pergunta.
— É claro que não. Por que acha isso?
— Só pelo jeito como ele age perto de você, e você disse que Kadi tirou fotos dos dois juntos. Pode ser honesta comigo. Não vou te criticar. Só não quero que ele se magoe.
— Não há nada entre a gente, eu juro. As fotos que Kadi tirou eram inocentes e ela tentou distorcê-las. Jordan é meu amigo e é só o que ele sempre será.

Ele pareceu satisfeito com minha resposta.
— Então, tudo bem. Desculpe, mas eu precisava perguntar.
— Eu entendo... Ele é seu melhor amigo e você só está cuidando dele. Você ficou bem depois de tudo que aconteceu com a Kadi?

Sua expressão ficou séria quando ele respondeu.
— Vou ficar bem. Eu deveria estar prevenido depois de todas as vezes que ela me magoou. Acho que o amor realmente deixa você cego.
— Você não merece o que ela fez. É minha culpa que ela até tenha vindo para cá e peço desculpas.
— Não precisa. Pelo menos agora sei que tipo de gente ela é — disse ele abrindo um sorriso fraco. — Por que você não dorme um pouquinho? Sei que está exausta.

Eu estava mesmo cansada. Drake e eu não dormimos mais do que algumas horas na noite anterior e eu estava esgotada, física e mentalmente.
— É, acho que é uma boa ideia.

Ele fechou a porta ao sair, me deixando totalmente sozinha e desligada de todos. Minhas pálpebras pesaram e finalmente se fecharam. O rosto da minha mãe foi a última coisa que vi antes de cair na inconsciência.

Várias horas depois, fui acordada com meu telefone tocando. Ainda meio adormecida, eu o peguei na mesa de cabeceira e murmurei um alô.

— Chloe, é o Logan. Estamos no portão, mas o segurança não nos deixa entrar. Gemi.

— Me deixa falar com ele.

Esperei enquanto Logan falava com o segurança da noite. Um minuto depois, o telefone foi passado a ele.

— Srta. Richards?

— Sim, Logan e Amber são meus amigos. Pode deixá-los entrar, por favor?

— Certamente, desculpe por tê-la incomodado.

Desliguei e me levantei, esticando os braços no alto. Meu corpo estava dolorido da briga com Kadi e reprimi um gemido de dor que o movimento me provocou. Não me dei ao trabalho de tomar um banho ou trocar de roupa antes de ir dormir e me sentia suja ao sair do quarto e andar pelo corredor até a escada.

Logan e Amber saíam do carro quando abri a porta. Os dois ergueram os olhos ao ouvir a porta, e Logan correu para mim assim que me viu. Ele passou os braços pelo meu corpo e me puxou para perto.

— Desculpe não ter vindo para cá mais cedo — sussurrou ele, com os lábios roçando minha orelha.

— Está tudo bem. Jordan e Danny ficaram cuidando de mim — eu disse enquanto o abraçava.

Amber veio até nós e se juntou ao nosso abraço. Era ótimo ter meus melhores amigos comigo e percebi o quanto senti falta deles durante todo o verão. Amber e Logan se tornaram uma presença fixa na minha vida há muito tempo e eu me sentia em casa com os dois me abraçando.

Logan se afastou primeiro.

— O que aconteceu?

Era estranho explicar a morte da minha mãe na entrada de carros.

— Por que não pegamos as coisas, levamos para dentro e então eu posso explicar?

Ele me deu um beijo na testa e se virou.

— Claro, mas pode demorar um pouco. Amber faz as malas como se nunca fosse voltar para casa.

Amber deu uma risadinha ao me soltar.

— Faço quando sei que você está presente para carregá-las para mim.

Ele fechou a cara ao tirar duas malas do carro.

— Cara, valeu.

Amber e eu fomos até o carro e cada uma pegou duas malas. A primeira que peguei era bem leve, mas a segunda quase me fez cair no chão.

— Meu Deus, isso pesa uma tonelada! — gemi e cambaleei para a casa.

Logan manteve a porta aberta para mim e eu passei.

— Isso deve ser da Amber. A outra é minha.

— É claro que é — bufei ao colocar as duas malas no chão.

Danny e Jordan apareceram na sala de estar e pegaram as malas perto dos meus pés. Amber e Logan estavam parados ao meu lado.

— Devo concluir que temos hóspedes? — perguntou Danny.

— Hmmm, sim. Estes são meus melhores amigos, Amber e Logan. Desculpe por não ter dito a você que eles viriam.

— Não tem problema. Enquanto você está aqui, esta casa também é sua.

Sorri ao me virar para Logan e Amber.

— Gente, este é meu primo Danny e seu amigo Jordan.

Amber riu com doçura enquanto Logan apertava a mão dos dois. Ele parecia examiná-los.

— É um prazer — murmurou Jordan antes de olhar para mim.

— Você devia ter me dito que eles viriam. Eu poderia ter autorizado a entrada deles, assim você poderia dormir um pouco mais.

— Estou bem. Eu realmente precisava ver os dois.

Ele ficou em silêncio enquanto Danny atravessava a sala e pegava algumas malas.

— Vou mostrar os quartos a vocês. — Ele olhou para Amber e Logan. — Precisam de um quarto para cada um, ou preferem ficar juntos?

Amber começou a corar furiosamente enquanto Logan ria.

— Não, ela rouba o cobertor.

Ela lhe deu um soco no braço.

— Para com isso! Somos só amigos, e nada mais.

Danny riu do constrangimento dela.

— Então, tudo bem, venham comigo.

Logan e Jordan dividiram a bagagem restante e as carregaram pela escada com Amber e eu seguindo de perto. Danny parou no quarto bem na frente do meu e abriu a porta.

— Este está vago, e o do lado também. Sintam-se em casa.

Eles colocaram as malas de Amber no quarto e Logan carregou a dele para o outro cômodo. Entrei no quarto de Amber e me sentei na cama enquanto ela desfazia as malas.

— Você está bem? — perguntou ela enquanto pendurava algumas roupas no armário.

— Na verdade, não, mas vou ficar. Acho que agora estou em choque, mais do que qualquer outra coisa. Simplesmente não parece real.

Ela me olhou com solidariedade.

— É compreensível. Quer dizer, ela era muito ruim, mas ainda assim era sua mãe.

— Quer saber qual foi a última coisa que ela me disse? Que eu sou uma pessoa horrível.

Ela se aproximou e me abraçou.

— Ah, Chloe, você sabe que não é verdade.

— É, mas é o que ela pensava de mim. Ela me ligou e disse isso na noite em que morreu.

— Eu me sinto péssima por falar mal dos mortos, mas sua mãe era uma vaca maluca. Ela tentou ao máximo acabar com você e só parou quando deu o último suspiro. Mas você venceu, Chloe... No fim, você venceu. Tem um namorado incrível, amigos e uma família que te ama mais do que qualquer coisa, e isso é algo que ela nunca teve.

E por falar no meu amado namorado, eu ainda não tinha notícias dele. Amber me soltou e peguei o telefone para ver se tinha alguma chamada perdida. Não havia nenhuma e franzi a testa. Não era típico de Drake me ignorar durante horas, mesmo quando tinha um show.

— Nada do que eu disse devia deixar você de cara feia — reclamou Amber.

— Não, não é isso. Tentei falar com Drake mais cedo e ele não me ligou de volta. Ele não costuma fazer isso.

— Ele ainda não sabe?

— Não, por isso eu estava tentando ligar. Ele ainda acha que vou embora amanhã para me encontrar com ele. Espero que ele esteja bem.

— É claro que está bem. Provavelmente só desligou o telefone ou coisa assim.

Franzi o cenho. Drake nunca desligava o telefone, só durante os shows, e ele sempre o verificava depois.

— É, talvez você tenha razão. Eu só preciso dele agora e ele não está em lugar nenhum.

— Espero que você não esteja falando de mim. Eu estou bem aqui.

Dei um pulo quando ouvi a voz de Logan. Ele me abriu um leve sorriso ao entrar no quarto e se sentou ao nosso lado na cama.

— Não, ela não consegue falar com Drake e está preocupada — Amber falou.

— Ah — disse Logan, virando o rosto.

Deixei de lado o assunto sobre Drake. Era evidente que falar nele deixava Logan pouco à vontade. Ficamos em silêncio por alguns segundos até que Amber falou.

— E aí, vai nos contar o que aconteceu?

— Ela se matou.

A boca de Amber se abriu e os olhos de Logan se arregalaram.

— Eu... Ah, nossa. Nem sei o que dizer — Amber deixou escapar.

Logan me abraçou e me puxou para perto. Ele apertou minhas costelas, tentando me reconfortar, e estremeci de dor.

Sua testa se franziu quando ele percebeu meu desconforto.

— Qual o problema?

Então me ocorreu que não tinha contado nada a eles — a morte de minha tia, o ataque da minha mãe a mim, a manipulação de Kadi, minha briga com ela, a tensão entre Drake e Jordan.

Suspirei e passei a mão pelo meu cabelo despenteado, sem saber nem por onde começar.

– Eu não contei nada do que aconteceu neste verão a vocês dois.

Amber cruzou os braços e me olhou feio.

– Eu vou mesmo ficar chateada com você quando contar?

– Você vai ficar.

Comecei pelo início, narrando tudo. A expressão de Amber foi ficando mais tensa à medida que eu falava e a mão de Logan mais rígida. Ele afrouxou um pouco quando cheguei à parte das costelas quebradas. Nenhum dos dois me interrompeu, mas eu sabia que eles estavam zangados comigo por esconder as coisas.

Amber estava furiosa quando terminei.

– Por que você não ligou pra gente? – gritou ela.

Olhei fixamente para o chão a minha frente.

– Eu não queria incomodar vocês. É minha vida e eu preciso cuidar das minhas coisas. Além disso, eu tinha Jordan e Danny aqui para ajudar.

– Danny e Jordan não são seus melhores amigos!

Voltei atrás, querendo evitar a fúria de Amber.

– Sei disso, mas vocês estavam a horas de distância. Imaginei que seria mais fácil para vocês se não soubessem o que estava acontecendo. Eu só estava pensando em vocês.

– Que papo furado, Chloe! Você sempre faz isso com a gente. Esconde as coisas até o último minuto. E devo acrescentar que sempre acaba muito bem quando você faz isso, não é?!

Seu olhar estava em Logan e senti meu rosto esquentar. Como Amber podia trazer esse assunto à tona com tudo que eu estava passando?

– Isso não é justo, Amber! Sei que errei com Logan e vou me arrepender disso pelo resto da vida! – gritei, minha irritação prevalecendo.

– Estou interrompendo? – perguntou Jordan da porta.

Levantei a cabeça e vi que ele me olhava atentamente.

– Você está bem, Ursinha Chloe?

Concordei.

– Estou ótima. Só estamos tendo uma conversa sobre as más decisões que tomei na vida.

Sorrindo, Jordan entrou no quarto e se sentou na cadeira perto da mesa.

– Adoraria ouvir isso.

Logan deu um pigarro, pouco à vontade.

– Acho que essa não é uma boa ideia.

– E por que não? – grunhiu Amber. – É bom que mais alguém veja o quanto a Chloe é teimosa pra caramba.

– Deixa disso, Amber... Isto é entre mim e a Chloe. E ninguém mais. – Logan enfatizou a última parte, e os olhos dela se semicerraram para ele.

– Somos todos grandes amigos, então isso faz com que eu seja uma parte disso. – Ela se virou para Jordan. – A Chloe aqui traiu Logan com Drake. Escondeu tudo de todo mundo, como sempre faz, e Logan pagou o preço.

Os olhos de Jordan procuraram os meus, querendo confirmação.

– Isso é verdade?

Eu me encolhi ao responder, seu olhar cheio de julgamento.

– Sim, eu estraguei tudo.

Ele franziu a testa ao olhar para Logan.

– Drake tem um jeito todo especial de ferrar com todo mundo, né?

– Já chega! – gritei antes que Logan pudesse responder. – Vocês dois vão formar o clubinho "odeio Drake" depois. Tenho muita merda com que lidar agora!

Afastei o braço de Logan e saí de rompante pela porta. Não tinha ideia de para onde ia. Só sabia que precisava me afastar. Desci a escada às pressas e saí pela porta. Continuei correndo até chegar à margem da propriedade atrás da casa. Minhas costelas machucadas gritavam quando finalmente parei de correr, segurando os quadris, ofegante.

Fiquei ali por um minuto, tentando adaptar meus olhos à escuridão. Minha respiração se acalmou aos poucos e o silêncio da noite me envolveu. Eu me lembrei da serenidade que dividia com Drake no lago Cheat. Me senti bem e deixei que a atmosfera fluísse pelo meu corpo. Ela me acalmou, e eu sentia que começava a relaxar.

Eu me sentei na grama e me recostei em uma árvore pequena. Havia várias nuvens no céu, bloqueando a lua e a maior parte das estrelas, e olhei até meus olhos começarem a ficar pesados. Se Drake estivesse aqui, tudo seria perfeito em meu mundinho.

CAPÍTULO DEZOITO

DRAKE

Perdi doze horas. Todo meu corpo parecia em chamas enquanto eu me sentava na cama e olhava o quarto de hotel. Gemi ao ver a destruição que causei na noite anterior. Meu cartão de crédito ia estourar quando me cobrassem por todos os danos.

A noite passada foi a pior viagem da minha vida. Encontrei o traficante no bar onde tocamos e ele me ofereceu uma dose de LSD depois de eu comprar mais cocaína. É claro que minha burrice topou.

A banda só teria outro show em dois dias, então decidimos ficar num hotel pela primeira vez, em vez de tentar dormir no beliche apertado. Dei alguma desculpa esfarrapada de que estava cansado quando fizemos o registro e me tranquei no quarto. Eu tinha usado ácido algumas vezes na vida e pensei que podia lidar com ele, mas o que aconteceu depois que coloquei aquele pedacinho de papel embaixo da língua foi um desastre.

Começou tudo bem, mas depois de duas horas as coisas começaram a mudar. Enquanto eu via cores rodopiando pela colcha, Chloe e Jordan apareceram na minha cabeça. Estavam de pé junto da piscina, num abraço apaixonado. Aquela imagem me fez explodir e literalmente vi o ar em volta de mim começar a estremecer com a minha energia.

As paredes vermelhas e claras assumiram a cor do sangue, que começou a pingar no chão. Peguei uma toalha no banheiro e tentei enxugá-lo, mas era demais. A toalha ficou ensopada e minhas mãos cobertas de sangue. Enxuguei as mãos na calça e na camisa, até deixá-los vermelhos também, mas minhas mãos não ficavam limpas.

Corri até o banheiro e entrei no chuveiro depois de tirar as roupas cobertas de sangue. Havia um sabonete do lado da banheira e eu o peguei. Esfreguei furiosamente minha pele enquanto a água em volta de mim ficava vermelha. Entrei em pânico com a água que caía em mim se avermelhando também. Caí de joelhos na banheira e fechei os olhos.

– Isso não é real. Não é real. Isso. Não. É. Real – entoei.

Quando abri os olhos, a água vermelha tinha desaparecido, junto com o sangue que cobria meu corpo. Soltei um suspiro de alívio ao fechar a água e pegar outra toalha no gancho. Eu a enrolei na cintura e voltei aos tropeços para o quarto, me sentando na cama. Meu alívio durou pouco quando percebi que as paredes ainda estavam cobertas de sangue. Eu estava num daqueles quartos de hotel caros o bastante para que nada fosse aparafusado, então peguei o abajur ao meu lado e joguei na parede.

O barulho dele se espatifando ao bater na parede ecoou pela minha cabeça sem parar, até que senti meus ouvidos sangrarem. Levantei a mão e procurei o sangue, surpreso ao ver que não tinha nenhum.

Depois disso, as coisas ficaram ainda mais loucas e, a julgar pelo quarto em destroços, não me lembro da maior parte disso. Além do abajur quebrado, consegui provocar danos na maior parte do ambiente. A porta do frigobar estava caída no chão; de algum modo eu a arranquei das dobradiças. O secador de cabelo do banheiro estava na cama do meu lado, sem o fio. Cocei a cabeça, tentando entender como consegui fazer isso. A gaveta da mesa de cabeceira estava no chão, aos pedaços, e as cortinas foram arrancadas da janela e esfarrapadas. Havia outras coisas espalhadas pelo chão, mas não me dei ao trabalho de olhar.

Vi o relógio na mesa de cabeceira que, de algum modo, sobreviveu ao meu ataque e gemi. Passava das duas da tarde e eu sabia que todos estariam de volta ao ônibus agora. Eu não sabia por que eles não tinham passado aqui para me pegar ao sair.

Eu me levantei lentamente, me certificando de que tudo estava em ordem. Quando descobri que não tinha quebrado as pernas, suspirei de alívio. Vesti uma calça jeans e uma camisa antes de entrar no banheiro e pegar minhas roupas da noite anterior. Gemi ao perceber que eu tinha quebrado o espelho acima da pia.

Eu quase ouvia meu cartão de crédito chorando na carteira ao colocar as roupas sujas na bolsa e sair pela porta. A mulher da recepção me olhou atentamente ao me entregar o recibo. Eu estava acostumado com atenção indesejada, mas, depois da noite passada, não tinha humor para lidar com isso.

— Quando você conseguir colocar a língua de volta na boca, talvez queira mandar alguém limpar o quarto. E, sim, sei que vão me cobrar pelos danos — vociferei.

Sua boca se abriu e não pude deixar de rir ao me virar e sair pela porta da frente. O hotel só ficava a algumas quadras de onde tínhamos deixado o ônibus estacionado. O calor do verão me fez suar antes mesmo que eu tivesse andado por uma quadra e me arrependi de não vestir uma camiseta sem manga e short. Meu cabelo estava colado na testa quando voltei ao ônibus.

Os caras estavam sentados à mesa jogando cartas, mas Jade não estava em lugar nenhum quando entrei. Os dois se viraram para olhar quando subi a bordo.

– Tenho uma pergunta para você – disse Adam.

– O que é? – perguntei, reprimindo um bocejo.

– Por que você tem celular? – Ele ergueu a sobrancelha.

– Hmmm, para eu ligar para as pessoas. E para que Chloe possa me mandar fotos pelada. Por quê?

– Não vejo como uma dessas coisas pode ter importância, uma vez que você nunca se incomoda de levar ou manter ligado quando o leva. – Ele tirou meu celular do bolso e o estendeu. – Eu podia ter olhado cada foto nele, inclusive as de Chloe pelada.

Fui à mesa e arranquei o telefone da sua mão.

– Mas como você gosta da sua cara do jeito que é agora, sei que não fez isso.

Ele riu.

– Não, não fiz. Mas, se eu não gostasse tanto de Chloe, provavelmente teria feito. – Em seguida, ele me disse: – Jade ficou tentando ligar para você até que notou seu telefone conectado do lado do seu beliche. Depois disso, ela ficou meio irritada.

– Por quê? Vocês sabiam onde eu estava.

– Batemos na sua porta por uns dez minutos hoje de manhã. Não tivemos resposta, então achamos que você poderia ter ido embora. Chloe ligou para Jade quando voltamos para cá e foi assim que percebemos que você tinha sumido de novo – disse Eric.

– Mas não dissemos isso a Chloe. Ela ia matar a gente – resmungou Adam.

– Peraí, a Chloe ligou para Jade? Quando? – perguntei.

Eric e Adam trocaram um olhar.

– Hoje de manhã, logo depois que voltamos ao ônibus. Ela estava preocupada porque não conseguia falar com você.

Xinguei, odiando o fato de que deixei Chloe preocupada. Eu tive tanta pressa ontem à noite, tentando me livrar de todo mundo, que não me lembrei do telefone. Estava mais preocupado com a merda das minhas drogas do que com Chloe.

– Ela disse o que queria? – perguntei.

De imediato, entendi que havia algo errado porque Adam virou o rosto.

– Liga para ela.

– Primeiro me diz qual é o problema! – gritei.

Adam olhou para Eric.

– Fala *você*. Eu estou cheio dessa merda.

Eric e eu olhamos para Adam, que saiu rapidamente do ônibus antes de eu me virar para Eric.

– E então?

Ele suspirou.

– Chloe ligou hoje de manhã porque não conseguia falar com você. Acho que ela estava tentando desde ontem à noite. Enfim, ela ficou preocupada o bastante para ligar para Jade e saber de você. Nessa hora, percebemos que você tinha sumido de novo, mas não queria preocupar Chloe, então disse a ela que você estava no hotel, dormindo.

– Tá legal, mas por que Adam fugiu daqui rapidinho?

– Você vai ficar puto com você mesmo quando eu contar.

— Eu já estou puto comigo mesmo por deixá-la preocupada. Conta logo, merda!

— Ela não ia voltar hoje. A mãe dela se matou. Ela estava muito perturbada, mas Danny está cuidando de tudo para ela, e Logan e Amber foram para a casa dele ontem de madrugada. Ela não está sozinha, mas precisa de você lá.

Xinguei e chutei o banco ao meu lado. A dor disparou pelo meu pé, mas eu a ignorei. Eu estava doidão, enquanto ela ficava sozinha com Logan e Jordan. Eu a deixei sozinha com dois babacas enquanto ela estava em um momento totalmente vulnerável. Eu podia muito bem ter embrulhado Chloe para presente. E a mãe dela? O que foi que aconteceu?

— Cadê a Jade? — perguntei.

— Saiu, procurando você. Já faz algum tempo, então ela deve voltar logo.

— Espero que sim. Precisamos ir. Tipo agora.

Eric falou, mas de repente fiquei surdo ao ver as paredes do ônibus tombarem e rodarem. Balancei a cabeça, tentando clarear, depois lentamente tudo voltou ao lugar.

Era isso que eu mais detestava no LSD. Embora eu não ficasse doidão por muito tempo, ele voltava à tona ao acaso por semanas depois que o tomava.

Fiquei meio tonto ao sentar no banco ao meu lado.

Eric me olhou com preocupação.

— Você está legal?

— Estou, só meio tonto. — Fechei os olhos e esperei que a vertigem passasse.

Meus olhos se abriram quando a porta do ônibus bateu na parede. Pisquei várias vezes, vendo Jade subir correndo a escada.

— Ah, graças a Deus. Se eu tivesse que dizer para Chloe que você sumiu de novo, ela nunca mais me perdoaria! — disse ela ao me abraçar com força.

Adam entrou atrás dela e fechou a porta.

— Eu te disse que ele estava aqui. — Ele me olhou incisivamente. — Mulher maluca.

Ri enquanto Jade se afastava.

— É, estou aqui. Agora podemos pegar a estrada?

Eric foi à frente e se sentou no banco do motorista.

— Claro. Agora liga para a Chloe.

Dei um pulo do banco e fui para o meu beliche, digitando o número dela enquanto andava. Ela atendeu no primeiro toque.

— Drake? Ah, graças a Deus! Eu estava entrando em pânico! — gritou ela ao telefone.

Afastei o celular da orelha e estremeci.

— Ai, sim, estou aqui. Desculpe, gata, deixei o telefone no ônibus para carregar e esqueci de pegar quando fui para o hotel.

— Está tudo bem. Só achei que tivesse acontecido alguma coisa com você.

— Não se preocupe comigo. Você está bem?

Ela ficou em silêncio por um minuto antes de responder.

— Jade contou a você?

— É. Lamento não estar aí com você. Estamos a caminho agora.

— A banda toda? — perguntou ela, aparentando surpresa.

— Bom, é. Todos querem ficar ao seu lado e, além do mais, de que outro jeito eu ia chegar aí? Quer que eu vá a pé pelo caminho todo?

— Ah, claro. *Dããã*. Desculpe, minha cabeça não está muito boa agora. — Ela riu de si mesma.

– Está tudo bem. Estamos ao norte da Pensilvânia, então vamos levar algumas horas para chegar aí.

– Espere um minuto – disse ela e ouvi vozes ao fundo. – Tudo bem, vou descer daqui a pouco – eu a ouvi dizer.

Esperei com impaciência, torcendo para que a pessoa com quem ela falava não fosse Logan ou Jordan.

– Desculpe, voltei. Jordan disse que Danny quer falar comigo, então, preciso ir. Me liga quando estiver chegando.

– Tudo bem... Te amo – eu disse, infeliz. Não importava o que qualquer um deles dissesse, eu não estava satisfeito com Jordan perto dela, em especial agora que ela estava sofrendo e vulnerável.

– Te amo – disse ela e desligou.

Suspirei e joguei o telefone no travesseiro ao meu lado. Agora eu faria o jogo da espera, preso nesta merda de ônibus, com Chloe precisando de mim. Senti minha raiva ferver por toda a situação e dei um soco na lateral do ônibus.

Adam apareceu ao meu lado e se abaixou para olhar meu beliche.

– Qual é o seu problema?

– Nada, só estou preso nesta merda de ônibus enquanto Jordan e Logan cuidam de Chloe por mim, é só isso – eu disse, chutando desta vez a lateral do ônibus. Eu torcia para que, se ficasse marcado, eles não percebessem e precisassem pegar meu depósito quando eu o devolvesse.

– Cara, fica frio. A Chloe é uma garota legal. Ela não vai fazer nada pelas suas costas. Caramba, eu nem sou namorado dela e confio nela. – Ele coçou a cabeça com uma expressão desnorteada, surpreso com a própria admissão.

Não pude deixar de rir com a surpresa dele.

– Está tendo uma queda pela minha garota, Adam?

– Não, mas se ela um dia topar um *ménage*, me conta.

Olhei feio enquanto socava sua perna.

– Merda, eu só estava brincando! – Ele deu um pulo para trás, saindo do meu alcance.

– Mas, então, não é com a Chloe que estou preocupado. É com Jordan e Logan. Os dois me detestam e estão a fim dela. Isso não tem cara de que vai terminar bem.

– Amber está lá com ela, não é? – perguntou ele.

– É, por quê?

– Porque ela vai cuidar da Chloe. Aquela garota pode tirar o couro de alguém, quando precisa. – Seu olhar ficou pensativo enquanto ele falava em Amber. – Estou imaginando se ela vai querer ficar comigo quando eu estiver lá. Com todas as merdas que você anda fazendo ultimamente, já faz muito tempo desde que eu transei.

Revirei os olhos. Amber e Adam ficaram bem antes de Chloe e eu ficarmos juntos e ela era a única garota que conheci com quem ele saiu mais de uma vez. Nunca perguntei, mas tinha certeza de que estava rolando alguma coisa entre aqueles dois além de apenas o sexo. Adam negaria, é claro; o cara era pior com o compromisso do que eu.

– Você vai ter que se entender com ela.

– Ah, eu vou, não acho que ela vá me rejeitar. Quer dizer, ela já ficou a fim de mim. Ela sabe o que está perdendo desde que viajei.

– Mas não deixa a garota irritada, tá legal? Isso dificulta as coisas entre mim e Chloe.

— Tanto faz. Amber não é do tipo grudento, então acho que você não precisa se preocupar com isso. — Ele se virou e se afastou.

Apesar do que ele disse, fiquei preocupado. Se eles terminassem se odiando, isso colocaria Chloe bem no meio, porque ela estava comigo e eu vinha num pacote. Quem me pegava, levava a banda junto.

Meus pensamentos vagaram de volta a Logan e Jordan e cerrei os dentes com raiva. Se um dos dois tocasse nela, eu mataria. Enquanto levantava a mão para passar no cabelo, ela roçou na lateral da minha calça. Eu tinha um saco novo de cocaína e estava me coçando para usar. Seria a coisa certa para me livrar da tensão.

Eu me levantei da cama e fugi para o banheiro. Tirei o saco do bolso, peguei o espelho e a nota no esconderijo embaixo da pia. Não que ficassem muito em evidência, mas eu precisava esconder bem de qualquer coisa que a banda usasse com frequência.

Eu os coloquei na bancada e preparei duas carreiras pela superfície do espelho, devolvendo o saco ao bolso. Depois de enrolar a nota, eu me abaixei e cheirei as duas carreiras rapidamente, com os olhos lacrimejando. Limpei o espelho e o enfiei embaixo da pia com a nota, depois me sentei no chão e me recostei na pia.

Eu começava a sentir os efeitos quando a porta se abriu e Eric entrou. Eu me xinguei por não trancar a porta enquanto ele me via sentado no chão de olhos injetados. Nós dois ficamos petrificados, nos encarando.

— Está... Está tudo bem com você? – perguntou ele.

— É, eu tô ótimo. Só precisava ficar sozinho — respondi sem convencer.

— Sabe que podia fazer isso no seu beliche, né? Por que seus olhos estão vermelhos? Você estava chorando?

— O quê? Não, só tinha uma coisa neles e vim aqui lavar. Quem está dirigindo?

— Jade está dirigindo. Quer falar de alguma coisa? Sabe que não estou aqui para julgar — perguntou ele, sem se deixar abalar.

Gemi mentalmente. Se ele deduzisse o que eu estava fazendo, contaria a todos os outros e a coisa ganharia novas proporções. Eles contariam a Chloe também e estaria tudo acabado.

— Não, eu estou bem. Como disse, tinha uma coisa no meu olho.

Ele me olhou atentamente enquanto eu me levantava e passava por ele, saindo pela porta. Soltei um suspiro de alívio quando ele entrou no banheiro e fechou a porta. Crise evitada. Se ninguém descobrisse que eu estava usando de novo, tudo ia ficar bem.

Eu me sentei à mesa com Adam e olhei pela janela os quilômetros desaparecerem atrás do ônibus. Eu me sentia leve e até meio feliz por causa da cocaína e, a cada quilômetro que passava, meu coração se tranquilizava. Eu estaria com Chloe logo e tudo ia ficar bem.

Eric voltou do banheiro e pegou o volante de Jade. Ela voltou e se sentou com a gente, com um baralho na mão.

— Quem quer me dar alguma grana? — perguntou ela, animada.

Gemi e baixei a cabeça na mesa. Eu estava ficando sem dinheiro muito mais rápido do que queria pensar e não podia perder mais cem pratas para nossa vigarista.

— Hoje não. Vou te dever uma casa quando o verão acabar — eu disse.

— Eu também, você blefa! — disse Adam ao meu lado.

Ela fez beicinho.

— Eu não blefo. Vocês é que são péssimos nas cartas. Eric também.

— Eu ouvi! — gritou Eric da frente.

— Tá legal... Não vamos apostar dinheiro de verdade, vamos jogar só por diversão. Fechado?

Olhei para Adam, que deu de ombros.

— Claro, por que não?

Jade abriu um sorriso largo e deu as cartas. Adam e eu passamos as duas horas seguintes levando uma surra dela no pôquer. Nunca vi alguém tão bom com as cartas na vida.

— Você devia jogar em Las Vegas. Provavelmente ganharia mais dinheiro do que tocando numa banda — resmunguei.

Ela riu.

— Que diversão há nisso, quando eu tenho vocês aqui para matar?

Adam jogou as cartas na mesa.

— Tô fora, que merda!

Joguei o meu também.

— Jade venceu. De novo.

Olhei pela janela e sorri ao perceber que estávamos a cerca de vinte minutos de Chloe. Eu me levantei e só faltei correr para pegar o telefone no travesseiro. Digitei seu número, quicando animadamente enquanto esperava que ela atendesse.

— Alô?

Jordan. Toda felicidade que senti me abandonou ao ouvi-lo atender ao telefone dela.

– Onde está a Chloe? – gritei.

– Está dormindo. Por quê? – perguntou ele numa voz calma demais.

– Estou quase chegando e quero que ela saiba.

– Espera um minuto... Deixa ver se consigo acordá-la.

Ouvi que ele baixava o telefone.

– Chloe. Ei, Ursinha Chloe, acorde – sussurrou ele.

Ouvi que ela gemeu e quase joguei o telefone pelo ônibus. Ele estava lá com ela, enquanto ela dormia. Alguns segundos depois, ele pegou o telefone de novo.

– Não consigo acordá-la. Vou tentar de novo daqui a alguns minutos. Vou cuidar para que ela esteja acordada quando você chegar.

– Você está na cama com ela? – perguntei, usando minha voz baixa e mortal.

O ônibus ficou em silêncio enquanto Jade e Adam ouviam. Jordan não disse nada por um minuto.

– Estou, mas não é o que você pensa.

– Então, que merda é essa? É a segunda vez que eu sei de você na cama com ela! – gritei, sem me preocupar com quem estava ouvindo.

– Calma. Ela estava tendo um pesadelo quando vim vê-la. Eu me deitei com ela para acalmá-la. Ela estava perguntando por você, mas como você não estava aqui, tive que fazer o seu trabalho. De novo.

– Bom, isso não é nada conveniente para você. E que merda isso deve significar, fazer meu trabalho de novo? – perguntei ao ouvir o sangue pulsando pelas minhas veias.

– Você sabe muito bem do que estou falando. Você fica fora tocando com a banda enquanto eu fico aqui, cuidando dela. Só queria que ela abrisse os olhos e percebesse que está perdendo tempo com você.

— Ela não está perdendo tempo comigo... Eu amo a Chloe e ela sabe muito bem disso, porra! Se ela tivesse me contado o que aconteceu, eu estaria aí num segundo. Ela me disse para ficar longe.

— Então, talvez ela perceba que eu sou mais capaz de cuidar dela.

— O que houve com a trégua que você tentou estabelecer no estacionamento? Eu sabia que era papo furado e, olha só, eu tinha razão. Esse tempo todo você queria ficar com ela.

— É claro que eu quero! Você está com ela, então não preciso dizer a você como a Chloe é incrível, por dentro e por fora. Seria idiotice não querê-la!

Ele falava em voz baixa e eu sabia que tentava não acordá-la.

— Ela sabe disso?

— É, ela sabe. É claro que ela me deu um fora por sua causa.

— Ele parecia amargurado e eu sorri.

— É bom saber disso. Ela vai ficar emocionada quando eu contar a ela desta conversinha.

— Vai se foder, babaca, vou negar tudo. Diga a ela e vou usar isso como munição contra você.

Eu sabia que ele tinha razão. Chloe tem sido paciente comigo, mas ela sabia que eu detestava que ela ficasse com ele. Ela pensaria que era só outro jeito de eu tentar afastá-la dele.

— Ele não precisa me contar nada... Eu ouvi tudo — disse Chloe, meio abafada pelo telefone.

Meu coração deu um salto e ri como um idiota.

— Isso, merda! — gritei, socando o ar. — Passe o telefone para Chloe!

Jordan não disse nada e a colocou na linha.

— Drake? — perguntou Chloe.

— Quem mais seria? A não ser que você tenha outro namorado de quem ele esteja tentando te roubar — perguntei com sarcasmo.

— Muito engraçado. Onde você está?

Olhei pela janela.

— A uns dez minutos daí.

— Vou ligar para a segurança e dizer que vocês podem entrar. Encontro vocês na frente.

Sorri ao colocar o telefone no bolso. Eu não tinha dúvida de que Chloe estava dando uma bronca em Jordan agora mesmo. Que pena que eu não estava perto para ouvir.

CAPÍTULO DEZENOVE

CHLOE

— Por onde devo começar? – gritei.
Jordan atravessou o quarto. Ele sentou-se na cadeira ao lado da mesa e me lançou um olhar suplicante.

— Desculpe, tá legal? Eu não pretendia dizer o que disse... Ele simplesmente explodiu e eu rebati. Ele é um babaca, Chloe! Por que você não vê isso?

— Estou enjoada de você falar merda dele, Jordan! Eu amo o Drake e sempre o amarei. Eu quero *Drake* e não você, nem Logan, nem nenhum homem no mundo!

— Ele vai magoar você! Eu já te disse isso muitas vezes, mas você ainda não consegue enxergar! – Jordan gritava também, ficando furioso.

— Se ele me magoar, vai me magoar. Mas não cabe a você ficar cuidando de mim. Eu já te disse que se você não consegue aceitá-lo, não quero você por perto e eu falo sério. Fique longe de mim, Jordan.

As lágrimas enchiam meus olhos, mas me mantive firme. Drake estava certo sobre Jordan o tempo todo e eu me recusei a enxergar. Eu amava Jordan, mas não deste jeito e, se ele não conseguia aceitar Drake, então eu não podia mais aceitá-lo como amigo.

— Não pode estar falando sério, Chloe — sussurrou ele.

— Sim, estou. Se você não consegue aceitar Drake, então, eu não aceito você.

Ele me olhou fixamente, com a descrença estampada no rosto.

— Tudo bem, se é assim que você quer. De agora em diante, procure ele quando precisar de alguma coisa, e não a mim!

Ele se levantou e abriu a porta num rompante. Vi quando ele se virou e me lançou um último olhar antes de bater a porta ao sair.

Fiquei firme enquanto brigávamos, mas, depois que ele saiu, perdi as forças e desabei na cama. Seria demais pedir um namoro normal com um cara? Primeiro Logan, agora Jordan. Bufei. Pelo menos eu não precisava me preocupar com Danny dando em cima de mim. Depois estremeci. Eu não queria chegar a esse ponto.

Olhei o relógio e dei um pulo da cama. Drake e a banda chegariam a qualquer segundo. Eu estava péssima: meu cabelo estava amarrado num coque bagunçado e eu usava uma blusa velha do Nine Inch Nails e um short cortado. Não me importei. Só pensava em descer e encontrar Drake.

Corri como uma louca escada abaixo e saí pela porta, chegando à entrada justo quando o ônibus estacionava. Meu coração deu pulos ao vê-los se aproximar. Drake finalmente estava aqui e tudo ia ficar bem. Eu me virei enquanto Amber saía da casa para se juntar a mim, seguida por Logan e Danny. Jordan não veio.

O ônibus nem tinha parado completamente quando as portas se abriram e Drake saiu tropeçando dele. Eu me senti em um daqueles filmes antigos enquanto corria e me encontrava com ele no meio do caminho. Ele me pegou no colo e me girou, rindo.

– Senti tanta saudade, Chloe, mesmo que tenha sido só um dia.

Continuei abraçada com ele enquanto ele me colocava no chão. Eu me sentia segura com seu abraço, seu cheiro me envolvendo e dominando meus sentidos.

Encostei a cabeça em seu peito.

– Eu também senti saudades. Estou tão feliz por você estar aqui.

– Só vou embora de novo quando você puder ir comigo, mesmo que isso signifique cancelar cada show que ainda temos. Estou cheio dessa merda de ficar separado durante todo o verão – sussurrou ele no meu ouvido.

Seu hálito fazia cócegas na minha pele, me fazendo tremer de desejo. O calor que sempre existia entre a gente ainda estava ali, apesar da plateia. Eu me afastei, precisando manter meu corpo sob controle, enquanto Jade e os caras saíam do ônibus.

Todos me abriram um sorriso triste ao se aproximar.

– Oi, garota – disse Jade ao passar em volta de Drake para me abraçar.

Retribuí seu abraço até que ela me soltou e primeiro Adam, depois Eric me envolveram. Fiquei meio chocada com a afetuosidade de Adam e Eric, mas tentei não demonstrar. Mas, ao que parecia, minha surpresa estava estampada no meu rosto, porque os dois começaram a rir quando Eric se afastou.

– Não fique tão surpresa... Você agora faz parte da turma – disse Adam entre os risos.

Ri enquanto Drake passava o braço pelo meu ombro e me conduzia para a casa. Amber e Danny sorriram para a gente quando passamos, mas Logan não demonstrou qualquer sentimento. Eu detestava que a presença de Drake o deixasse incomodado. Depois de Drake, Logan era o cara mais importante da minha vida e eu queria que ele ficasse feliz.

– Imagino que vocês vão passar os próximos dias aqui, não? – perguntou Danny atrás da gente.

Todos concordaram e nos seguiram para dentro de casa.

– Por mim está tudo bem, mas não temos quartos suficientes para todo mundo. Alguns terão que dividir um quarto – disse Danny.

– Eu escolho a Chloe! – brincou Drake ao meu lado.

– Droga – grunhi –, eu queria a Jade.

Jade riu, se aproximou e me deu um beijo no rosto.

– Vá para o meu quarto depois que ele dormir. A gente não sente aquilo que não vê.

Tive uma crise de riso enquanto Adam, Logan e Drake ficavam boquiabertos.

– Ah, essa não! Se tiver ação mulher com mulher, eu quero ver! – exclamou Adam.

Amber revirou os olhos e deu um tapa no peito dele.

– Acho que você vai ficar ocupado demais comigo.

Ele sorriu.

– É mesmo. Eu me ofereço para dividir o quarto com a Amber!

– Jade pode ficar comigo, se quiser – disse Logan atrás de mim.

Eu me virei para ele, surpreso. Ele e Jade sempre se deram muito bem, mas eu não tinha percebido que eles eram próximos o bastante para dividir um quarto.

– Obrigada, Logan, agradeço por isso. Pensei que ia precisar ficar com o Eric. Ele chuta enquanto dorme – disse Jade.

Eric bufou.

– Não chuto, não.

Logan evitou meu olhar enquanto ele e Jade subiam a escada juntos. Embora eles mantivessem certa distância, não pude deixar de imaginar se estava acontecendo alguma coisa ali. Eu queria que Logan fosse feliz e não conseguia pensar em ninguém melhor do que Jade.

– Bom, *isso* é uma surpresa – murmurou Drake ao meu lado.

– Tá legal, parece que você vai ficar com o quarto extra, Eric. Vou mostrar onde fica – disse Danny, seguindo Logan e Jade escada acima, com Eric bem atrás.

– É, Adam e eu vamos colocar a vida em dia – disse Amber com um sorriso.

– Ah, vamos mesmo. Mas, Chloe, se você e Jade quiserem brincar juntas, me diga. Vou ficar feliz em ajudar! – gritou Adam enquanto Amber o puxava pela escada.

Ri ao vê-los subir. Era bom ter todo mundo de quem gostava reunido de novo.

– Parece que somos só você e eu, amor – sussurrou Drake no meu ouvido.

– Não tenho do que me queixar. – Virei a cabeça e beijei sua boca.

– Vamos para o seu quarto.

Assenti enquanto ele pegava minha mão e me puxava pelos degraus. Ao virarmos pelo canto e chegarmos ao corredor, ele parou de repente na minha frente e esbarrei nele. Abri a boca para perguntar o que estava acontecendo quando vi Jordan parado a pouca distância, encarando Drake. Eu podia sentir a tensão crescer no corpo de Drake e sabia que ele estava esperando Jordan tomar a iniciativa.

Jordan parou de encará-lo e me olhou.

– Podemos conversar?

– Acho que não. Você disse o que precisava mais cedo – disse Drake.

– Eu não estava falando com você. Estou falando com a Chloe – soltou Jordan, fuzilando Drake com os olhos.

– Bom, eu estou falando com você. Chloe sabe o que você sente e me escolheu, então, cai fora.

– Chloe – pediu Jordan –, por favor, conversa comigo. Só preciso de um minuto.

Drake avançou para ele, furioso.

– Eu já falei... Cai fora.

– Parem! Vocês dois! – eu disse, olhando feio para eles. Eu não ia ficar ali enquanto eles se matavam. – Jordan, eu já disse o que precisava mais cedo, então, por favor, me deixa em paz.

– Não quero deixar as coisas desse jeito. Você é importante para mim. Eu só... Podemos falar nisso em particular?

Drake sorriu com malícia.

– Diga o que precisa, mas eu vou ficar. Você já ficou sozinho demais com ela.

Jordan abriu a boca para falar, mas eu o interrompi.

– Drake tem razão. Se você precisa me dizer alguma coisa, pode falar na frente dele.

Jordan olhou de um lado para outro.

— Tudo bem. Não gosto de como as coisas ficaram. Eu fui um idiota e sei disso. Não gosto do Drake e não vou fingir que gosto, mas não vou mais pressionar você por nada. Você é minha amiga antes de tudo e não quero perder isso.

— Não sei o que você quer de mim, Jordan. Eu sempre só fui uma amiga — eu disse.

— É só isso que estou pedindo. Quero que as coisas voltem ao que eram antes de eu tentar te beijar. — Drake abriu a boca para falar, mas Jordan o calou com um olhar. — Palavra-chave: *tentei*. Ela me empurrou e fez o discurso de "Drake é o amor da minha vida", então, fica frio. Ela não traiu você.

— Ainda assim você tentou beijá-la, babaca! — gritou Drake.

— É, tentei. Mas estou tentando me corrigir, então, cala a boca. — Ele olhou para mim. — Podemos consertar as coisas, Chloe?

— Não sei, Jordan. Me dá um tempo, tá bom? Ainda estou chateada com você pelo que você disse para o Drake antes.

Eu havia me aproximado de Jordan durante o verão e não queria perdê-lo como amigo, mas minha relação com Drake era mais importante.

— Muito justo. Só se lembre de que Drake não é o único que gosta de você. Somos amigos há um bom tempo, muito mais do que vocês dois estão juntos, e não quero perder isso por alguma idiotice.

— Não vai perder... Só preciso de alguns dias. Minha mãe acabou de se matar e estou tentando lidar com isso. Não preciso que joguem toda essa merda para cima de mim também — eu disse, cansada.

— Vou deixar você em paz, mas você sabe onde me encontrar quando precisar conversar.

Derrotado, ele se virou e andou pelo corredor. Eu o observei até que ele desapareceu em seu quarto e fechou a porta. Eu sabia que estava magoado e isso me deixava mal.

Drake puxou minha mão.

— Vamos.

Eu o segui para meu quarto e desabei na beirada da cama.

— Que saco.

Drake não respondeu e rolei de costas para olhá-lo. Ele ainda estava parado na porta com uma expressão irritada.

— O que foi?

— Por que você não me disse que ele te beijou?

— Está falando sério? Ele me beijou no mesmo dia em que eu soube da minha mãe. Devo ter esquecido.

— Ah, desculpe.

— Até parece que consegui falar com você, aliás — acrescentei, olhando-o sugestivamente.

Ele baixou os olhos para o carpete enquanto passava as mãos no cabelo.

— Desculpe por isso.

— Está tudo bem. Não estou chateada, só fiquei preocupada.

— Você sente alguma coisa por ele? — soltou Drake.

— Pelo Jordan? É claro que não! Você não ouviu toda a conversa cinco minutos atrás? Por que está me perguntando isso?

— Porque eu conheço você muito bem para saber quando tem alguma coisa te incomodando. Eu vi sua expressão quando ele se afastou de você. Você ficou arrasada por mandá-lo embora. Se você o quiser, não vou atrapalhar.

— Nem acredito que estamos tendo essa conversa agora! Eu não quero o Jordan! Eu só quero você!

— Tem certeza? Porque não vou ser um idiota cego como Logan foi, vivendo minha vida enquanto você está trepando pelas minhas costas.

Perdi o controle. Drake tinha acabado de dizer que eu estava com ele e o traindo com Jordan, além de ter chamado Logan de idiota.

— Vai se foder, Drake. Não pode falar comigo desse jeito e Logan não merece ser retratado assim! Ele confiou em mim. Isso não faz dele um idiota!

— Desculpe, é que estou irritado, tá legal? Eu te amo e não quero perder você. Estou cheio dessa merda.

— É, está mesmo — resmunguei.

Ele me lançou um olhar e revirei os olhos.

— Eu também te amo. O que fiz com Logan foi errado e não vou fazer com mais ninguém, especialmente com você.

— Eu não quero te atrapalhar.

— E não vai. Como eu disse, eu te amo e eu nunca faria nada para estragar isso.

Ele atravessou o quarto, subiu na cama e montou em mim.

— Eu também não quero estragar nada. Sei que vou fazer idiotices e chatear você de vez em quando, mas prometa que você não vai me deixar por causa disso.

Sua boca estava perto da minha e vi seus lábios se mexerem enquanto ele falava.

— Prometa para mim, gata.

— Não vou deixar. Nada pode nos separar.

— Estou contando com isso. — Ele sorriu ao me beijar.

...

Os dias que se seguiram se transformaram em um borrão de risos e lágrimas. As coisas ainda estavam tensas entre mim e Jordan, mas, com a banda por perto, eu me via rindo muito mais, especialmente quando Adam abria a boca. Eu geralmente chorava quando estava sozinha na cama com Drake tarde da noite. Ele me abraçava até que o choro parasse e, com muita frequência, eu adormecia aninhada em seu peito.

Danny cumpriu com sua palavra e cuidou de cada detalhe relacionado a minha mãe. Até mexeu uns pauzinhos para acelerar um pouco o processo. Menos de uma semana depois da morte da minha mãe, Danny pegou as cinzas dela e fez um pequeno serviço fúnebre em sua homenagem. Eu não conhecia nenhum dos amigos dela e também não teria convidado ninguém, por isso o serviço foi pequeno, apenas com a presença do meu grupo de amigos.

Nunca fui religiosa, mas Danny solicitou um pregador no funeral e concordei para agradá-lo. Danny armou uma tenda temporária no gramado atrás da mansão e, sentada na fila da frente ao lado de Drake, ouvindo o pregador falar da vida eterna, do perdão, do sacrifício e da redenção, rezei pela primeira vez na minha vida.

Rezei para que se houvesse vida após a morte minha mãe a encontrasse e também a paz que ela nunca conseguiu ter aqui, e que todos os seus pecados fossem perdoados. Eu sabia que estava pedindo muito, mas torcia para que minha oração fosse o suficiente.

Só percebi que estava chorando quando Drake estendeu a mão e enxugou meu rosto com um lenço. A ternura desse pequeno gesto aqueceu meu coração e apertei sua mão em agradecimento. Ele me abriu um leve sorriso ao pegar minha mão e beijá-la.

Danny me deixou decidir o que fazer com as cinzas da minha mãe. No início, eu não sabia o que fazer com elas, mas, depois de uma ida à praia na tarde do dia anterior, entendi que aquele teria sido o desejo dela. Apesar de seus vícios, ela era um espírito livre e eu não conseguia pensar em nada melhor do que deixá-la vagar pelo mar, carregada ao mundo pela maré.

Depois que o pregador terminou o serviço e saiu, Danny e eu fomos de carro à baía e embarcamos em seu iate particular. Eu tinha pedido que todos, menos ele, ficassem na casa. Era algo que eu precisava fazer sozinha, mas, como eu não sabia pilotar o barco, Danny concordou em ir comigo. O barco era dele e ele compreendia melhor do que qualquer um os meus sentimentos e eu precisava daquele conforto.

Eu me sentei no convés com a urna apertada em minhas mãos enquanto via a praia desaparecer atrás da gente. Ele me levava cada vez mais para dentro do mar, até que não conseguíamos mais ver a margem. Ele desligou o motor e se sentou ao meu lado sem falar nada.

– Acho que não posso fazer isso – sussurrei.

– Não precisa ter pressa, Chloe. Podemos ficar aqui o tempo que você quiser.

– Obrigada, não só por isso, mas por tudo que você fez por mim.

– Somos da família e sei que você faria o mesmo por mim. Eu amo você.

– Amo você também.

Ficamos sentados em silêncio enquanto o barco balançava suavemente. Minha mente entrou em parafuso quando pensei em todos os momentos em que minha mãe me machucou. Tentei ignorá-los e me concentrar em pensamentos mais felizes ao lado dela, mas a triste verdade é que havia poucos. Ela nunca disse que me amava, ou mesmo que tinha orgulho de mim.

Uma lágrima escorreu pelo meu rosto quando me levantei e fui à beira do convés. Tirei a tampa e olhei a urna nas mãos. Isso não era só um adeus, era a paz. Segurei a urna pela borda e virei de lado, deixando que as cinzas deslizassem lentamente. Uma brisa as apanhou e carregou para longe, até que não restava nada.

Olhei a urna vazia nas mãos antes de jogá-la no mar. Não havia conforto naquele objeto, só uma concha vazia e uma lembrança da dor que minha mãe me causou. Vi quando a urna bateu na superfície da água e afundou nas profundezas escuras. Enquanto submergia, deixei que levasse toda a dor e pesar com ela. Eu deixaria minha dor ali, no meio do mar, e começaria de novo.

Abracei meu corpo e me virei para Danny.

– Estou pronta.

– Tem certeza? Podemos ficar mais tempo, se quiser.

– Não, não há nada aqui e nunca houve.

Ele se levantou e me abraçou.

– Então, tudo bem, vamos para casa.

Ele ligou o motor e nos levou de volta à margem. Eu olhava bem à frente, me recusando a olhar para trás. Estava deixando tudo para trás.

Ancoramos e o ajudei a amarrar o barco, antes de ir de carro para casa. O trajeto de carro foi silencioso assim como a viagem de barco de volta à praia e agradeci por Danny tentar me dar espaço.

Drake estava do lado de fora quando encostamos perto da casa e eu sorri ao vê-lo. Apesar dos acontecimentos da vida, eu sabia que sempre o teria ao meu lado. Assim que Danny estacionou, saí do carro e corri direto para seus braços.

Ele cambaleou com o impacto.

– Você está bem, gata?

– Agora estou.

– É bom ouvir isso. Vamos entrar. Allison preparou um jantar para a gente.

Entramos, com Danny bem atrás. Assim que coloquei os pés na casa, meu estômago roncou em resposta ao cheiro que vinha da sala de jantar. Todos já estavam sentados à mesa, comendo, quando entramos.

Sorri enquanto me olhavam.

– Espero que tenham guardado comida para a gente.

Adam bufou.

– Aqui, é cada um por si. Acho que não vou sobreviver depois de voltar a comer os biscoitos do Drake no ônibus... Essa comida é demais.

– Eu sabia que você estava roubando os biscoitos! Idiota, eu perguntei e você negou! – disse Drake, fingindo estar irritado.

– Não, você perguntou se eu toquei nas suas merdas, o que eu não fiz. Eu comi seus biscoitos.

Eles continuaram com as implicâncias enquanto nos sentávamos à mesa e ríamos. Allison se superou, preparando todos os meus pratos preferidos. Havia muito de purê de batata caseiro e molho de carne, frango frito, linguini com camarão, patas de caranguejo, pãezinhos frescos, costeletas e duas tortas de limão.

Drake olhou com nojo quando coloquei um pouco de tudo no prato.

— Que foi? Estou com fome.

— Esta deve ser a combinação mais nojenta que vi na vida.

— Até parece que vou comer tudo junto — eu disse, revirando os olhos.

— Ainda é nojento. Não vou te beijar depois de você comer tudo isso.

Eu ri.

— Tanto faz. Suas ameaças bobas não vão me impedir.

Enquanto comia, vi Jordan pelo canto do olho. Ele estava algumas cadeiras longe de mim, envolvido numa conversa com Danny. Drake e eu conversamos na noite anterior e decidimos que a banda e eu iríamos embora de manhã cedo para que eles não perdessem mais nenhum show. Eu precisava acertar as coisas com Jordan antes de ir embora.

Quando terminamos o jantar, eu me levantei e fui até ele e Danny.

— Posso conversar com você um minuto? — perguntei.

Jordan ficou surpreso, mas concordou com a cabeça, levantou-se e me seguiu para fora da sala. Drake nos observava atentamente e eu parei ao lado dele.

— Preciso acertar as coisas com ele. Só nos dê alguns minutos, está bem?

Ele assentiu rispidamente, mas não disse nada.

Suspirei e levei Jordan pelas portas do pátio até a piscina. Eu sabia que tinha aborrecido Drake, mas Jordan merecia mais do que ficar naquela situação.

Eu ainda estava com a saia na altura do joelho que usei no serviço fúnebre, então me sentei na beira da piscina e coloquei os pés na água quente. Jordan sentou-se ao meu lado e se apoiou nas mãos.

– Você queria conversar? – perguntou ele.

– Queria. Só queria te dizer que lamento muito por tudo. Eu não devia ter afastado você nesses últimos dias. Eu gosto de você, mas não desse jeito.

– Sei disso, e fui um idiota por pedir mais de você. Entendo o quanto você ama Drake e só queria ter isso com você. Você é diferente de todo mundo e não posso deixar de sentir o que sinto por você, mas, de agora em diante, isso não será problema.

Apertei seu ombro.

– Fico feliz por você entender a nossa situação. Não quero ir embora amanhã se a gente não estiver bem.

Seu ombro se contraiu embaixo de minha mão.

– Você vai embora amanhã?

– Vou, a banda precisa voltar para a estrada e Drake não vai sem mim.

Ele afastou minha mão ao se levantar.

– Entendi. Veja se volta para uma visita, quando ele deixar.

Eu o vi voltar para a casa, meu coração pesado. Apesar do que nós dois dissemos, de maneira nenhuma ele ficaria bem enquanto eu estivesse com Drake e eu precisava aceitar isso. Drake era a parte mais importante de minha vida e se Jordan não conseguia aceitar isso, então, que fosse.

CAPÍTULO VINTE

CHLOE

Tinha algo errado com Drake, mas eu não conseguia saber o que era. Eu estava em turnê com a banda por pouco mais de uma semana e tudo corria tranquilamente, menos Drake. Seu humor estava começando a me deixar maluca. Num minuto ele era o Drake de sempre, animado, no seguinte, gritava comigo e explodia pelas menores coisas.

A pior briga, e também a mais idiota, foi quando eu tentei ser legal e arrumar o ônibus para eles enquanto estavam ensaiando no bar antes do show. Limpei cada centímetro do ônibus, da cozinha improvisada ao banheiro, e até dei uma passada numa loja local e reabasteci tudo, de papel higiênico aos seus venerados biscoitos.

A banda agradeceu o meu trabalho árduo, mas Drake surtou e gritou comigo. Chocada com sua explosão, fiquei em choque enquanto ele berrava. Quando ele terminou, foi para o banheiro pisando duro e se trancou ali por mais de uma hora. Quando saiu, pediu desculpas sem parar, mas eu o ignorei. Eu estava magoada, mas também estava chateada. Tentei fazer uma coisa legal para ele e ele reagiu com raiva.

No início, achei que ele estivesse com raiva pela minha tentativa de fazer as pazes com Jordan, mas não parecia ser este o caso. Ele estava descarregando tudo em mim e na banda. Eric só faltou jogá-lo para fora do ônibus quando ele e Adam quase entraram numa briga de socos ao tentar decidir quem ia dirigir. Eu sabia que eles estavam tão preocupados quanto eu, mas não sabíamos como ajudar Drake. Sempre que um de nós tentava falar com ele sobre as mudanças de humor, ele ficava irritado ou nos rejeitava.

Faltavam só duas semanas para o fim da turnê de verão e no fundo eu fiquei feliz. Tinha esperanças de que Drake voltasse ao normal quando a gente chegasse em casa. Esta noite ele ia tocar em um dos maiores bares da turnê, em Trenton, Nova Jersey. O bar tinha tranquilamente três vezes o tamanho do Gold's, de nossa cidade, e se espalhou rapidamente a notícia que a Breaking the Hunger tocaria lá.

Faltando meia hora para começar o show, o salão estava lotado. O bar tinha reservado uma mesa perto do palco para a banda e eu me sentei com eles, observando as vagabundas e bebendo minha cerveja. Algumas tinham coragem suficiente para se aproximar de Drake enquanto ele estava sentado comigo com o braço nos meus ombros, mas ele rapidamente se livrava delas. Eu precisava admitir que havia uma vantagem naquele mau humor dele. Eu não conseguia deixar de sorrir quando ele as mandava se foder sem nenhuma educação.

Drake me abraçou até a hora de subir ao palco. Ele ficou de mau humor pela maior parte do dia, então me surpreendi quando do ele se abaixou para me dar um beijo na testa antes de me deixar sozinha na mesa. Vi quando ele seguiu os outros membros da banda até o palco e assumiu seu lugar na frente.

Ele ainda parecia o roqueiro agressivo que conheci quase um ano antes, mas eu via como estava cansado. A vida no ônibus e os acontecimentos deste verão o esgotaram, tanto mental quanto fisicamente.

Ele se apresentou e à banda antes de Jade começar a primeira música. O show foi bom, mas não um dos melhores. Quase tive um ataque cardíaco quando Drake cambaleou e quase caiu, mas ele recuperou o equilíbrio rapidamente e continuou a música como se nada tivesse acontecido.

Olhei quando puxaram a cadeira do meu lado e um cara se sentou.

— Por que está sentada aqui sozinha? — perguntou ele.

— Hmm, só estou vendo meu namorado no palco. — Enfatizei a palavra *namorado*, na esperança de que ele entendesse o recado.

— Ah, quem é ele?

Apontei para Drake.

— O que está cantando.

— Ele tem uma voz do caramba. Me lembra um pouco uma mistura de Three Days Grace e Seether, duas das minhas bandas preferidas.

— É, tem mesmo.

— Meu nome é Ron, aliás. Posso ficar aqui com você até eles terminarem? Adoraria conhecer a banda.

— É um prazer conhecê-lo, Ron, meu nome é Chloe. Eu não me importo. Sei que eles vão gostar de conhecer você, porque você não é uma garota histérica.

Ele riu.

— Não, sem dúvida não sou uma garota histérica.

Minha resposta foi interrompida pelo som estridente de um microfone sendo jogado no chão. Levantei a cabeça e vi Drake pulando do palco e correndo na minha direção. Arregalei os olhos quando ele pegou Ron e o puxou da cadeira. Saí atrapalhada do meu lugar enquanto ele o jogava na mesa e socava sua cara.

– Fica longe da minha namorada, caralho! – gritou Drake, dando outro soco.

– Para! – gritei. Tentei segurar seu braço para evitar que ele batesse de novo em Ron. Antes que eu me desse conta do que estava acontecendo, Drake virou o corpo e me empurrou. Perdi o equilíbrio e caí no chão.

Drake ficou petrificado ao me ver caída.

– Ah, meu Deus, Chloe, me desculpe.

Jade correu até mim e me ajudou a levantar.

– Você está bem?

– Estou – resmunguei.

Drake estendeu a mão para mim, mas eu o ignorei.

– Chloe, me desculpe.

– Fica longe de mim. – E apontei para Ron, que se sentava à mesa, com a mão no rosto. – Você bateu num cara inocente que estava sentado comigo porque queria conhecer você, depois me empurrou no chão. Não sei qual é o seu problema, mas, para mim, já chega!

Eu me virei e saí de rompante enquanto um dos seguranças corria para a confusão que Drake tinha causado.

– Não toleramos essas merdas, especialmente de quem se apresenta aqui. Peguem suas coisas e saiam! – eu o ouvi gritar quando alcançou Drake.

O bar estava num silêncio mortal quando passei pela plateia. As pessoas abriram caminho para eu passar e cheguei à porta em segundos. Corri até o ônibus e entrei, com Jade logo atrás.

– Não acredito no que ele fez! – gritei.

– Eu sei, querida. Isso não é típico dele – disse Jade com tristeza.

– Ele acabou de bater num cara qualquer e conseguiu que expulsassem vocês do bar. Ele estava assim antes de eu chegar aqui?

– Ele tem estado meio estranho há algum tempo, mas vem piorando.

– Qual é o problema dele? – Comecei a chorar.

Eu sentia que estava perdendo Drake e me sentia impotente para evitar. Ele estava indo embora lentamente e se recusava a conversar comigo, para eu conseguir ajudá-lo.

Eric entrou no ônibus, mais irritado do que já vi.

– Temos um problema sério.

– Acha mesmo? – resmunguei enquanto esfregava um ponto dolorido na bunda. – Onde ele está, aliás?

– Ele ajudou a guardar tudo e desapareceu.

– Não sei o que fazer, Eric – eu disse.

– Eu sei – disse Adam ao entrar no ônibus. – Vamos dar umas porradas nele.

– Adam, você não está ajudando em nada – disse Jade, olhando feio.

– Acho que sei o que está acontecendo com ele, mas espero estar enganado – disse ele ao se sentar à mesa.

– O que é? Me diga e vamos consertar isso – pedi.

– Não acredito que você possa.

– Mas que droga, Eric, fala logo – rosnou Adam.

– Acho que ele está usando de novo.

– Usando? Quer dizer *drogas*? Drake não faria isso – eu disse, confusa.

– Eu não pensei que ele voltaria com isso, mas tudo diz que sim. As oscilações de humor, as explosões aleatórias de raiva, os sumiços constantes. Tudo isso faz sentido. Eu o conhecia antes de ele ir para a reabilitação e era quase exatamente assim.

Sentei na cadeira de frente para ele.

– Não é possível que ele esteja fazendo isso. Ele sabe o que eu acho sobre drogas, depois de tudo o que aconteceu com a minha mãe. Ele sabe que me perderia. Não vou passar por isso de novo.

– Acho que ele tem razão, Chloe. Andei pensando a mesma coisa, mas tive medo de dizer – disse Jade com tristeza.

– Vocês estão todos errados. Ele não faria isso! – Eu só faltava gritar.

Pulei da cadeira e fui até o beliche de Drake para pegar minha bolsa.

– Aonde você vai? – perguntou Adam quando fui à porta.

– Para um hotel. Não posso lidar com isso agora.

Saí do ônibus e corri para o meu carro. Dirigi um pouco pela cidade, tentando esfriar a cabeça. De jeito nenhum Drake podia estar usando de novo. Eric devia estar enganado. Drake sabia do meu passado e viu como minha mãe ficou ferrada por causa das drogas. Sabendo o quanto eu detestava aquilo, de maneira nenhuma ele se arriscaria em me perder: nós dois nos amávamos demais.

Enfim parei em um hotel qualquer a alguns quilômetros do ônibus. Eu disse a mim mesma que eu não queria precisar procurar o caminho de volta pela manhã, mas a verdade era que eu queria estar perto, caso Drake ligasse. Sim, eu estava com muita raiva dele por esta noite, mas queria que ele se abrisse comigo. Talvez no dia seguinte ele percebesse que precisava fazer isso.

Depois de pagar pela noite, carreguei minhas coisas para dentro e olhei o quarto. Eu me encolhi e pensei na decisão de ficar naquele lugar ao ver o ambiente sombrio. O quarto era até limpo, mas velho. As paredes estavam meio manchadas e o papel de parede descascava em alguns lugares. Olhei a cama. Parecia boa, mas sem dúvida nenhuma eu vestiria pijama para dormir, só por precaução.

Tomei um banho rápido e olhei meu telefone, mas não havia chamadas perdidas. Derrotada, subi na cama e puxei as cobertas. Talvez amanhã. Afinal, seria um novo dia.

...

Não havia chamadas perdidas quando acordei na manhã seguinte. Perdi as esperanças ao me vestir e voltar de carro até o ônibus sem nenhuma notícia. O incrível era que o ônibus ainda estava estacionado naquela vaga. Eu tinha medo de que o bar obrigasse a banda a sair de sua propriedade.

O ônibus estava silencioso quando entrei. Jade estava sentada à mesa com o laptop aberto. Ela levantou os olhos e me abriu um sorriso fraco quando fechei a porta depois de entrar.

– Bom dia.

– Bom dia. Ele apareceu? – perguntei, com medo de olhar para o fundo e ver o beliche de Drake ainda vazio.

Ela suspirou.

– É, ele voltou no meio da noite. Estava bêbado e teve um ataque quando viu que você saiu. Pensou que você tivesse ido embora e foi atrás de você. Como mal conseguia ficar de pé, nós o convencemos a dormir e de que você voltaria de manhã.

– Então, ele ainda está dormindo?

– Está, e deve ficar assim por um tempo. Eu o deixaria dormir. Não vai ser bonito quando ele acordar.

– Eu vou acordá-lo, mas quero dar uma olhada nele – eu disse enquanto ia rapidamente até o beliche.

Ele estava deitado na cama só de cueca, a boca aberta. Não pude deixar de sorrir daquela gracinha. Eu me aproximei mais e tropecei em alguma coisa no chão. Joguei as mãos à frente para não cair e vi de quem era a culpa. A camisa e a calça de Drake estavam emboladas ao lado da cama e me abaixei para pegá-las.

Peguei primeiro a camisa e quase vomitei. Pelo cheiro, ele parecia ter tomado um banho de Jack Daniel's. Peguei sua calça em seguida e a joguei com a camisa na bolsa de roupa suja. Foi então que caiu um saquinho da sua calça no chão. Meu coração parou quando me abaixei para pegá-lo.

– Não – sussurrei, olhando o pó branco dentro dele. – Como ele pôde?

Então era isso. Aquele saquinho idiota era o motivo de ele transformar a vida de todo mundo num inferno. Drake tinha seus defeitos, como todo mundo, e lidava bem com eles. Mas isto – isto eu não podia ignorar. Passei minha vida toda sofrendo maus-tratos físicos de uma viciada em drogas e não ia passar o resto dela sofrendo abusos verbais de outra pessoa.

Meus olhos vagaram até a figura adormecida de Drake e perdi a cabeça.

– É inacreditável, porra! – gritei. Eric e Adam estavam dormindo a pouca distância e acordaram quando ouviram meus gritos.

– Mas que merda é essa? – resmungou Adam, ainda meio adormecido.

Eric se sentou na cama e olhou para mim.

– O que foi?

– Vocês tinham razão. Isto – chutei o beliche de Drake enquanto erguia o saco para Eric ver –, esse babaca está usando cocaína.

Jade correu até a gente, mas parou quando viu o saco na minha mão.

– Ah, não.

– Ah, sim – resmunguei.

Eu me abaixei e sacudi rudemente Drake ainda adormecido. Nunca vou saber como ele continuou apagado, mesmo com aquela gritaria.

– Acorda, babaca! – gritei.

Ele gemeu e rolou, mas continuou dormindo. Minha paciência estava se esgotando e bati em seu peito nu. Eu estava a ponto de chutar certa parte que ele amava.

– Acorda! – gritei no seu ouvido.

Seus olhos se abriram lentamente.

– Chloe?

– Excelente, você sabe quem sou. Agora, levanta daí.

Ele se sentou lentamente e me olhou com os olhos injetados.

– Não grite tanto... Minha cabeça está me matando.

– Vai doer *de verdade* depois que eu acabar com você. – Joguei o saco nele. – Olha o que caiu do seu bolso.

Seus olhos se arregalaram e ele olhou para mim e para o saco.

— Isso não é meu.
— Não minta para mim, Drake, não sou burra. Caiu do *seu* bolso!

Eric se levantou e colocou a mão no meu ombro.
— Ei, calma.

Eu me virei de cara feia para ele.
— Não se mete nisso. Na verdade, quero que vocês nos deixem sozinhos.
— Eu, er, você está meio chateada agora. Acho que essa não é uma boa ideia – disse Eric.
— Eu quero ficar sozinha com ele. Por favor.

Eric hesitou, mas Jade assentiu.
— Vamos lá para fora. Grite se precisar da gente.

Esperei até que todos saíssem e olhei para Drake de novo. Nenhum dos dois falou enquanto nos olhávamos e meus olhos se encheram de lágrimas, de raiva e de mágoa.
— Como você pôde? – sussurrei.
— Eu não... – ele começou, mas ergui a mão.
— Não, para com isso. Fala a verdade.

Ele se levantou e me estendeu a mão, mas eu o afastei.
— Chloe, me desculpe. Eu não queria que isso acontecesse.
— É mentira. Se você não queria que acontecesse, não teria começado a usar. Você ficou anos sem isso. Pensei que tivesse acabado com essa merda.
— Eu tinha... Quer dizer, eu parei. Foram muitas coisas ao mesmo tempo e eu queria um alívio. Nunca quis continuar usando, mas as coisas foram piorando.
— As drogas não são um alívio, elas são uma prisão. Quanto tempo?

Ele virou o rosto e contei até dez mentalmente para não gritar.

– Há quanto tempo você está usando de novo?

– Desde a noite em que Kadi apareceu com as fotos.

– Meu Deus, Drake!

– Não é grande coisa, tá legal?

– *Não é grande coisa?* Está de sacanagem comigo? Você sabe o que passei com a minha mãe e não vou passar por isso de novo com você!

– Eu não sou nada parecido com ela. Eu nunca machucaria você desse jeito!

– Já machucou, Drake. Você mentiu para mim o tempo todo e eu sequer consegui saber por que sentia tanta raiva. Não vou fazer isso de novo. Quero que você consiga ajuda.

– Como assim, ajuda? Não sei qual é o problema, Chloe... Eu tenho tudo sob controle.

– Não, você não tem, ou não estaria usando. Quero que você vá para a reabilitação de novo. Por favor, por nós.

– Eu não vou para a reabilitação, Chloe! Você está exagerando! – gritou ele, finalmente perdendo a calma.

– Então, pare de usar agora! – gritei também.

– Vou parar quando a gente voltar para casa, eu prometo!

– Papo furado, Drake, você não vai parar. Ou você vai para a reabilitação, ou terminamos aqui!

Sua boca se abriu e se fechou, sem dizer qualquer coisa.

– Estou falando sério, Drake: ou você resolve suas merdas, ou eu vou sair por essa porta agora e não vou voltar.

– Você não está falando sério, Chloe. Você não me abandonaria assim... Você me ama.

— Tem razão, eu te amo. Mas preciso fazer o que é certo para mim também. Não posso ficar com você, se você não parar, Drake. Desculpe, mas não posso fazer isso de novo.

— Espere só até a turnê terminar e eu vou parar. Juro para você que vou.

— Não, não vou esperar tanto tempo. Ou você vai agora ou está acabado.

— Merda! Merda! Merda! — ele gritava e chutava a bolsa ao lado, espalhando tudo. — Por que você está fazendo isso comigo?

— Porque eu te amo e quero que você consiga ajuda! Você voltou a se drogar há pouco tempo e não deve ser tão difícil parar.

— Não posso ir para a reabilitação. Eu vou cuidar disso sozinho. Por favor.

Balancei a cabeça.

— Desculpe, Drake, mas, se você não vai, é hora de eu ir embora.

— Você não pode me abandonar de verdade, Chloe. Pensa nisso. Eu te amo... Caralho, eu quero me casar com você um dia!

Essa doeu. Eu sabia que ele estava falando sério e eu queria me casar com ele também, mas não ia ser assim. Ele precisava de ajuda e essa era a única maneira de obrigá-lo a enxergar isso.

— Adeus, Drake. Eu te amo. — Eu me aproximei dele e dei um beijo em seu rosto.

— Chloe, por favor, não vá — suplicou ele, mas eu o ignorei e saí do ônibus.

Jade, Eric e Adam estavam ao lado da porta. Ele levantaram a cabeça quando pisei no calçamento.

— Está tudo bem? — perguntou Eric.

Eu estava à beira das lágrimas e balancei a cabeça.

— Não posso passar por tudo isso de novo. Se ele não procurar ajuda, não posso ficar com ele.

— Ah, querida, venha cá. — Jade estendeu os braços e caí neles. — Não chore. Ele vai resolver tudo. Você é importante demais para ele.

— Espero que você tenha razão, mas eu não sei. Ele simplesmente me deixou sair. Vou sentir muito a falta de vocês — eu soluçava.

— Shhhh, está tudo bem — disse Jade, acariciando minhas costas.

Eu me afastei dela e enxuguei os olhos.

— Preciso sair daqui. Fiquem de olho nele, está bem?

Eric assentiu enquanto me abraçava.

— É claro que vamos. E você, se cuida.

— Eu vou. Acho que vou voltar para a casa do Danny. Charleston não fica longe demais daqui.

Eu me afastei de Eric e caminhei para o meu carro, mas Adam me impediu. Ele me surpreendeu me dando um abraço.

— Mesmo Drake sendo um idiota, você ainda faz parte desta banda — disse ele, me abraçando com força —, mesmo que não saiba tocar instrumento algum e cante pelo nariz.

Eu ri.

— Obrigada, Adam... Isso significa muito vindo de você.

— Não se acostume com isso. Eu não fico dizendo essas merdas sentimentais.

Acenei para eles e me afastei de Adam para entrar no carro. Eles ficaram junto do ônibus e me olharam até que desapareci pela esquina. Assim que eles ficaram fora de vista, desmoronei. Entrei num estacionamento e coloquei o carro numa vaga enquanto os soluços sacudiam meu corpo.

Eu fiz o que era certo, mas isso me matava. Drake era a minha vida e agora ele tinha ido embora, simples assim. Não sei aonde eu iria a partir daqui. Desde que ficamos juntos, tudo na minha vida o incluía. Eu tinha esperanças de que ele procuraria ajuda para não me perder assim que percebesse que eu estava falando sério.

Esperei até me acalmar antes de pegar a estrada. Era uma longa viagem até Ocean City e eu queria chegar lá o mais rápido possível. Eu sabia que Danny não se importaria de eu ficar com ele de novo, mas me sentia péssima por abusar de sua hospitalidade. Tinha esperanças de ficar ali só por alguns dias, depois voltaria para Charleston com Amber e Logan. Eles decidiram passar duas semanas em Ocean City para curtir a praia, e Danny se ofereceu para hospedá-los em sua casa enquanto estivessem lá.

Peguei o celular no console e digitei o número de Danny.

– Alô?

– Danny? É Chloe. Preciso de um lugar para ficar.

CAPÍTULO VINTE E UM

CHLOE

Seis meses depois

Soprei um fio de cabelo do rosto que tinha se soltado do rabo de cavalo enquanto saía da aula e ia para o estacionamento. Depois de jogar os livros no banco traseiro, me sentei ao volante e dei a partida no meu carro novo. Eu tinha decidido trocar o carro velho por um novo Kia Sorento no início do ano letivo, usando uma pequena parte do dinheiro que minha tia tinha deixado.

O inverno na Virgínia Ocidental podia ir do quente e ensolarado ao frio e nevado em questão de horas. Se eu quisesse ir da casa que dividia com Amber e Logan, nos arredores do campus, até minhas aulas quando as estradas estivessem ruins, sabia que precisaria de um carro com tração nas quatro rodas.

Nós três concluímos que estávamos cansados de dividir o banheiro com outros alunos e procuramos uma casa para alugar assim que voltamos de Ocean City. Encontramos uma a poucos quilômetros do campus principal por um aluguel razoável. Assim que o contrato ficou pronto, pegamos minhas coisas na casa de Drake e levamos para nossa casa nova. Quando tudo estava empacotado e carregado no meu carro, coloquei a chave na bancada da cozinha e deixei a casa de Drake.

Já fazia quase três semanas desde o término do namoro e eu não tinha notícias dele. A cada dia que passava sem saber de nada, eu perdia as esperanças. Ele já devia saber que eu falava sério, mas aparentemente decidiu que as drogas significavam mais para ele do que eu.

Uma semana antes do início das aulas, Jade me ligou com novidades. A banda tinha sido contratada por um estúdio de Los Angeles para gravar algumas faixas e ver como ficaria. Embora eu ficasse feliz porque as coisas começavam a melhorar para eles, também fiquei decepcionada. Jade disse que todos aceitaram a proposta, o que significava que Drake ficaria em Los Angeles trabalhando em sua música em vez de voltar à faculdade. Eu tinha esperança de que, se Drake voltasse para casa, talvez encontrasse razão para procurar a ajuda de que tanto precisava.

Jade e eu ficamos em contato durante todo o primeiro mês de aulas, mas, com nossos horários lotados, logo paramos de nos falar. Eu não tinha notícias dela desde setembro e, da última vez que ela tinha ligado, disse que Drake parecia estar usando mais em vez de tentar melhorar. A banda o pressionava para parar, mas, com um potencial contrato de gravação, eles não queriam afastá-lo e estragar o sonho do grupo.

Entrei em minha vaga e parei o carro. A garagem privativa me atraiu nesta casa, o que era uma novidade em uma cidade cheia de estudantes.

Como era sexta-feira e eu não tinha aulas no fim de semana, deixei meus livros no carro e entrei em casa. Amber e Logan estavam sentados na sala de estar vendo algum reality show idiota na televisão. Amber era viciada em reality shows e não pude deixar de rir da expressão de Logan assistindo com ela. Os olhos dele encontraram os meus assim que entrei na sala.

– Graças a Deus, uma pessoa sensata. Pode convencê-la a trocar de canal para alguma coisa que valha a pena assistir? A essa altura, eu aceito até o canal de culinária.

Ri enquanto Amber mostrava língua para ele.

– E perder todas as caras de infelicidade que você está fazendo? Nem pensar.

Eu me sentei ao lado de Amber e fingi assistir televisão atentamente. Eu detestava reality shows tanto quanto Logan, mas valia a tortura só para vê-lo se encolher.

– É nisso que dá morar com duas mulheres! – ele resmungou, levantou-se e saiu da sala.

Eu me virei para Amber e sorri.

– Eu também detesto essa merda.

Ela riu.

– É, eu não gosto deste, mas parece ser o que mais o irrita.

– Nós somos horríveis – eu disse enquanto desabávamos no encosto do sofá num ataque de risos.

– Eu sei, mas vale muito a pena ver o Logan irritado. – Amber ofegava.

Eu adorava morar com Amber e Logan, não só pela vaga particular e pelo banheiro privativo. Chegar em casa e encontrá-los era a minha parte preferida do dia e me ajudava a lidar com a perda de Drake.

Fiquei nervosa por morar com Logan, considerando nosso passado, mas nos sentamos e conversamos sobre tudo por algumas noites depois da mudança. Ele sentiu minha preocupação e queria me deixar à vontade. Embora tivesse confessado ainda gostar de mim, depois de tudo o que aconteceu entre a gente, disse que jamais pensaria em tentar algo comigo. Dizer que fiquei aliviada seria pouco.

Tive medo de que Logan ou Jordan tentassem alguma coisa comigo depois que terminei com Drake, mas não foi assim. Jordan cuidou de mim depois que voltei à casa de Danny. Eu estava péssima, mas ele não pareceu se importar ao me puxar para perto e deixar que chorasse em sua camisa mais de uma vez.

Amber, Logan e eu passamos dois dias com Danny antes de voltar para a Virgínia Ocidental, e Jordan não tocou mais no assunto comigo. Ele sabia que eu não queria namorar outra pessoa e me respeitava o suficiente para entender. Não falamos de novo sobre o que ele sentia por mim, mas acho que ele aceitou que jamais seríamos mais do que amigos.

Eu ainda falava com ele e Danny várias vezes por semana e passei a maior parte das festas de fim de ano na mansão com os dois. Amber, Logan e eu até fizemos uma longa viagem até a faculdade deles durante a temporada de futebol para ver Jordan jogar.

Eu não entendia quase nada de futebol americano, mas era inteligente o bastante para perceber que ele era bom, muito bom. Embora ele fosse do segundo ano na faculdade, já tinha recebido contato de dois olheiros da NFL sobre a possibilidade de se juntar ao time depois de se formar. Senti muito orgulho dele quando ele me contou e vi o quanto ele estava animado com a história toda.

Como minha tia me deixou dinheiro suficiente para cobrir minhas despesas básicas, decidi não voltar ao meu antigo trabalho. Usei o tempo livre para estudar e consegui passar em cada uma das matérias com notas máximas. A faculdade passou a ser minha prioridade número um e me atirei nos estudos para me distrair. Funcionava na maior parte do tempo, mas eu pensava em Drake todos os dias.

O que mais me doía era ele nunca ter me ligado. Era como se eu não significasse nada para ele e isso me fazia questionar nosso namoro. Dizem que o tempo cura todas as feridas. Nos dois primeiros meses depois da separação, fiquei deprimida. Amber e Logan ficaram ao meu lado, e com a ajuda deles, aos poucos, voltei a ser a Chloe de sempre. Eu ainda não tinha desistido e não sabia se um dia conseguiria. Era difícil se recuperar depois de perder quem se ama.

Amber me obrigou a sair com alguns caras desconhecidos, na esperança de me deixar melhor, mas não deu em nada. Embora a maioria dos caras fosse legal, não pude deixar de compará-los com Drake de todo jeito possível. Nem preciso dizer que nenhum deles chegou perto. Alguns me convidaram para um segundo encontro, mas recusei educadamente, para fúria de Amber.

Eu simplesmente não estava pronta para namorar de novo e não achava que estaria preparada por um bom tempo. Eu estava no campus diariamente com milhares de homens e nenhum deles chamava minha atenção. Não podia evitar. Eu procurava por Drake em cada rosto, mesmo sabendo que ele não ia voltar.

Suspirei ao perceber que estava pensando em Drake de novo. Nem um programa ruim era capaz de prender minha atenção.

— Podemos mudar de canal antes que meus olhos comecem a sangrar? — pedi.

— Tudo bem. Vamos ver se está rolando algum clipe bom — disse Amber, zapeando pelos canais.

Ela parou em um dos canais de música que realmente tocavam música. Relaxei enquanto Stone Sour começava a berrar na televisão. Não havia nada como a música para desviar a mente dos problemas.

Amber e eu conversamos e assistimos ao clip. Quando terminou, começou outro clip que não reconheci. Eu me curvei para frente, ansiosa para ver quem apareceria. Alguns segundos depois, a câmera se virou para o vocalista e meu coração parou.

– Ah, merda – resmungou Amber, pegando o controle remoto para mudar de canal.

– Não, deixa – murmurei com os olhos grudados na tela.

Drake olhava diretamente para mim, oferecendo um sorriso sensual que era sua marca registrada. Não consegui conter as lágrimas, mesmo quando a câmera passou para Jade, tocando demais sua bateria. Meu coração batia loucamente enquanto eu desejava que a câmera desse uma panorâmica até Drake. Realizei meu desejo em seguida e minha respiração ficou presa na garganta.

Ele estava incrível, o que me surpreendeu. Tinha emagrecido um pouco desde a última vez que o vi, mas estava mais musculoso. A camisa que vestia estava justa em seu peito e na barriga, mostrando os músculos definidos escondidos por baixo.

Eu o imaginava pálido, de olhos injetados, mas era bem o contrário. Para começar, ele nunca foi pálido, mas agora sua pele estava bronzeada e os lindos olhos castanhos estavam claros. Parecia que as drogas e o tempo longe de mim eram tudo o que ele precisava para ficar melhor.

Amber e eu ficamos sentadas em silêncio enquanto o vídeo terminava e o apresentador aparecia na tela.

"Essa foi a nova banda Breaking the Hunger, com seu primeiro vídeo. Admito que estou louco para ver o que mais esse pessoal reservou para a gente! Voltamos logo depois dos comerciais."

Amber desligou a televisão e se virou para mim.
— Você está bem?
— Sim. Não. Ah, sei lá. Não esperava vê-lo de novo — murmurei.
— Eu sei. Eu devia ter mudado de canal.
— Não, está tudo bem. Um dia eu teria de encarar. Só não esperava que ele estivesse tão bem.
— Eu também não. Tem certeza de que ele está se drogando? Porque ele não dá essa impressão.
— Eu tenho, Amber. Encontrei a cocaína e falei com Jade.
— Há quanto tempo você não fala com ela?
Dei de ombros.
— Uns dois meses. Por quê?
— Acha que ele pode ter ficado limpo desde então?
— Se ficou, por que não me ligou? — perguntei quando outro pensamento me ocorreu. — A não ser que ele esteja limpo e decidiu que não me quer.

As lágrimas brotaram nos meus olhos e Amber me abraçou.
— Não pensa nisso, Chloe. Por que não liga para Jade e vê o que está acontecendo?
— Não quero incomodar. — Enxuguei uma lágrima.
Era mentira. Eu queria mais do que tudo pegar o telefone e exigir uma resposta dela, mas a ideia de Drake limpo e, ainda assim, sem me procurar era o suficiente para me fazer deprimir de novo.
— Então, manda um torpedo a ela. Você sabe que Jade não se importaria.
— Acho que posso fazer isso. Assim, se ela estiver ocupada demais ou não quiser falar comigo, pode simplesmente ignorar.

Tirei o telefone do bolso e respirei fundo ao lhe enviar uma mensagem de texto.

Eu: Oi, Jade, há quanto tempo. Só queria que você soubesse que vi seu vídeo e foi demais! Bjs.

Isso parecia bom. Entrei em contato com ela sem falar em Drake, assim, com sorte, ela responderia.

Alguns segundos depois, meu telefone tocou com a chegada de uma mensagem de texto.

Jade: Chloe! Que saudade, como você está? Só começou a tocar há alguns dias, estou tão animada! Estamos trabalhando no nosso primeiro disco!

Eu: Que ótimo! Tenho muito orgulho de vocês. Como está... tudo?

Jade: Olha, não posso falar muito, Chloe. Desculpe, eu amo vocês dois e não quero ficar no meio disso.

Eu: Eu sei, desculpe por ter perguntado.

Jade: Está tudo bem, eu queria poder falar com você. Mas não posso, então não vou. Preciso ir, mas acho que a gente se vê logo!

Ergui uma sobrancelha. Ela achava que ia me ver logo? Eu não enxergava um encontro para os próximos meses. Eu amava Jade como a uma irmã, mas acho que não suportaria ficar perto dela agora. Ela só me lembraria de Drake e não acho que eu conseguiria lidar com isso depois de revê-lo na televisão.

— E aí, o que ela disse? — perguntou Amber.

— Hmm, na verdade, nada. Ela não quer ficar "no meio disso".

— Cara, que saco. Quer que eu mande uma mensagem para o Adam?

— Não! — exclamei. — Deixa tudo como está.

Amber e Adam me surpreenderam. Eles não se viam há meses, mas ainda se falavam de vez em quando. Adam não era o tipo de cara de conversar com garota nenhuma e comecei a me perguntar se ele não queria algo a mais com Amber. Toquei nesse assunto um dia com Amber, mas ela simplesmente me ignorou.

Confesso que sentia certa inveja que ela ainda tivesse contato com a banda, mas nunca disse nada. Não queria estragar a felicidade dela só porque eu perdi a minha. Além disso, eu sabia que ela me contaria se Adam falasse em Drake, então, pelo visto, ele não tinha falado.

Amber pegou seu telefone e começou a rolar pela lista de contatos.

— O que está fazendo? — Dei um gritinho.

— Hmm, pedindo uma pizza. Estou com fome, então, me processe.

— Ah, desculpe. Pensei que... Deixa pra lá.

— Tanto faz, louca.

— Vaca — resmunguei e joguei uma almofada nela.

— Ei! Estou no telefone! — ela gritou e jogou a almofada de volta para mim.

Eu ri, peguei a almofada e me levantei.

— Peça com calabresa. Estou morrendo de fome.

Esperei até que ela começasse a fazer o pedido antes de bater a almofada em sua cara e correr da sala. Ouvi seus palavrões e os pedidos de desculpas ao cara da pizzaria enquanto corria pelo corredor até meu quarto. Nada como irritar sua melhor amiga para melhorar seu estado de espírito.

...

As duas semanas seguintes pareceram passar em câmera lenta. Não ajudava nada sempre tocar a música de Drake quando eu ligava o rádio. Decidi que ouvir minha coleção de CDs era muito mais seguro depois do terceiro dia seguido ouvindo a voz dele sair dos alto-falantes do carro.

As aulas estavam ficando mais difíceis e me dediquei a elas com todo empenho. Eu fazia matérias muito mais complicadas neste semestre e elas ajudavam a desviar minha mente de Drake. A essa altura, qualquer distração era bem-vinda. Aquela música idiota trouxe tudo de volta à tona.

Amber ainda passava batido pelas matérias mais fáceis. A mãe estava pronta para estrangulá-la por não levar a faculdade a sério e eu ria demais com as ligações entre as duas. A mãe ligava uma vez por semana, pelo menos, para gritar com ela, dizendo para se dedicar aos estudos e para reclamar de algumas compras que apareciam no cartão de crédito. A minha preferida era uma conta de 600 dólares por um pôster autografado do Avenged Sevenfold.

Como Amber tinha muito tempo livre, estava quase sempre tentando me arrastar para festas. Eu detestava ir a festas, principalmente porque cada cara parecia achar que eu estava a fim de ficar com alguém. Foi preciso jogar a bebida na cara do último para que ele entendesse o recado. Depois disso, Amber decidiu me deixar ficar em casa com mais frequência.

Logan, sendo tão dedicado, fazia várias matérias comigo e passávamos a maior parte das noites no sofá, fazendo um trabalho ou estudando para uma prova. Era bom ter nossa amizade de volta depois de todos aqueles meses estranhos.

Eu ainda pensava na minha mãe de vez em quando. Danny me deu uma foto da minha mãe quando criança, que era da minha tia, e eu a guardei na gaveta ao lado da minha cama. Eu a pegava de vez em quando e olhava para minha mãe, a criança inocente que foi. Gostava de imaginá-la daquele jeito, em vez da pessoa horrível que ela se tornou. Afinal, todo mundo é inocente quando pequeno, e minha mãe não foi diferente.

Era sexta-feira à noite de novo, e decidi passar a noite no sofá com minha coleção de filmes com Johnny Depp. Preparei um saco de pipoca e peguei o cobertor no quarto antes de colocar o primeiro filme e me acomodar no sofá.

Logan tinha voltado a trabalhar na oficina e ficava lá até tarde. Amber corria pela casa, se arrumando para outra festa.

— Tem certeza de que não quer ir comigo? — ela perguntou.

— Aposto que você pode encontrar um gato que acabaria com sua seca.

— Estou perfeitamente feliz com minha seca porque Johnny Depp está aqui para me divertir. — Mostrei a língua para ela.

— Ah, sem essa, você não transa desde Drake. Vai enlouquecer.

Estremeci ao ouvir sobre sexo. Eu não queria namorar alguém, que dirá ficar completamente nua e suada com essa pessoa.

— Sexo é para idiotas. Eu tenho pipoca.

Ela riu ao calçar um par de sapatos de salto alto.

— Pipoca, tá legal. Divirta-se com isso enquanto eu acho um cara fofo para ficar pelada e suada junto.

— Vou mesmo — eu disse, voltando minha atenção à televisão.

Amber suspirou ao voltar para seu quarto.

— Desisto.

Revirei os olhos e coloquei mais pipoca na boca. Eu sabia que ela só estava preocupada comigo, mas tê-la o tempo todo bancando o cupido começava a me dar nos nervos. Eu precisava admitir que sentia falta de sexo, mas não estava preparada para pular de fase.

Não era meu estilo encontrar um cara qualquer só para uma ficada, mesmo sabendo que podia fazer isso. Além disso, lembrar do sexo com Drake foi a única coisa que me restou do nosso namoro e eu não estava pronta para esquecer isso. Pode me chamar de maluca, mas eu preferia saber que Drake foi o último com quem estive.

Quando o filme começava a ficar bom, alguém bateu na porta.

— Amber! — gritei, sem querer parar o filme.

— Que é? — respondeu ela aos gritos.

— Tem alguém na porta! Vai abrir!

— Estou fazendo xixi. Vai abrir você!

Resmunguei, peguei o controle remoto e dei uma pausa em Johnny. Outra batida na porta enquanto eu jogava meu cobertor de lado e me levantava.

— Aguenta aí, já vou! — gritei, indo para a porta.

Eu não tinha ideia de quem poderia ser e, francamente, não me importava. Quem quer que fosse estava interrompendo meu tempo de qualidade com a coisa mais próxima que tinha de um namorado.

Abri a porta num rompante e olhei feio para a figura parada em nossa varanda.

– Sim?

A figura se virou e meu coração parou. Minha boca se escancarou enquanto eu via Drake parado ali, completamente à vontade.

– Oi, Chloe. – Ele me abriu um leve sorriso. A essa altura, fiz o que qualquer louca faria. Bati a porta na cara dele e corri para o meu quarto. Quase derrubei Amber enquanto passava por ela na saída do banheiro.

– Aahhh! – ela gritou, segurando a parede para se equilibrar. – Que merda é essa, Chloe?

A campainha tocou de novo e minha cabeça se levantou para olhar a porta.

– Não atenda!

– O quê? Por quê? Quem é?

Balancei a cabeça enquanto girava a maçaneta e corria para dentro do quarto. Caí na cama e escondi a cabeça debaixo dos travesseiros. De jeito nenhum Drake podia estar na minha porta depois de mais de seis meses sem dar notícias. Eu não tinha ideia do que ele queria e não me importava. Ele estar ali só me deixaria magoada de novo e eu não suportaria isso. Meu coração não aguentaria.

Tirei os travesseiros da cabeça e forcei os ouvidos, tentando escutar a voz de Amber ou Drake, mas não ouvi nada além do silêncio. Eu torcia para que Amber o tivesse expulsado da varanda e metido seu par de salto agulha 10 na bunda dele para reforçar seu argumento. Eu amava Amber. Ela sempre cuidava de mim do jeito dela.

Sorri ao imaginar Amber tentando bater em Drake. Que pena eu estar escondida no quarto. Teria sido algo que eu gostaria de ver da primeira fila.

Dei um pulo quando alguém bateu na minha porta. Amber a abriu e me lançou um sorriso amarelo.

— Você está bem? — perguntou ela, atravessando o quarto e sentando-se na beirada da cama.

— Estou ótima. Você se livrou dele?

— É, eu cuidei disso para você. Não quero você escondida aqui a noite toda enquanto estou fora. Volta para sala e vá ficar com o seu Johnny.

Ri enquanto me sentava.

— Eu não estava me escondendo.

— Você se esquece de que eu testemunhei sua correria doida pelo corredor?

— Eu não estava me escondendo... Estava escapando — grunhi.

Ela riu ao me levantar.

— Tanto faz. Agora vá namorar sua pipoca e o Johnny antes que eu arraste você para a festa comigo.

Só foi preciso isso para colocar meus pés em movimento. Eu não queria passar a noite cercada de idiotas bêbados. Deixei que Amber me arrastasse pelo corredor até a sala de estar. Ela parou na frente da poltrona enquanto eu me jogava no sofá e pegava o controle remoto.

— Obrigada por estar aqui ao meu lado, Amber. Acho que não teria conseguido passar por esses últimos meses sem você.

— Hmm, tudo bem. Escute...

— É sério. Nós duas sabemos que fiquei um trapo e você me ajudou a melhorar. Se aprendi alguma coisa com tudo isso, é que os homens são uns completos babacas — eu disse enquanto apertava o play e via Johnny começar a dançar na tela.

— Bom, sabe, Chloe... — ela recomeçou, mas eu a interrompi. Era bom colocar tudo para fora.

— Pode acreditar em mim: os homens não passam de uns filhos da puta insensíveis. Olha só o Drake. Eu o amei mais do que tudo e ele simplesmente me largou. Espero que esteja curtindo a vida boa em Los Angeles sem mim. Tomara que ele encontre alguma fã nojenta que passe para ele cada DST conhecida da humanidade.

— Chloe, cala a boca! — gritou Amber.

— Não, deixa ela terminar. Estou curioso para ver o que mais ela tem a dizer sobre mim — disse uma voz atrás dela.

Fiquei paralisada ao ouvir a voz de Drake. Amber saiu da frente da poltrona e comecei a xingar quando vi quem estava sentado ali com um sorriso no rosto.

— Bom, eu tentei te avisar — disse Amber.

— Pensei que você tinha dito que se livrou dele! — gemi.

— Eu disse que cuidei de tudo. É diferente.

— Tanto faz. Não vou falar mais nada. Os dois podem pular de uma ponte.

— Não, continue falando, adoro ouvir o que mais você queria fazer com meu pobre pênis. Isso meio que dói, sabia? Eu gosto muito dessa parte do corpo — disse Drake, sorrindo para mim com malícia.

Eu não estava acreditando. Ele estava sentado na minha casa fazendo comentários cretinos, agindo como se os últimos seis meses nem tivessem acontecido.

– Eu quero que ele saia, Amber, *agora* – rosnei. Eu não acreditava que ela tinha feito isso comigo. Cinco minutos atrás eu a estava elogiando, e aqui estava Amber, me apunhalando pelas costas.

– Escuta o que ele tem para dizer, por favor. Se não por ele, então por você mesma. Você merece isso – pediu ela.

Olhei fixamente para um e para outro. Minha mente gritava para que eu o mandasse ir embora antes que ele pudesse causar mais algum estrago, mas meu coração me implorava para deixar que ele ficasse e ouvir o que tinha a dizer.

– Você tem cinco minutos. Depois disso, vou te expulsar – eu disse.

– Por mim, tudo bem. Estou atrasada para minha festa, então, vejo vocês depois – disse Amber, dando uma piscadinha para mim.

Fechei a cara para ela. Pensei que ela estivesse do meu lado esse tempo todo, mas ali estava ela, apoiando Drake.

Drake esperou até que ela saísse pela porta para se virar e me olhar.

– Quer mesmo que eu pegue um monte de doenças sexualmente transmissíveis?

– Está desperdiçando seus cinco minutos. Estou esperando – eu disse, cruzando os braços e olhando feio para ele.

CAPÍTULO VINTE E DOIS

DRAKE

Não pude deixar de sorrir com a teimosia da Chloe. Era uma das minhas coisas preferidas nela. Eu sabia que voltar aqui era um risco, mas não pude evitar. Precisava saber se ela ainda me queria.

— Não vou mentir. Eu tinha esperanças de que você me recebesse de braços abertos.

— Lamento decepcionar você. Por que veio aqui? Não devia estar cheirando cocaína ou trepando com suas fãs? Imaginei que você estivesse vivendo a vida de um astro do rock — ela vociferou.

— É, acho que eu merecia isso, não é? — Ela ergueu uma sobrancelha, mas não disse nada, esperando que eu continuasse. — Achei que fosse óbvio por que vim aqui. Senti a sua falta.

— Sentiu a minha falta? Se sentiu tanto assim, por que não me ligou nem uma vez nos últimos seis meses?

— Porque não pude. Depois que você foi embora, as coisas começaram a piorar e passei a usar mais. Então, Eric recebeu um telefonema de uma gravadora de Los Angeles, querendo que a gente fosse lá, e minha vida ficou doida a partir daí.

— Fiquei esperando que Jade ou um dos meninos me ligasse e me dissesse que você morreu de overdose, Drake. Esse tempo todo, no fundo, eu me preocupava com você e você não tirou nem dois segundos da sua vida movimentada para me dizer que estava bem? Isso é papo furado.

— Pelo menos significa que você ainda se importa — murmurei, sentindo que era o maior babaca do mundo. Eu não quis ficar longe da Chloe, mas queria as drogas mais do que tudo.

— Não me importo mais. Eu vi você, então pode ir embora agora.

— Não quer ouvir nada do que vim dizer?

— Na verdade, não, Drake. Você já me magoou muito uma vez. Não preciso passar por isso de novo.

— Eu nunca tive intenção de magoar você, é sério. Você é a coisa mais importante do mundo para mim, mas eu não conseguia raciocinar. Eu sinto tanto a sua falta e sei que estraguei tudo.

— Não sei o que você quer que eu diga, Drake. Eu já deixei tudo muito claro no ônibus. Não quero ter nada com você enquanto estiver usando drogas. Não posso impedir que você destrua sua vida, mas ainda posso salvar a minha — sussurrou ela com uma lágrima escorrendo pelo rosto.

Eu queria mais do que tudo enxugar essa lágrima, mas sabia que ela não deixaria. Aquela muralha que ela usava para manter as pessoas afastadas estava erguida, e desta vez era para mim. Eu detestava pensar que a havia magoado ao ponto de ela nunca mais me deixar entrar.

— Eu estou limpo, Chloe. Já estou assim há pouco mais de um mês.

— O quê? Por que não tentou falar comigo, então? É porque você finalmente entendeu que pode arrumar coisa melhor do que eu?

— Você sabe muito bem que não é assim, Chloe. Eu te amo. Basicamente, a banda e nosso empresário ameaçaram me demitir se eu não ficasse limpo. Eu já tinha perdido você e eles eram a única coisa que ainda importava na minha vida. Entrei para um programa de dois meses e estou limpo desde que recebi alta.

— Deixa ver se entendi isso direito: você se importou com a banda a ponto de fazer reabilitação, mas eu não era motivo suficiente quando me afastei de você?

— Não, não é nada disso, Chloe. Eu sabia que tinha problemas e essa foi a gota d'água. Eu queria ficar na banda e queria te reconquistar.

— E como vou saber se você está me dizendo a verdade? E, se for verdade, isso quer dizer que você saiu da reabilitação há um mês e não entrou em contato comigo.

Eu sabia que ela não acreditaria em mim, então, vim preparado. Eu me levantei, coloquei a mão no bolso lateral do meu casaco e tirei uma folha de papel.

— Se quer uma prova, aí está. Sobre por que só estou aparecendo agora, eu queria ter certeza de que podia lidar com o mundo sem ter uma recaída. Não quero voltar a usar e não queria vir aqui e dizer a você que estou limpo e te decepcionar de novo.

Ela se levantou e se aproximou alguns passos de mim, mas só o suficiente para pegar o papel da minha mão. Esperei enquanto ela lia o que eu torcia que fosse minha redenção. Era meu certificado de conclusão do centro de reabilitação em que me internei em Los Angeles.

— Então, você realmente foi? — Ela olhava a folha de papel nas mãos.

— É, eu fui. Era só em você que pensava enquanto estava lá. Eu ferrei tudo com você, Chloe, e quero corrigir isso. Quero que *a gente* fique bem.

— Não é assim tão simples, Drake. Você me magoou muito. Me deixou sair daquele ônibus sem nem tentar me impedir. Ainda bem que você conseguiu ajuda, mas não acho que eu possa passar por isso de novo.

— Então, peço desculpas pelo que fiz, Chloe. Prometo que nunca mais vou fazer nada parecido.

— Como pode ter certeza, Drake? Você está começando numa vida cheia de drogas e sexo. Pode realmente andar lado ao lado com a tentação diariamente e não ceder? Vai ser fácil arrumar drogas e as mulheres vão fazer fila por você, pior do que faziam quando a gente estava junto. Não posso lidar com uma vida dessas. Não vou dividir você com elas.

— Então, venha comigo. Fica do meu lado toda noite, para saber que pode confiar em mim — eu disse.

— *O quê?*

— Eu disse para vir comigo. Por isso eu voltei, Chloe. Quero você de volta e quero que esteja ao meu lado em tudo isso.

— Não pode simplesmente voltar para a minha vida e esperar que largue tudo por você, Drake. Mesmo que eu quisesse dar outra chance para a gente, tenho responsabilidades aqui: a faculdade, minha parte no aluguel desta casa.

— Então, fique aqui até ter terminado o ano letivo. Depois você pode fazer aulas a distância e seguir em turnê com a gente. Graças a mim, ainda estamos no estúdio gravando faixas para nosso primeiro disco e isso ainda vai durar alguns meses. Só vamos entrar em turnê daqui a um bom tempo.

— Isto é loucura, Drake! — gritou ela.

— Por favor, Chloe... Eu te amo. Quero passar cada segundo da minha vida com você até o dia da minha morte. Não posso viver sem você — pedi.

Isso saiu muito melhor na minha cabeça. Embora soubesse que ela estaria com raiva, desejei não precisar me humilhar para tê-la de volta. Mas, se fosse necessário, eu faria. Eu preferia morrer a passar mais um dia sem ela.

— Não quero ser magoada de novo, Drake — sussurrou ela.

— Não suporto isso.

Eu a agarrei e puxei para os meus braços. No início ela lutou, mas eu a segurei firme, me recusando a soltá-la.

— Nunca mais vou te magoar, Chloe. Nunca. Me deixa provar isso a você.

Apertei minha boca na dela e a beijei como se estivesse morrendo, como se fosse nosso último beijo, porque podia mesmo ser nosso último. Ela poderia me bater quando eu a soltasse e nunca mais falar comigo. Se fosse assim, eu queria me lembrar da sensação dos seus lábios nos meus pelo resto da vida.

Apesar do que ela disse, seu corpo reagiu a mim de imediato enquanto ela me abraçava e correspondia ao beijo, demonstrando o quanto ainda me queria.

Gemi quando seus lábios se entreabriram e enfiei a língua na sua boca, passando o piercing pela sua língua de um jeito que eu sabia que a deixava louca.

Ela gemeu antes de rapidamente se afastar.

— O que estamos fazendo?

— Não sei bem o que *você* está fazendo, mas eu estou beijando a mulher que amo.

— Eu também te amo, Drake, e quero ficar com você. De jeito nenhum posso negar isso agora, mas, se a gente fizer isso de novo, vamos precisar ir devagar e recomeçar. Não sei até que ponto isso vai dar certo com você morando tão longe.

Um sorriso se espalhou pelo meu rosto. Se eu soubesse que só seria necessário um beijo para fazê-la mudar de ideia, teria feito isso primeiro.

— Vamos dar um jeito... Sempre damos — eu disse, beijando-a suavemente. — Mas não posso concordar com a parte de ir devagar.

— E por que não? — perguntou ela, confusa.

Coloquei a mão no bolso e peguei uma caixinha.

— Porque a primeira coisa que fiz quando tive alta foi passar numa joalheria e comprar isto.

Sua boca se abriu quando me coloquei sobre o joelho e abri a caixa, revelando um anel cintilante de diamante.

— Ah, meu Deus.

Antes de conhecer Chloe, se alguém me dissesse que um dia eu me ajoelharia para pedir a mulher que eu amo em casamento, eu teria lhe dado uns chutes. Antes dela, casar não passava de uma armadilha em que os outros caíam. Eu era inteligente demais para isso, ou assim pensava.

— Chloe Marie Richards, nunca pensei que um dia seria um desses idiotas que amam tanto uma mulher que querem se amarrar a ela para sempre, mas aqui estou eu, ajoelhado, tentando pensar em algo meigo e romântico para dizer. Como você deve saber, sou um completo fracasso, então, por favor, me livre dessa agonia e pode dizer sim se eu pedir para se casar comigo?

Ela riu enquanto eu a olhava.

– Não sei... Vai ter que me pedir para descobrir.

– Pensei já ter pedido.

– Não, você me perguntou se eu diria sim se você me pedisse em casamento. Não é a mesma coisa.

Gemi.

– Você não vai facilitar para mim, né?

– Depois dos últimos seis meses? Acho que não. Você tem sorte por eu ainda não ter vomitado em você.

– Tudo bem. Chloe, quer se casar comigo? Prometo amá-la e cuidar de você para todo o sempre, e prometo sexo selvagem todo dia.

– Mesmo quando eu tiver noventa anos e usar andador? – perguntou ela com uma expressão séria.

– Mas que merda, para de me enrolar! Quer se casar comigo ou não?

– Bom, como você me perguntou com tanta gentileza, acho que agora tenho que responder – disse ela, rindo.

– Isso foi um sim?

– Foi um sim.

Soltei o ar que não percebia que tinha prendido enquanto tirava a aliança da caixa e a colocava em seu dedo.

– Graças a Deus.

– Não vai me beijar, nem nada assim? Você não é muito bom nisso, sabia?

– Eu já ia chegar nessa parte, espertinha. – Eu me levantei e a puxei para os meus braços. – Estou louco para que você seja a sra. Drake Allen. Cara, talvez um dia a gente até tenha alguns filhos e more numa cabana de madeira perto de um lago.

Ela sorriu.

– Não me importaria de um dia ter filhos. Eu te amo, Drake. Acho que não podia ser mais feliz do que sou agora.

– Eu também, gata, eu também – eu disse, beijando-a com vontade. Eu ia compensar cada momento perdido com ela, mesmo que isso me levasse a noite toda, ou o ano todo. Não me importava. Eu tinha Chloe nos braços e não havia nada no mundo que pudesse nos separar.

Eu sabia que tinha muito para resolver, em especial morando em Los Angeles, mas não estava preocupado. Às vezes a vida dá umas reviravoltas, mas em outras ocasiões parece que tudo se encaixa. Eu estava decidido a fazer com que Chloe fosse feliz para sempre, começando agora.

EPÍLOGO

CHLOE

Seis anos depois

— Acho que vou vomitar — gemi, nos bastidores com Amber e Logan.
— Respira fundo... Vai ficar tudo bem. Ele vai pirar! — gritou Amber, me abraçando.

Fiz o que ela me instruiu, tentando me acalmar enquanto via Drake, a menos de três metros, se apresentar para uma multidão de milhares de pessoas. Depois que terminei as matérias no segundo ano da faculdade, me mudei para a Califórnia para ficar com Drake. Desde então, só voltamos à Virgínia Ocidental algumas vezes, e esta noite era uma delas. Drake tocava para uma casa lotada em sua cidade natal — Morgantown.

Decidi que este era o lugar perfeito para contar a ele um segredinho que andei guardando. Parecia certo fazer isso no lugar onde tudo começou, onde nossa vida teve início.

— Ele está se preparando para começar a próxima música. Está pronta? — perguntou Amber.

— Não, mas já fiz o cartaz, não posso voltar atrás — eu disse enquanto pegava meu cartaz escondido atrás da cortina e o agarrava no peito.

— Tudo bem, porque não dá pra desperdiçar o tempo e o esforço que você dedicou a isso — brincou ela.

— Vai se danar — resmunguei enquanto respirava fundo de novo e erguia o cartaz acima da cabeça.

Fiquei parada ali, me sentindo uma idiota, esperando que Drake olhasse para o meu lado. Enfim, na metade da música, ele olhou para mim. Sorriu ao ver o cartaz que eu segurava e virou o rosto. Esperei que ele o registrasse, e dez segundos depois a ficha caiu.

Drake parou no meio da música e se virou para mim de novo.

— *O quê?* — ele berrou no microfone.

A banda parou de tocar, todos se viraram para mim e a arena caiu num silêncio mortal. Antes que eu percebesse o que ele fazia, Drake atravessou o palco até parar na minha frente.

— É sério? — perguntou ele.

— Sério — eu disse, sorrindo.

Ele me agarrou e me jogou em seu ombro, voltando ao palco.

— Me coloque no chão, Drake Allen! — gritei.

— Desculpem pela interrupção, gente, mas parece que tenho um anúncio a fazer. — A voz de Drake trovejou nos alto-falantes.

— Ah, não — gemi enquanto ele me colocava de pé.

— Sei que a essa altura todos vocês a conhecem, mas, caso não conheçam, esta é minha amada mulher, Chloe.

Fiquei vermelha enquanto alguns na multidão assoviavam para mim.

— Tudo bem, podem parar. Ela é comprometida e acaba de me informar que serei pai. Não sei quanto ao resto de vocês, mas acho isso do cacete!

A multidão enlouqueceu enquanto Drake me puxava para perto e me beijava na frente de milhares de pessoas.

— Vou matar você por isso. Nunca fiquei tão sem graça na vida! — exclamei, sentindo meu rosto quente.

Embora Drake estivesse acostumado a ser o centro das atenções, eu tentava me esconder da mídia e dos fãs o máximo possível.

Ele riu e me beijou de novo.

— Estou tão feliz, gata. Você vai ser uma ótima mãe.

— Acho que você será um pai incrível. Agora vá cantar antes que o pessoal não aguente mais esperar. Podemos conversar sobre isso depois.

Ele riu ao me soltar e voltou à multidão.

— Tá legal, estão prontos para levar esta merda de lugar abaixo? — gritou ele.

A multidão rugiu enquanto eu ia até os bastidores e para os braços de Amber.

— Foi a coisa mais engraçada que vi na vida! — disse Logan, dando uma gargalhada.

— Cala a boca ou vou jogar você lá! — eu disse.

Amber ainda me abraçava quando Logan nos abraçou. Não havia nada como estar junto dos três, agora as quatro pessoas mais importantes da minha vida.

E eu tinha que confessar, enquanto via Drake hipnotizar a plateia, que a vida era muito boa. Eu tinha dois dos melhores amigos do mundo, um marido incrível que me amava mais do que eu merecia e uma coisinha mínima de alegria a caminho. O que mais uma mulher poderia pedir?

APLAUSOS!

Não acredito sinceramente que, a esta altura, eu consiga citar todos que quero agradecer – são demais para colocar num livro!

Primeiro – a todos os blogueiros que conheci desde que a série Torn foi lançada. Vocês me receberam de braços abertos neste mundo louco de escritores/blogueiros e tenho orgulho de chamar vários de vocês de amigos.

Segundo – aos meus fãs. Recebi TANTOS comentários e e-mails e quero que vocês saibam que são importantes para mim. Sempre fico com um sorriso bobo no rosto quando os leio, então, obrigada por isso. Vocês melhoraram várias crises de mau humor.

Terceiro – ao meu clube do livro, por me fazer chorar de tanto rir. Nada pode expressar o quanto eu amo todos vocês.

Quarto – numa categoria toda própria, Dirty Molly. Você me mandou uma das mais INCRÍVEIS *fan arts* que uma garota podia pedir. E, sim, sei que você está sem graça neste exato momento.

Quinto – aos meus pais. Eu não poderia ter feito nada disso sem vocês. E o fato de que vocês lidaram comigo diariamente nos últimos 22 anos sem me assassinar, bom, isso merece uma medalha. Eu amo os dois.

Obrigada a você que está lendo isto. Você tocou muito a minha vida. Eu amo todos vocês!

Este livro foi impresso na Intergraf Ind. Gráfica Eireli.
Rua André Rosa Coppini, 90 – São Bernardo do Campo – SP
para a Editora Rocco Ltda.